표

범

기

사

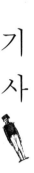

표 범 기 사

이 경 소설

민음사

차 례

표
범
기
사

1

옥수숫대 너머에서 바람이 불어왔다. 척척 감기는 검은 소매와 바짓단을 덤벙 적시고 싶을 만큼 청량한 소리였다. 공중 관람차로 가는 길 양쪽은 옥수수 밭이다. 진초록 물결이 길가로 넘쳐 날 것 같았다. 옥수수 밭에 한 발을 내딛자 길쭉한 이파리들이 발목부터 에워쌌다. 사삭 사사사삭. 바람결에 수상한 소리가 묻어났다. 사삭사삭. 가까운 거리다. 귀를 기울이려는 찰나, 검은 짐승 같은 게 튀어나왔다.

표범기사다. 위아래가 붙은, 몸에 꼭 끼는 표범 가죽옷에 표범 머리 가죽을 뒤집어쓰고 공중 관람차를 향해 질주하는 것은, 표범기사다. 네발짐승처럼 등뼈를 굽혔다 쭉 뻗을 때마다 표범 가죽 아래서 단단한 생살이 꿈틀댔다. 날카롭게 발톱을 세운 표범 발이 표범기사의 손목과 발목 부근에서 너덜거렸다. 검붉은 입천장과 턱뼈 사이, 표범 아가리 깊숙한 곳에 표범기사의 얼굴이 보였다. 어둠 속에 동공이 야광충처럼 떠 있다. 독수리기사가 뒤를 쫓았다. 플라스틱 깃털 모자를 쓰고 이어폰을 꽂은 독수리기사는 한 손에 방패를, 다른 한 손에는 무전 수신기를 들었다. 아버지 말이 사실이었나. 아버지가 말한 그 표범기사가 맞을까. 표범기사가 튀어 나간 후에도 옥수숫대는 한동안 좌우로 흔들렸다. 플라스틱 잎사귀에 손등을 긁히며 나는 옥수수 밭 한가운데 멍하니 서 있었다.

납골당에 들러 테마파크에 도착했을 때는 오후 5시가 넘어 있었다. 검은 정장을 입고 테마파크에 가는 게 어색할 것 같았지만 입장료만 낸다면 문제 될 리 없었다. 매표구 안에서 운영 요원이 입장권과 함께 안내도를 내밀었다. 50만 평이 넘는다는 테마파크 안에는 인디오 주거지와 박물관, 놀이동산, 동물 사육장이 토사물처럼 뒤엉켜 있었다. 입구로 들어서긴 했지만 막상 어디로 가야 할지 막막했다. 한여름의 빛발이 소낙비처럼 쏟아졌다. 멀리 우뚝 솟아 있는 공중 관람차가 복사열 때문에 굴절되어 보였다. 발목에 안전장치를 달고 거꾸로 매달린 사람들이 시계추처럼 흔들리며 비명을 쏟아 냈다. 사방에서 팝콘을 튀기는 버터 냄새가 역하게 풍겼다. 롤러코스터 레일과 햄버거 가게에도 혀를 내밀고 있는 태양신이 보였다. 아스텍의 태양신 토나티우 축제 기간을 알리는 장식물이었다. 쓰레기통에 붙어 혀를 빼물고 있는 태양신을 보자 토할 것 같았다. 그러고 보니 새벽에 국물 몇 순가락 뜬 게 전부였다.

테마파크를 찾은 것은 처음이었다. 아버지 생전에는 아버지의 직장에 놀러 오기가 겸연쩍었다. 근처에서 아버지가 시멘트와 모래를 섞고 있을 걸 뻔히 알면서 놀이기구를 탈 나이는 아니었다. 돌아가신 후에도 쉽지 않았다.

아버지는 160센티미터가 못 되는 작은 키에 마른 편이었다. 꺼칠한 살결은 그저 검은 것이 아니라 흙빛에 가까웠다. 눈 주위에 주름을 잔뜩 잡고 애매한 표정을 짓곤 했는데, 어떤 상황이 닥치든 대개 같은 얼굴이었다. 동네 슈퍼 앞을 지나다 삼삼오오 모인 자리에 어쩌다 끼어 앉게 될 때면 아버지는 평상 가장자리에 엉덩이를 불안스레 올려놓고 있다 이내 슈퍼를 들락거리며 소주를 꺼내 오고, 종이컵을 사람 수에 맞춰 늘어놓고, 종내는 김치찌개 따위를 끓여 내오며 뒷수발을 자처했다. 누가 시킨 것도 아닌데 별말 없이 필요한 때 필요한 걸 가져다 놓았다. 술자리가 무르익어 잔심부름이 필요 없어지면 다시 평상에 걸터앉아 슈퍼 한쪽에 놓인 텔레비전에 눈을 고정했다. 그러다 텔레비전에서 누가 울면 영문도 모른 채 따라 훌쩍였다. 없으면 불편하고 있으면 있는 줄도 모른다고 사람들은 아버지를 두고 농담처럼 말했다. 아비지나 나나 그 말이 뜻할 수 있는 가장 나쁜 의미는 굳이 생각해 보지 않았다.

아버지는 새벽부터 늦은 밤까지 벽에 타일을 붙였다. 기술로 보나 경력으로 보나 베테랑이라 불릴 만했지만 십장이 되지는 못했다. 기능공과 조공을 예닐곱씩 데리고 다니는 여느 십장들보다 기술이 뒤져서 그런 건 아니었다. 기술을 배우려고 따라다니겠다는 사람들도 몇 있었지만 아버지 쪽에서 부담스러워했다. 아버지에게는 벽과 타일만 있으면 충분했다. 작업장에 들어가서 몇 시간이고 타일을 붙이다 끼니때가 되면 순두부찌개 같은 걸 배달시켜 혼자 조용히 먹었다. 잊힐 만하면 일이 주어졌고, 아예 잊힐 만하면 일당이 통장에 입금되었다. 아버지는 서류상 유령 도급업체 어딘가에 있으면서 없는 사람이자, 없으면서 있는 사람이었다. 건설사에서 하청업체에게 공사를 맡기고, 하청업체가 십장에게 도급을 주고, 그 십장이 다른 십장에게 재하도급을 주고, 줄줄이 내려오는 동안 아버지는 중간 어디에도 끼어들지 못했다. 그렇지만 결국 타일을 박는 건 아버지였다.

아버지의 일터에 따라간 적이 있었다. 아버지는 마뜩잖아했지만 내가 고집을 부렸다. 나는 석 달째 입시 준비 학원에 나가고 있었다. 2년제 대학의 비인기 학과나마 진학한 애들이 부러웠던 적도 있었다. 종일 지정 좌석에 붙어 앉아 주위를 두리번거리는 것도 열없는 짓이었다. 대학생들도 일부러 이런 아르바이트를 한대요. 아버지는 고무망치로 목욕탕 바닥과 사방 벽을 통통 두드렸다. 타일을 벽에 완전하게 밀착시키려는 거였다. 통통통통통통. 목욕탕 안에 아버지의 고무망치 소리가 울렸다. 눈 주위에 주름을 잡고 실로폰 연주자처럼 통통통. 대신 해 보겠다고 했지만 아버지는 고무망치를 양보하지 않았다. 이런 일 배울 생각일랑 하지 말고…… 통통통…… 공부나 열심히 해…… 통통통…….

테마파크의 화장실과 매표소, 햄버거 가게의 벽에도 삼각형과 십자형, 번개무늬가 물결치는 계단 모양으로 반복되고 있다. 선명한 빨강과 초록, 파랑, 노랑으로 강렬한 대비를 이루는 아스텍 고유 문양은 사선과 곡선을 잘 살려야 했기 때문에 아버지가 아닌 다른 타일공이 손을 대면 영락없이 재작업 지시가 내려왔다. 아버지는 타일을 깰 때 그라인더를 사용하는 법이 없었다. 타일을 손에 들고 이리저리 돌려 보다 적당한 곳에 끝을 대고 망치로 툭 때리거나 타일니퍼로 잘랐다. 아무리 까다로운 곡선에도 꼭 들어맞는 타일 조각을 만들어 냈다. 아버지는 타일 모자이크를 완성한 후에도 끊임없이 보수공사를 해야 했다. 관람객의 발에 밟혀 타일이 깨지기 일쑤였다. 아버지가 테마파크의 시설물을 관리하는 용역 회사의 계약직 사원이 된 것도 그 때문이었다.

첫 출근을 하고 돌아온 날, 아버지는 지갑에서 낡은 주민등록증을 빼고 테마파크 사원증을 반듯하게 펴 넣었다. 사원증에는 아버지의 얼굴이 수줍게 박혀 있었다. 아버지는 테마파크의 구석구석을 돌며 시멘트로 갈라진 벽 틈을 메우고 떨어진 타일을 붙였다. 계절 따라 새롭게 바뀌는 조형물을 설치히는 일도 아버지의 몫이었다. 어디서 뭐가 부서지고 깨지기만 하면 좌우지간 날 불러. 어찌나 사람을 오라 가라 하는지, 내 얼굴은 몰라도 내 이

류을 모르는 사람은 없다.

아버지의 죽음은 너무나 갑작스러워서 비현실적으로 느껴졌다. 아버지는 숙직실 침대에서 이불을 머리끝까지 덮고 누워 계셨다. 타일을 박다가 심장마비를 일으켰다고 했다. 주검 곁에는 의사도, 간호사도, 주삿바늘 하나 없었다. 테마파크 직원들이 주위에 둘러서 있었다. 모두가 태양 모양의 배지를 가슴에 빠짐없이 달고 있었다. 운영 요원들이라고 했다. 이불 밖으로 손이 빠져나와 있었다. 시멘트 독이 올라서 손목까지 갈라진 손이었다. 죽은 아버지의 손이 말했다. 이게 현실이야.

시신을 제대로 확인할 겨를도 없이 테마파크의 상조회 직원들이 장례 절차를 밟아 유골함을 건네주었다. 그동안 서너 명의 운영 요원들은 약속이나 한 것처럼 아무 말도 하지 않았다. 그들 중 아버지를 안다는 사람은 없었다. 장례식은 아버지의 뼈처럼 고요했다.

유골함을 납골당에 안치한 후에야 아버지의 입이 영원히 닫혔다는 걸 깨달았다. 운영 요원 중 한 사람이 서류를 내밀었다. 사망진단서였다. 서류의 한 지점을 눈으로 더듬는 내게 운영 요원이 말했다. 사람이 죽은 놀이동산에 누가 놀러 오고 싶겠느냐, 쓸데없는 말을 퍼뜨리지 말라, 하루빨리 아버지에 관한 기억을 지우기 바란다. 나는 서류에서 눈을 떼지 못한 채 넋 빠진 사람처럼 고개를 끄덕였다. '중간선행사: 심장마비, 직접사인: 심폐정지.' 물리 참고서에 있는 화학기호 같은 걸 보고 있는 듯했다.

아버지가 돌아가신 후 입시 학원은 그만두었다. 주유소에서 일을 했다. 자동차에 주유기를 꽂아 넣고 미터기 돌아가는 것을 봤다. 시간이 10리터씩 20리터씩 넘어가고 있었다. 표범기사는 올해도 제의를 치를까. 아버지 기일이 다가오고 있었다.

작은 단지 안에 봉인된 아버지의 죽음은 1년 전 그대로였다. 1년에 한 번 표범기사가 제의를 치른다는 날 아버지는 돌아오지 못했다. 그동안 누구에게도 아버지의 임종에 대해 듣지 못했다. 한때 살아 있던 사람이라는 게 거짓말 같았다. 아버지가 이따금 왼쪽 가슴을 움켜쥐었던가. 아무리 기억을 휘저어 보아도 떠오르지 않았다. 운영 요원들은 왜 아버지를 모른다고 했을까. 납골함 속의 아버지는 아버지가 맞을까. 표범기사는 아버지의 마지막을 보았을까. 아버지는 또 거짓말을 하고 있는 건지도 모른다. 아버지가 사라졌다는 건 거짓말이다, 거짓말이어야 했다. 테마파크에 아버지의 거짓말이 살아 있다면 아버지도 살아 있을 것 같았다. 나는 납골당을 내려와 테마파크로 향했다.

표범기사는 재생 타이어 블록이 깔린 언덕길로 올라갔다. 깃털 달린 뱀과 태양신이 어디선가 차례로 달려와 표범기사 앞을 가로막았다. 깃털 달린 뱀 머리 모양의 가면은 아무리 봐도 꽃봉오리 속에서 뱀 머리가 튀어나온 것처럼 보였고, 혓바닥을 길게 뺀 태양신 역시 노란 해바라기 같았다. 표범기사는 훌쩍 뛰어오르더니 뱀과 태양신의 키를 넘어 달아났다. 커다란 꽃 두 송이가 허둥지둥 뛰어가는 모습은 급조된 축하 사절단처럼 보였다. 표범기사와 독수리기사, 깃털 달린 뱀, 태양신이 차례로 뛰어가자 풍선을 든 어린애가 까르르 웃으며 따라갔다.

야트막한 언덕 위에는 공중 관람차가 서 있다. 직경 70~80미터는 족히 되어 보이는 원 바깥쪽으로 50대가 넘는 곤돌라들이 시계 방향으로 회전하고 있었다. 표범기사는 지상 가까이 내려온 곤돌라 지붕 위로 펄쩍 뛰어올랐다. 철골 구조물에 아슬아슬 매달려 위쪽으로 올라갔다. 눈 깜짝할 사이 지상에서 가장 높은 곳에 다다라 회전 방향의 반대쪽으로 펄쩍펄쩍 뛰었다. 회전 속도에 맞추어 곤돌라 지붕이 텅텅 울렸다.

독수리기사와 깃털 달린 뱀, 혀를 내민 태양신은 공중 관람차 앞에서 추격을 포기하고 거친 숨을 몰아쉬었다. 쓰고 있던 탈을 벗자 두피에 달라붙은 머리카락이 드러났다. 관람객들은 퍼레이드도 시작된 줄 알았는데 독수리기사와 깃털 달린 뱀, 혀를 내민 태양신이 일제히 운영 요원으로 변신하자 황당한 표정이 되었다. 셋은 부랴부랴 인형 탈을 다시 뒤집어쓰고 손을 흔들었다. 관람객들이 귀여워, 귀여워 호들갑을 떨며 카메라를 갖다 대기 시작했다. 표범기사는 여전히 공중 관람차 위에서 펄쩍펄쩍 뛰며 언덕 아래 광장을 내려다보고 있다. 관람객들은 표범기사가 지루한 서커스를 하고 있다고 생각하는 것 같았다.

광장 바닥은 거대한 타일 모자이크다. 아스텍 마지막 황제인 목테수마가 스페인 원정대를 환영하는 장면이다. 황제는 붉은 바닷조개와 황금으로 장식된 목걸이를 원정대에게 걸어 주고 있다.

두려움을 감춘 목테수마의 얼굴은 무표정하다. 테마파크 디자이너가 그린 밑그림에 아버지가 타일을 붙여 완성한 모자이크였다. 촘촘히 박아 놓은 타일의 크기는 가로세로 1센티미터였다. 쉰이 넘은 아버지가 도면에 깨알같이 적힌 타일 번호를 확인하며 엄지손톱만 한 타일을 붙이는 일은 쉽지 않았을 것이다. 모자이크 작업을 하고 돌아와 아버지는 내게 아스텍 문명에 대해 이것저것 묻기 시작했다.

"멕시코 정복은 역사와 전설의 가장 독특한 만남이었다. 스페인 원정대가 멕시코에 상륙한 1519년은 전설 속 케트살코아틀의 귀환 날짜와 일치했다. 아스텍인들은 케트살코아틀, 즉 깃털 달린 뱀이 다른 신들과 돌아온 것이 아닌가 생각했다."

나는 책에다 밑줄까지 그어 가며 아버지에게 읽어 주었다. 아버지는 머리를 끄덕이며 심각한 표정으로 듣고 있었다.

"그러니까, 착각 때문에 망해 버렸단 말이냐."

"이런 걸 알아서 뭐하려고."

"내가 만드는 작품을 이해하려고."

아버지는 '작품'이라고 했다. 처음 듣는 말이었다. 아파트 신축 공사장에서 욕실과 베란다의 타일을 깔며 평생을 보낸 아버지였다. 그럴듯한 모자이크를 완성할 수 있으리라고는 아버지 자신도 예상치 못한 일이었다.

2

일주일에 한두 번쯤 아버지는 날이 밝을 무렵 집으로 돌아왔다. 간단한 보수공사 정도는 개장 중에도 할 수 있지만 폐장 후에야 일을 시작해서 밤을 새워야 할 때도 있었다. 나는 늦은 밤 학원에서 돌아와 냉장고부터 열어 보았다. 냉장고에 식빵이 남아 있나 보고 식탁 위에 참치 캔이나 과일 잼 같은 걸 올려놓았다. 속이 비어 있을지도 모르는 아버지를 위해서였다. 새벽녘 '땡' 소리와 함께 식빵이 토스터에서 튀어나올 때 나는 어김없이 눈을 떴다. 아버지는 잼 통을 한쪽 팔뚝으로 감싸 안고 다른 손으로 뚜껑을 힘주어 비틀다 나와 눈이 마주치곤 했다. 팔뚝의 살가죽이 잼 통에 밀려나 있었다. 아버지의 살가죽은 몸에 비해 어쩐지 헐렁해 보였다. 거친 살가죽 아래 가는 팔뚝 뼈가 두드러져 보였다. 아버지는 식빵에 잼을 바르며 속삭이곤 했다.

"기어이 표범 가죽옷을 빨았다. 아무래도 옷을 벗으려고 하지 않아서 말이다. 그대로 두면 피부병이 생길 것 같아서 두고 볼 수가 있어야지. 표범기사를 살살 꾀어서 워터슬라이더에서 미끄러뜨렸다. 털가죽에 비누칠을 해 놔서 속도가 굉장했지. 표범기사가 재미를 붙여서 밤새도록 타려 들지 않겠니. 정말이다."

아버지의 '정말이다'는 누가 들어도 새빨간 거짓말이었기 때문에 '정말이다'에 평생 먹을 식빵을 모조리 걸어도 좋아요, 하는 표정을 마음 놓고 지을 수 있었다.

아버지가 말을 지어낼 때는 이유가 있었다. 어머니가 어느 날 실수로 커다란 두루마리 화장지를 발밑으로 떨어뜨렸는데 주르르 휴지가 풀리며 자꾸만 굴러가는 통에 그걸 잡으려고 문지방을 넘었다가 여태 돌아오지 못했다는 말을 들었을 때도 나는 믿는 척했다. 어머니가 지구 반대편으로 가 파이프 수리공이 되었대도 마찬가지였을 것이다. 네 엄마는 널 낳다가 죽었다고 아버지가 사실대로 말했더라면 거짓말이라고 우겼을지 모른다.

산통이 시작되었을 때 어머니는 간호사의 부축을 받으며 계단을 오르내리고 있었다. 자궁이 쉽게 열리게 하기 위해서였다. 하아, 하아, 원래, 이런 건가요? 숨이, 하아, 하아, 턱까지 차올랐다가 또 창자 끝까지, 하아, 조였다 하는 것 같아……. 10분 간격으로 지속되던 진통이 갑자기 멈추었다. 하얗게 질린 어머니가 간호사를 바라봤다. 간호사는 어머니의 배를 내려다봤다. 구멍 난 바가지에서 물이 새는 것처럼 어머니의 배가 가라앉고 있었다. 자궁 파열이었다. 중학교 입학식 때 처음이자 마지막으로 본 이모라는 사람이 말해 주었다. 하기야, 문지방 너머가 거기라고 하긴 하더라마는…….

학교 과학실 벽에 인체 해부도가 걸려 있었다. 선홍빛 근육, 그 결을 따라 칼로 그은 것 같은 세밀한 선, 혈관의 단면, 적혈구와 백혈구, 심방이 부풀어 오르면 심실이 오므라들고, 심실이 오므라들면 심방이 부풀어 오르고……. 나는 자궁에서부터 하나씩 손가락으로 짚어 올라갔다. 자궁 위에 방광, 결장과 비장, 가로지른 횡격막, 폐와 심장……. 빨간 태아가 어미의 내장과 혈관을 몸통에 칭칭 감은 채 갈비뼈 사이에 손가락과 발가락을 걸고 복상을 느릿느릿 휘젓는 장면이 떠올랐다. 콧속으로 피가 쿨렁쿨렁 들어오는 것 같았다. 구역질이 올라왔다. 뱃속을 다 게워 내고 싶었다. 교실 바닥과 천장이 울렁울렁 흔들렸다. 세상이 날 게워 낼 것 같았다.

아버지가 지어낸 세계 안에서 나는 안전했다. 아버지의 주름진 작은 입이 벌쭉 벌어질 때면 식빵이 부드럽게 반으로 갈라지는 것 같았다. 두루마리 휴지는 데굴데굴 굴러가고 어머니는 그 뒤를 따르고 있다. 작고 통통한 어머니가 몸을 동그랗게 말더니 데구르르 구른다. 순식간에 앞질러 가 굴러 오는 휴지를 꿀꺽 삼켜 버린다. 어머니는 휴지가 풀린 길을 사뿐사뿐 걷기 시작한다. 휴지가 끊어지면 돌아오는 길을 잃을지도 모른다. 빵집 오븐에서 김이 모락모락 오르듯 아버지의 입에서 이야기가 술술 흘러나왔다. 복강이 열린 어머니가 붉은 발자국을 찍으며 문지방을 넘어가는 환영 따윈 떠올리지 않아도 되었다.

"그런데, 혹시 거짓말 아니에요?"

가끔 아버지의 이야기가 도무지 거짓말 같지 않을 때면 불안했다. 안타까움에 아버지의 눈썹과 입술이 한꺼번에 무너지거나 나도 모르게 데굴데굴 구르며 웃을 때 그랬다. 깜깜한 워터 슬라이드 터널을 통과할 때 진짜 표범기사가 얼굴을 덮치거나 한다면 결코 웃을 일이 아니었다. 아버지는 눈을 둥그렇게 뜨고 대답했다.

"정말이지, 그럼, 정말이라니까."

언제 들어도 아버지의 '정말이다'는 새빨간 거짓말이었다. 그제야 나는 안심이 되었다.

"운영 요원들이 죄다 퇴근한 밤에만 나다니라고 그렇게 당부를 해도 가끔 낮에 나와. 그러다 잡히면 멕시코로 돌려보내질 텐데. 죽기 살기로 그건 싫다고 하거든."

표범기사는 테마파크의 개장 1주년 이벤트를 위해 멕시코 현지에서 데리고 온 다섯 명의 인디오 중 한 명이라고 했다. 멕시코시티에서는 인디오들을 쉽게 볼 수 없는 데다가 운 좋게 만난다 해도 술과 마약에 찌들었기 십상이어서 전통 춤이나 노래 같은 걸 기대하기 어려웠다. 템플로마요르, 테오티와칸 같은 유명 관광지의 인디오들은 터무니없는 몸값을 요구했다. 할 수 없이 이벤트를 중개하는 현지 가이드 일행이 직접 중앙 고원 분지까지 들어가 오지 마을을 찾아냈다. 일행이 마을에 들어섰을 때 표범 가죽옷과 독수리 머리 모양의 투구를 쓴 전사들이 훈련 중이었다. 수백 년 전 정복자들의 탄압과 천연두를 피해서 오지로 숨어든 소수 종족이었다. 그들은 지금까지도 일정 주기로 하늘의 태양이 죽고 새로운 태양이 떠오른다고 믿고 있었다. 일행 중 나우아틀어를 유일하게 구사하는 가이드가 무슨 수로 그들을 설득해서 데려왔는지 아는 사람은 없었다.

"인디오들이 온다는데 일손이 잡혀야 말이지. 모자이크를 보고 뭐라 할지도 궁금하고. 좋아할지, 비웃을지 말이다. 무대 위에

서 통역하는 사람이 인디오들에게 몇 마디 하니까 표범기사와 독
수리기사가 춤을 추더구나. 인신공양을 할 때 밤새도록 추는 춤
이라든가."

인디오들이 테마파크에 머문 일주일 동안 아버지는 전에 없이
흥분해 있었다. 인디오들의 식사 메뉴는 뭐였는지, 표범 가죽옷
과 독수리 투구는 어떻게 생겼는지, 운영 요원들 몰래 인디오들이
화장실로 사용하는 곳이 어딘지, 사소한 것까지 늘어놓았다.

인디오들이 공연을 마치면 운영 요원이 곧장 테마파크 내의 숙
소로 데리고 가서 다음 무대를 위해 대기하게 했다. 이동 중에 인
디오들은 어리둥절한 표정이었다. 붉은 칠을 한 인디오 집과 플라
스틱 옥수수 밭, 인조석으로 쌓은 피라미드를 지날 때는 옛날 얘
기로만 듣던 아스텍 제국에 온 줄 착각하더라고, 통역 가이드가
아버지에게 말해 주었다. 아버지는 그 말을 듣고 왠지 안심이 되
더라고 했다.

"그날 밤 한 명이 사라졌다지 뭐냐. 표범 가죽옷을 입은 인디
오라는데, 나랑 몇 마디 나누기까지 했다. 인디오들을 숙소에 데
려다 놓으라고 해서 내가 자청했거든. 분명 방까지 데려다 주었는
데 말이다……. 손짓 발짓으로 '배고파', '아니' 정도는 통하더라
고. 기분이 어떠냐고 했는데, 눈을 동그랗게 뜨면서 놀라는 시늉
을 하더라. 알고 보니 그게 아스텍에 와서 기쁘다는 뜻이야. 숙소
에서 30분 정도 그러고 나서 방문을 닫고 나왔는데 그 밤에 없어
졌다는구나. 얼마나 애가 탔는지. 밖에서 문을 잠그지 않았다고

운영 요원에게 된통 말을 들었다. 나는 문을 잠가야 된다는 생각을 아예 못했거든. 며칠을 운영 요원들이 샅샅이 뒤져도 찾을 수가 없더구나."

네 명의 인디오들과 통역 가이드는 표범기사를 찾지 못한 채 멕시코로 돌아갔다. 인디오들은 테마파크를 나서는 내내 고개를 숙이고 있었다.

아버지가 표범기사를 다시 만난 것은 보름쯤 지난 후였다. 폐장 후 혼자 남아 타일을 붙일 때였다. 새로 타일을 붙인 지 얼마 되지 않아서 같은 자리가 자꾸 깨졌다. 사진관이며 패스트푸드점, 기념품 가게 같은 크고 작은 시설의 벽에 붙어 있는 아스텍 고유 문양이었다. 그날만 해도 보수할 곳이 다섯 군데나 되었다. 아버지는 타일 뒷면에 일정한 두께로 타일 본드를 바르고 지정된 위치에 꼼꼼히 붙여 나갔다. 어느 정도 타일이 벽에 붙으면 고무 주걱으로 타일 틈새에 레미탈을 발라서 줄눈 작업을 했다. 아버지의 고무 주걱은 타일 틈새로 탄력 있게 빨려 들어갔다.

타일에 묻은 레미탈만 닦아 내면 작업은 마무리되는 거였다. 마른 수건을 들고 처음 작업한 곳으로 갔을 때 타일은 이미 바닥에 떨어져 조각나 있었다. 고무망치로 두드린다고 두드렸는데 아무래도 이상했다. 다시 붙이는 수밖에 없었다. 새 타일을 집어 드는데 옆에서 달각 소리가 났다. 머리카락이 쭈뼛 섰다. 소리 난 쪽을 돌아보던 아버지는 그 자리에 털썩 주저앉았다. 바로 곁에서 표범기사가 타일을 뒤적이고 있었다. 표범기사는 아버지에게 타일을 하나 건네더니 손가락으로 벽을 가리켰다. 아버지는 영문도 모르고 표범기사가 가리키는 곳에 타일을 붙였다. 고무망치 소리가 멈추길 기다려 표범기사가 타일을 하나 더 건넸다. 그렇게 몇 개를 더 붙이고 나서야 아버지는 무릎을 쳤다. 그동안 문양을 거꾸로 붙였던 거였다. 도면이 잘못되었든지 아버지가 실수를 했든지 둘 중 하나였다.

"흉내만 내다 들통이 난 것 같아서 얼굴이 화끈 달아올랐지 뭐냐. 조금 전까지 표범기사와 둘이서 타일을 붙였다. 정말이다."

다음 날 새벽, 아버지는 타일이 깨진 햄버거 가게에 혼자 남아 있었다. 빅맥을 주문하려는 사람처럼 표범기사가 아버지에게로 걸어왔다. 아버지의 작업복 안에는 표범기사에게 줄 옥수수가 숨겨져 있었다.

표범기사는 인디오 주거지로 아버지를 데리고 갔다. 마을 한가운데 버젓이 표범기사의 집이 있었다. 그동안 운영 요원들은 테마파크의 외진 곳만 샅샅이 뒤지고 다녔다. 스페인 원정대라면 인디오 마을을 습격했겠지만 운영 요원들에게는 지나친 상상이었다. 문 앞에 표범 모양의 토기가 세워져 있었다. 집 안에 있던 것을 표범기사가 옮겨 놓은 거였다. 집의 수호신이니 여기가 제자리라고 표범기사가 손짓 발짓으로 설명했다. 집 외벽에는 아버지가 잘못 붙인 타일이 모두 떨어져 있었다. 붉은 벽에 새로운 문양이 그려져 있었다. 채색할 물감은 구하지 못했던지 뾰족한 뭔가로 긁어 놓은 상태였다. 이렇게 두면 운영 요원들이 이상하게 여기고 쫓아

올지 모르니 타일을 새로 박아 주겠다고 아버지가 나섰다. 떨어진 타일 조각을 주워서 벽에 붙이는 시늉을 하자 표범기사는 아무려나 좋다는 몸짓을 해 보였다.

"심장이 두근대지 않겠니. 아무리 진짜처럼 만들고, 고무망치로 수없이 두드리고 그랬지만 말이다. 사람 손때가 묻어야 집도 집 같고 그러지 않겠니? 진짜 인디오, 그것도 표범기사 말이다. 표범기사는 테마파크에서 꼭 할 일이 있다고 하더라. 그게 뭔지는 몰라도 잠깐이면 괜찮겠지, 하는 요량이었다."

표범기사는 아버지가 건네준 옥수수 몇 개는 따로 엮어서 벽에 걸어 놓고 나머지는 모두 가루로 만들어 죽을 쑤었다. 오랜만에 옥수수 죽을 먹어 보는지 정신없이 퍼먹었다. 그동안 간이 스낵 코너에서 파는 구운 옥수수나 팝콘 같은 걸 주워 먹고 산 눈치였다. 표범기사가 옥수수 죽에 코를 박고 있는 동안 아버지는 운영 요원들이 표범기사를 찾고 있다고 단단히 일렀다. 내 말 알아들어? 도망쳐. 아무튼 뛰어. 엉? 죽어라고 뛰라고.

"일전에 관람객 하나가 어쩌다 표범기사를 봤지 뭐냐. 사람 심장을 빼는 표범기사가 나타났다고 난리가 났지. 테마파크가 발칵 뒤집혔다. 여기저기서 소리를 지르고 사람들 몇이 뛰니까 입장료 환불이고 뭐고 너도나도 죄다 달아나려고 했지 뭐냐. 출구로 한꺼번에 몰리는 통에 큰 사고가 날 뻔했다. 표범기사 분장을 한 운영 요원이라고 겨우 진정을 시켰다. 임시방편으로 부랴부랴 표범기사와 독수리기사 탈을 만들어서 운영 요원들이 쓰고 다녔지 않니, 표범기사를 없애지 않으면 테마파크가 문을 닫을 지경이다. 잡히기만 하면 멕시코로 되돌려 보내지는 건 고사하고, 그날로 표범 가죽옷을 뺏기고 테마파크 밖으로 내쫓길 게다."

플라스틱 옥수숫대 사이에 옥수수 종자를 심자고 한 건 아버지였다. 언제까지나 옥수수를 사다 나르다간 운영 요원들에게 들킬 것 같았다. 옥수수가 싹을 틔우고 키가 커지면 그 자리에 있던 플라스틱 옥수숫대를 뽑았다. 운영 요원들은 플라스틱 옥수숫대 사이에 있는 진짜 옥수숫대를 구별하지 못했다. 옥수수 밭이 빽빽하기도 했지만 플라스틱 옥수숫대 길이도 제각각이었다. 여름과 가을에 걸쳐 옥수수를 수확하고 나면 옥수수 잎이 누렇게 변할세라 재빨리 뽑아내고 플라스틱 옥수숫대를 그 자리에 심어 놓을 계획이었다. 옥수수뿐 아니었다. 아버지는 관상수를 파는 곳에 가서 크기가 비슷한 용설란을 골라 와 플라스틱 용설란 사이에 몰래 심었다.

"용설란이 피도 멈추게 하고 곪은 데에도 쓴다는구나. 아스피린도 없이 대대로 살아왔는데 약국에서 파는 약을 함부로 먹이다 탈이라도 날까 싶어서 말이다."

한동안 아버지는 용설란이 자랄까 봐 안절부절못했다. 줄자를 갖고 다니면서 수시로 용설란 둘레를 재어 보았지만 얼마 지나지 않아 그럴 필요가 없다는 것을 알게 되었다. 용설란은 눈으로 알아볼 수 없을 만큼 아주 천천히 자랐다.

"용설란은 말이다, 잎 사이로 꽃대가 길게 올라와서 꽃을 피운다는구나. 꽃이 진 자리에 싹이 난단다. 바람이 불면 싹이 떨어져 나와 주변에 뿌리를 내리지. 몰래 심은 용설란에서 꽃대가 올라오더구나. 지금 꽃대를 자르지 않으면 용설란이 자꾸만 퍼질 거다. 그러면 운영 요원들이 알아채겠지. 표범기사가 꽃대 자르길 한사코 막는다. 인디오들이 용설란 꽃대를 꺾을 때는 장례를 치를 때뿐이라는 구나. 꽃대를 자르면 불길한 일이 일어난다고 믿고 있다. 꽃대를 자르지 않으면 일어날 일들이 내 눈에는 빤히 보이는데도 말이다."

시간이 지나자 운영 요원들은 표범기사가 테마파크의 경계를 벗어났다고 여기는 눈치였다. 표범기사는 표범기사대로, 관람객들이 북적대고 여기저기서 괴상한 소리가 들려도 그저 아스텍에서 여러 가지 일이 벌어지고 있는 거려니 여겼다.

"그나저나, 표범기사가 풀케, 풀케 하면서 마시라기에 쭉 들이켰는데 걸쭉하고 시금털털한 게 꼭 막걸리 맛이지 뭐냐. 그게 용설란으로 만든 술이라나. 표범기사와 둘이서 케이블카에서 주거니 받거니 꽤 마셨다."

밤의 테마파크를 느긋하게 내려다보면서, 바람에 케이블카가 흔들리는 걸 느끼면서, 두 사람은 손짓 발짓으로 무슨 이야기를 나눌까. 표범기사가 손발을 허우적대면서 말을 쏟아내는 모습은 상상만 해도 재미있었다. 나는 식빵에 잼을 바르면서 고개를 숙이고 키득거렸다. 아버지와 나만이 아는 세계가 점점 커져 가고 있었다. 이제 누가 듣더라도 믿을 만하지 않은가, 그런 생각도 들었던 것 같다.

"피라미드 꼭대기에서 제의도 치러야 한다기에 그게 얼마나 장관일까 궁금해서 선뜻 그러자고 했다. 내 눈으로 보고 싶어서 도무지 견딜 수가 있어야지. 그런데 그게 말이다, 산 사람 심장이 필요하다는데……."

그 무렵 아버지는 집에 돌아오지 못하는 날이 많았다. 밤새워 축제를 준비한다고 했다. 아스텍 제국에서는 전쟁 포로의 심장을 꺼내 태양신에게 바쳤다. 태양신은 인간의 뜨거운 피를 먹고 살며, 굶주리면 다시 떠오르지 않는다고 믿었다. 태양신에게 바치는 제의는 아스텍의 태양을 떠오르게 했던 것처럼 테마파크의 태양을 움직이게 했다. 연중 가장 큰 행사이면서 매스컴을 통해 테마파크를 대대적으로 홍보하는 이벤트이기도 했다. 축제를 한 달 앞두고는 거의 모든 운영 요원들이 동원되었다. 아버지도 예외는 아니었다. 아버지에게는 제단을 만드는 일이 주어졌다. 축제의 마지막 날 실리콘으로 만든 특수 인형을 제단 위에 올려놓고 제의를 지낼 거라고 했다. 인형 내부는 돼지의 장기로 채우고 실리콘을 덧씌워 놓아서 얼핏 보면 인체와 똑같다고 했다. 사제로 분장한 운영 요원이 인형의 심장을 하늘로 쳐드는 순간, 텔레비전에서 불꽃이 높이 치솟을 것이다. 1년에 한 번, 테마파크의 태양이 텔레비전에도 떠올랐다. 아버지는 디자이너에게 받은 설계도만으로는 모자라 아스텍 유물 화보집을 구해서 제단에 새겨진 세밀한 음각까지 일일이 확인했다. 무대를 완성하고도 얼마 못 가 화로의 청동 장식을 비취로 바꾸거나 나무로 짠 제단을 돌로 바꿔야 한다면서 여러 번 다시 만들었다. 다섯 번째 무대 제작에 들어갔을 때 아버지는, '진짜처럼'이 아니라, '진짜'를 훔치고 싶은 사람처럼 보였다.

며칠 만에 들어온 아버지는 몹시 지쳐 보였다.

"심장은 잘 꺼내셨어요? 오른쪽 겨드랑이 가슴 아래쪽을 이렇게 갈라서……."

나는 집게손가락으로 가슴 아래쪽을 그어 보였다. 인형에서 돼지 심장을 꺼내는 제의에 비하면 표범기사가 사람의 심장을 꺼내는 장면은 농담에 지나지 않았다. 어쨌든 돼지 심장은 뜨겁고 붉기라도 할 것이 아닌가. 아버지는 팔뚝 사이에 잼 통을 단단히 끼고 묵묵히 뚜껑을 비틀었다.

관람객들이 다 돌아가고 운영 요원들도 철수한 것을 확인한 후 아버지는 표범기사를 찾아갔다. 표범기사는 표범 가죽옷을 벗어 놓고 제의를 주관하는 사제의 복장을 하고 있었다. 아버지가 동대문시장에서 사다 준 인조가죽으로 지은 옷이었다. 황색 인조가죽을 길쭉하게 잘라 머리 부분이 들어갈 수 있도록 구멍을 뚫어서 앞뒤로 길게 늘어뜨렸다. 앵무새의 붉고 노란 깃털로 만든 관도 쓰고 있었다. 표범기사가 앵무새 사육장에서 모아 온 것이었다. 사육장의 문을 열어 주고 망을 봐 준 사람은 물론 아버지였다.

아버지는 그때 표범기사의 얼굴을 처음 보았다. 늘 표범 머리가죽 안쪽의 검은 눈동자만을 봐 왔던 거였다. 깡마른 체구에 거무스름한 피부, 이마의 주름살까지 자신과 다를 바 없는, 어쩌면 비슷하기까지 한 표범기사의 얼굴을 보고 아버지는 괜스레 마음이 울적해졌다. 고원지대에 고립되어 평생을 살아온 인디오나, 고무망치 하나 들고 벽만 두드려 온 자신이나, 둘 다 말린 자두처럼 검게 쪼그라든 볼품없는 몸뚱이였다. 아버지는 입안에 고이는 쓴 침을 억지로 삼켰다. 자신이 밤이나 낮이나 고무망치를 두드려 지은 테마파크를 더 그럴듯하게 만들려는 욕심에 표범기사를 붙잡아 두고 있는 건 아닌지, 눈앞의 아스텍은 태양의 제국이 아니라 놀이공원일 뿐이라고 말해 주어야 하는 건 아닌지, 머릿속이 복잡했다.

표범기사가 입고 있던 사제 옷을 벗고 자기 가슴을 쿡쿡 찌르면서 아버지에게 뭔가 재촉하는 몸짓을 했다. 아버지는 가지고 간 비닐봉지를 내밀었다. 돼지 심장이었다. 표범 대가리 안에서 낮게 으르렁대는 소리가 들렸다. 표범기사가 돼지 심장을 바닥에 내던졌다. 죽은 돼지 피가 아버지의 얼굴에 튀었다.

아버지가 식빵을 내 입에 넣어 주며 무겁게 말했다. 산 사람의 심장을 뺄 수 없다는 건 표범기사도 이해할 줄 알았다고. 그건 표범기사와 아버지 둘 다 알면서 모른 척하기로 한 약속 같은 거였다고. 자기는 꼭 그런 줄만 알았다고. 내가 거짓말이 아니냐고 물었을 때 아버지는 '진짜'라고 말하지 않았다. 나는 잠자코 식빵을 우물거리며 아버지의 거짓말이 거기서 멈추길 바랐다. 왠지 모르게 두려웠다.

"사실은 말이다, 난 뻔히 알면서도 속으로 우겼던 거다. 사람 심장이라니, 겁이 나서……. 표범기사만 속아 준다면, 표범기사만 진짜가 아니라면……. 태양신에게라도 빌고 싶었다. 지금까지 내가 만들고 바랐던 건 죄다 가짜가 아니고 뭐냐……."

다음 날 새벽 아버지는 집으로 돌아오지 못했다.

3

공중 관람차 위에 있던 표범기사가 사라졌다. 어둑해지면서 놀이기구마다 일제히 네온사인이 켜졌다. 표범 발이 네온사인 안에서 울긋불긋 뛰었다. 이렇다 할 이벤트도 없이 한자리에 오래 서 있는 게 쑥스러웠는지 운영 요원들이 관람객을 몰고 언덕 아래로 내려갔다. 잠깐 그쪽으로 눈길을 주는 사이 표범기사가 보이질 않았다. 주위를 둘러보았지만 수십만 평이 넘는 테마파크가 웅장하게 펼쳐져 있을 뿐이다. 가 볼 만한 곳은 거기밖에 없었다.

아버지를 만난 지 얼마 되지 않아 표범기사는 인디오의 집에서 도망쳐야 했다. 개장을 몇 시간 앞두고 운영 요원들이 들이닥쳤다. 밤마다 풀케를 마시던 표범기사는 그날도 취해 잠들었지만 날랜 전사답게 수상한 낌새를 알아채고 재빨리 창문을 넘어 달아났다. 운영 요원들이 뒤쫓았지만 따라잡기엔 어림없는 속도였다.

운영 요원들이 표범기사의 집을 알아낸 건 용설란 꽃대에서 기어코 싹이 퍼져 나갔기 때문이었다. 용설란 싹이 보일 때마다 아버지가 틈틈이 뿌리를 캐냈지만 바람이 퍼트린 싹의 행방을 모조리 쫓을 수는 없었다. 회전목마의 안장과 타일 사이에도 용설란 싹이 돋았다. 테마파크는 조금씩 푸르게 녹슬었다. 밤마다 용설란 밭에 불이 켜졌다. 아버지가 당분간 용설란 밭에는 얼씬도 하지 말라고 주의를 주었지만 표범기사는 사흘을 버티지 못하고 풀케를 가지러 왔다가 운영 요원에게 뒤를 밟혔던 것이다. 아버지는 피라미드에 새로운 은신처를 만들었다. 언제부턴가 표범기사는 밤이나 낮이나 그 주위를 맴돌고 있었다.

피라미드 어디에 표범기사의 새로운 은신처가 있다는 것만 알 뿐 구체적인 장소는 알지 못했다. 주위를 서성이는 사이 관람객들은 피라미드 정상으로 가는 '피의 계단'을 끊임없이 올랐다. 입구에는 표범이 아가리를 쩍 벌리고 있고 검은 동굴 안쪽으로 계단이 이어져 있다. 살덩이 속의 내장처럼. 뭉클뭉클 핏덩이가 금방이라도 닿을 것 같아서 손가락이 오그라들었다. 정사각뿔 피라미드의 모퉁이를 돌아가자 에스컬레이터가 있었다.

몇 번이고 에스컬레이터를 오르내리며 살펴보았지만 표범기사의 흔적조차 찾기 어려웠다. 별안간 에스컬레이터에 서 있던 관람객들이 우왕좌왕했다. 에스컬레이터가 멈춘 모양이었다. 에스컬레이터가 시작되는 지점에 발판이 약간 들려 있었다. 혹시나 해서 발판 안을 유심히 들여다보았다. 아래쪽으로 제법 넓은 공간이 있었다. 나는 재킷을 벗고 운영 요원인 양 태연하게 검은 공간으로 뛰어내렸다.

에스컬레이터 아래쪽은 기계실이다. 천장까지 까마득하게 올라간 금속 체인이 아찔했다. 구동 체인은 바닥과 30도 정도의 경사도로 설치되어 있다. 에스컬레이터 발판이 들리자 체인을 돌리는 모터가 자동으로 멈춘 모양이다. 솔직히 나는 이런 곳에서 아스텍 전사를 찾는다는 게 무모한 짓 같기도 했다. 안쪽으로 들어갈수록 점점 더 어두워졌다. 이래 가지고야 표범 무늬도 분간하기 어렵다. 스위치를 찾으려 벽면을 더듬었다. 벽 모서리에 분필로 그은 것 같은 희미한 금이 보였다. 위아래로 긴 틈이다. 툭툭 밀어쳤더니 벽이 조금씩 뒤로 물러나며 과연 문의 윤곽이 드러났다. 나는 망설임 없이 벽 안으로 스며들어 갔다.

바닥에 소시지 찌꺼기가 묻은 나무젓가락과 비닐봉지가 뒹굴고 있고 벽에는 옥수수 종자가 걸려 있다. 탁자에 엎어진 토기에서 들큼한 냄새가 훅 끼쳤다. 아버지에게서 나던 희미한 냄새, 풀케였다. 아버지 없이도 아버지의 거짓말은 살아 있었다. 옥수수 죽을 쑤고 풀케를 마시며. 아버지의 체취는 선명한 허기를 불러왔다. 그러고 보니 종일 끼니를 걸렀다. 새벽 공기에 섞인 빵 냄새가 코끝에서 피어오르는 것 같았다.

구석에 말라비틀어진 고깃덩어리 같은 게 있었다. 어른 주먹만한 연주홍색 덩어리다. 무심코 손에 들어 보았다. 어딘가 이상한 느낌이다. 짐승의 내장인가? 심장인가? 아, 말라붙기는 했지만 분명 심장이다. 어디에서 짐승의 심장을 구했을까. 아버지가 가져다 준 돼지 심장은 표범기사가 바닥에 내던졌다고 하지 않았나. 혹시……. 손에서 심장이 툭 떨어졌다. 죽은 아버지의 가슴이 온전했던가. 아버지의 가슴을 본 것도 같고 아닌 것도 같았다. 설마, 표범기사가 아버지의 심장을……?

문 두드리는 소리가 났다. 당장이라도 표범기사가 덮쳐 와 이빨로 심장을 뜯어낼 것 같았다. 도, 도망가야……. 문을 박차고 튀어 나갔다. 쿵. 정수리와 어금니가 뻐근했다. 문 앞에 하얀 모자를 쓴 운영 요원이 벌렁 나자빠져 있다. 하얀 모자와 나는 얼떨떨한 표정으로 서로를 바라봤다. 하얀 모자가 갑자기 생각난 듯 에스컬레이터 입구로 손을 쭉 뻗었다. 운영 요원들이 와요!

무작정 하얀 모자를 따라 뛰었다. 구동 체인 아래 작은 쪽문이 열려 있다. 좁은 복도를 달려 끝에 다다랐을 때 검은 장막이 앞을 가로막았다. 망설일 겨를이 없었다. 장막을 젖히고 안으로 들어갔다. 낮고 음산한 소리가 바닥에서부터 올라왔다. 가느다란 불빛이 어둠 속을 어지럽게 헤매고 있다. 어디로든 내딛으려는데 뭔가 툭 차였다. 살점이 덕지덕지 붙은 피투성이 뼈였다. 사제들이 심장 없는 시체를 제단 아래로 내던지는 장면이 떠올랐다. 다음 차례의 희생자가 눈을 뒤집고 부들부들 떨고 있는 모습도 잇달아 떠올랐다. 책에서 본 삽화였다. 아버지께 읽어 드릴 때는 책장에 얌전히 누워 있던 그림이 팝업 북에서처럼 벌떡 일어났다. 다리가 푹 꺾였다.

그때였다. 장막이 펄럭이는가 싶더니 순식간에 몸이 뒤쪽으로 나가떨어졌다. 하얀 모자가 장막 뒤로 날 낚아챈 거였다. 그리고 재빨리 손가락을 입술에 가져가 조용히 하라는 시늉을 했다. 나는 입을 딱 벌린 채 좀처럼 다물지 못했다. 입 속으로 들이닥친 공포가 좀처럼 가시질 않았다. 한마디로, 뜨겁고 쓰고 매운, 혓바닥이 질겁할 맛이었다. 장막 안쪽에서 거친 숨소리와 발소리가 가까워졌다. 하얀 모자가 벽에 달린 스위치 두 개를 동시에 올렸다. 천둥소리와 함께 비명이 찢어졌다. 하얀 모자가 스위치를 내리며 소곤댔다.

"여기쯤에서 우르르 꽝꽝 번쩍번쩍 하면 아무리 강심장이래도 겁을 집어먹게 돼 있어요. 괜찮아요. 기껏해야 빨간 식염색소에 글리세린을 섞어 만든 거예요. 가짜 피라는 걸 모르는 사람은 없어요. 여기 올라오는 사람들은 놀라고 싶어서 오는 거예요."

뒷모습만 보고 뛸 때는 작은 체구지만 제법 탄탄한 근육질이라고 생각했는데 녀석의 얼굴은 오종종한 이목구비에 허약해 보이는 인상이었다. 하얀 모자는 여기서 일한다고 했다. 관람객들이 손전등 불빛에 의지해 하나둘 '피의 계단'을 올라오면 곳곳에 운영 요원들이 대기하고 있다가 아크릴 털실로 뒤덮인 가면이나 라텍스로 만든 혈관 따위로 발목을 잡는다고 했다. 하얀 모자는 붉은 조명과 천둥소리 담당이었다. 피라미드 아래, 내장처럼 구불구불 이어져 있던 계단이 떠올랐다.

"매번 놀라게 한다고 비명을 지르는 건 아니에요. 으스스한 분위기를 깔아서 긴장감을 조성한 다음, 잠깐 방심하게 한 후에, 꽝! 타이밍을 잘 노리면 작은 소리에도 기절초풍하게 되죠. 이걸 터득하기 전까지 선임자에게 무지하게 욕을 얻어먹었지만요."

놀란 뒤끝이라 손바닥이 축축하고 이마에 식은땀도 났다. 하얀 모자는 왜 나를 데리고 도망친 것일까.

"아저씨 장례식 때 멀리서 형을 봤어요."

장례식에 온 운영 요원들에게 아버지에 대해 물어봤다. 하나같이 고개를 저었다. 하얀 모자는 기억에 없었다.

"아저씨가 없으니까 누구라도 표범기사를 돌봐야 해서…… 기계실로 통하는 쪽문을 열어 두고 틈틈이 망을 보고 있어요. 먹을 것도 갖다 놓고……. 가끔 수리공이 기계실로 들어오거든요. 표범기사는 좀 전에 운영 요원이 오기 전 도망쳤어요."

그게, 표범기사의 은신처에 있던 그것이, 말라붙은 그것이, 아버지의 심장이냐고 물으려는데 입을 떼기도 전에 목이 잠겼다. 이어폰으로 지시가 왔는지 하얀 모자가 장막 저쪽에 귀를 기울이다 스위치 두 개를 재빠르게 올렸다.

"처음에는 어떻게든 멕시코로 돌려보내려고 했어요. 표범기사는 돌아갈 수가 없대요. 이대로 자기가 돌아가면 인디오 마을은 다시 불행해질 거래요. 아침에 눈을 떴을 때 태양이 떠오르지 않을까 봐, 세상이 끝장났을까 봐 또다시 하루하루가 끔찍해질 거래요. 표범기사가 제의를 준비하고 있어요. 심장은 내가 가져다 놓은 거예요. 혹시라도 표범기사가 관람객에게 덤벼들면 큰일이니까. 운영 요원들이 표범기사를 잡으려고 신경이 곤두서 있어요."

녀석도 아버지와 같은 생각을 했을 것이다. 돼지나 개, 양, 염소의 것이거나. 나는 손바닥에 찬 땀을 바지에 쓱쓱 문질렀다. 검은바지에서 허연 소금기가 묻어났다.

"표범기사에게 짐승의 것은 소용없어."

"알아요. 아저씨가 제단 위에 누운 게 그 때문이란 것도."

아버지가 제단에……? 뼈마디가 덜컥 어긋나는 것 같았다.

"거기 있던 인형은 어디 가고 사람이…… 제단 위의 제물이 인형인 줄로만 알았는데……. 아저씨가 그걸 모를 리 없는데……."

귓속으로 수돗물이 콸콸 쏟아지는 것 같았다. 정말 아버지가제물이 되었느냐고, 왜 하필 아버지냐고, 아버지를 찌른 건 누구냐고, 정신없이 하얀 모자를 다그쳤지만 이명에 묻혀 내 목소리조차 들리지 않았다. 내가 함부로 붙잡고 밀치는 대로 하얀 모자는 힘없이 흔들리다 벽에 기대 주르르 무너졌다. 제 몸을 지탱하지 못하면서도 손가락만은 끝내 스위치에서 떼지 않았다. 하얀장갑을 낀 손가락이 점점 거대해져 벽 전체를 덮어 버릴 것 같았다. 멀리서부터 비명이 가까워졌다.

'피의 계단'에서 빠져나왔을 때는 야간 개장 시간이 지난 뒤였다. 놀이기구마다 꺼진 전구 알이 먹물 주머니처럼 매달려 있다. 운영 요원은 보이지 않았다. 테마파크 입구와 중앙 통제실 같은 주요 시설 주변에 CCTV 정도가 있을까, 놀이기구를 훔쳐 갈 바보를 위해 삼엄한 경비가 필요할 것 같지는 않았다. 어디서건 밤을 지내야 할 거였다. 제의를 치르는 날이 내일이다.

1년 전 표범기사는 제의를 치르지 못했다고 했다. 사제가 심장을 높이 쳐드는 순간 무대 위로 표범기사가 돌진했다. 그리고 맹수가 먹이를 채 가듯 쏜살같이 시신을 가로채 사라졌다. 아버지의 주검은 며칠 만에 발견되었다. 전에 없이 옥수수 밭에 파리 떼가 끓어서였다. 운영 요원이 옥수숫대를 헤치고 들어가 한참을 헤맨 끝에 아버지의 주검을 발견했다. 아버지는 당신 키보다 큰 용설란 꽃대와 나란히 누워 있었다. 2미터나 되는 용설란 꽃대가 어째서 그곳에 있는지 아는 사람은 없었다. 용설란 모형을 뜬 곳에 연락해 보면 알겠지. 아버지의 가슴에 돼지 심장을 채워 넣으며 누군가 말했다.

하얀 모자는 옥수수 밭에 이틀을 꼬박 엎드려 있다 표범기사를 만났다고 했다. 아저씨 곁에 장대만 한 꽃을 둔 사람이니 만나면 뭐든 알 수 있을 것 같았어요. 하지만 표범기사도 아저씨가 죽은 이유를 몰라서 허둥대는 것 같았어요. 멕시코에서 온 진짜 표범기사라는 건 그때 알았어요.

표범기사에게 심장을 내준 게 아니라면 아버지는 대체 왜 제단에 누웠을까. 관람객과 운영 요원, 카메라까지, 누구도 바라지 않았다. 아버지 역시 진짜 사람의 심장을 도려낼 수 없다는 건 누구보다도 잘 알고 있었다. 장례식장에서 운영 요원은 내게 아버지의 죽음을 깨끗이 지우라고 했다. 거짓 사망진단서까지 내밀었다. 그건 왜. 매듭을 쥐고 아버지는 죽었다.

아버지가 심어 놓은 옥수수는 아직 자라고 있을까. 바닥엔 버려진 소시지 하나 보이지 않았다. 떫고 쓴 열매라도 삼키고 싶었다. 띄엄띄엄 켜져 있는 가로등 아래 옥수수 밭이 검푸르게 펼쳐져 있다. 옥수수를 겹겹이 감싸고 있는 세로결 잎맥을 헤쳐 보니 플라스틱 알갱이들이 윤기를 내며 알알이 박혀 있다. 빽빽이 서 있는 옥수숫대 사이를 가르고 안쪽으로 깊숙이 들어갔다. 잡히는 대로 줄기를 구부려 껍질을 헤쳐 보았지만 옥수수 알은 하나같이 매끈하고 딱딱했다.

사사삭. 먼 곳에서부터 소리가 가까워졌다. 두 팔로 옥수숫대를 갈라서 만들어 낸 공간 안으로 팔꿈치가 쑥 들어왔다. 이내 한쪽 다리와 어깨, 머리가 차례로 들어왔다. 표범기사였다. 두 팔에 옥수수가 한 아름이다. 오늘 밤 표범기사는 뜨거운 심장을 찾고 있다. 하얀 모자의 말이 번뜩 스쳤다. 표범기사는 그 자리에서 꼼짝하지 않았다. 놀라기는 그쪽도 마찬가진 것 같았다.

코앞에서 본 표범기사는 그리 사납게 보이지도, 위험해 보이지도 않았다. 아버지 말대로 말린 자두 같은 얼굴이었다. 산 사람의 심장을 꺼내는 것도, 돼지 심장을 태양신에게 바치는 것도, 둘 다 불가능해 보였다. 아버지는 표범기사에게 어떻게 말을 걸었을까. 뭐라도 해야겠기에 악수를 청하듯이 조심스럽게 손을 내밀었다. 표범기사가 내 손을 물끄러미 바라보더니 품에서 옥수수 하나를 쑥 빼서 내 손바닥 위에 올려놓았다. 노란 알맹이가 탱글탱글한 진짜 옥수수였다. 나는 옥수수와 표범기사를 번갈아 보았다. 표

범기사가 내 표정을 살펴더니 두 개를 더 내밀었다. 나는 쭈뼛쭈
뼛 다른 손을 내밀었다. 고맙다고 할 새도 없이 표범기사는 팔꿈
치로 옥수숫대를 가르며 옆걸음으로 사라졌다. 표범기사가 밟고
지난 자리에 옥수숫대가 빠르게 일어섰다. 나는 양손에 옥수수
를 쥐고 표범기사가 사라진 쪽을 멍하니 바라봤다. 뜨거운 옥수
수 죽을 후후 불어 가며 떠먹고 싶은 생각뿐이었다.

4

온몸에 휘감은 장막 사이로 햇볕이 따가웠다. 비닐 장막에 땀
이 차서 미끌미끌했다. 뜨거운 태양과 후덥지근한 공기로 가득 찬
유리병에 갇힌 기분이었다. 찝찔한 땀이 입 속으로 스며들었다.

어젯밤 표범기사가 준 옥수수를 들고 피라미드로 왔다. 해가
뜨면 알게 될 것이다. 1년 전 제단 위에서 무슨 일이 벌어졌는지.
피라미드 정상은 작은 광장만 했다. 광장을 에둘러 토나티우 축
제를 알리는 깃발과 상징물들이 세워져 있고 중앙에 무대가 설치
되어 있다. 무대는 대형 걸개그림에 가려져 있었다. 물감 몇 방울
에 무대 위의 공포가 붉게 배어 나왔다. 걸개그림을 들추고 무대
로 기어 올라갔다. 돌로 만든 제단과 그 앞의 화로 네 개, 깃털 달
린 부채와 뱀 가죽으로 만든 북……. 아버지의 마지막 작품이었
다. 제단 위에 흑요석 칼이 어둠을 겨누고 있었다.

무대 뒤로 돌아가 숨을 만한 곳을 찾아보았다. 구겨져 있던 낡은 장막을 끌어내자 먼지 뭉치가 훨훨 날렸다. 그 속으로 기어 들어가 옥수수 알갱이를 한 알 깨물었다. 비릿한 맛이 톡 터지고 차차로 단맛이 돌았다. 쓰린 속이 천천히 데워졌다. 한 알 한 알 입에 넣을수록 옥수수 알을 입 안에 잔뜩 채워 넣고 싶다는 욕망이 간절해졌다.

혀끝으로 잇새를 훑어 내자 어젯밤 상상처럼 남아 있는 달달한 맛이 목구멍을 타고 내려가 내장까지 감질나게 했다. 비닐 장막 틈으로 주위를 엿보았다. 표범기사와 독수리기사 분장을 한 운영 요원 몇 명이 긴장된 낯으로 돌아다니고 있다. 제단 위에 인형을 올리라는 소리가 언뜻 들렸다. 후다닥 발소리가 쏟아졌다. 문짝을 여닫고 집기 따위를 빼내는 소리가 부산스럽게 섞였다. 나는 비닐 장막 속에서 몸을 잔뜩 웅크렸다. 소란은 오래가지 않았다. 조심조심 비닐 장막을 걷고 밖으로 나왔다. 모두 출연자 대기실로 간 모양이었다. 드리워진 커튼 틈으로 무대가 보였다.

내가 몸을 숨긴 곳은 무대 왼편이었다. 몇 발짝 앞에 제단이 있고 그 위에 제물이 누워 있었다. 그의 육체는, 자신의 내부와 외부를 갈라놓은 경계처럼, 단호한 인상을 주었다. 죽음을 깊숙이 빨아들인 모습…… 무겁고 고요한 얼굴…… 말린 자두 같은……! 표범기사다. 표범기사는 사제가 아니었나. 그럼, 사제는 누가……? 황색 인조가죽 옷을 입고 떨리는 손으로 표범기사에게 칼을 겨누고 있는 사람은, 하얀 모자다. 칼끝은 공중에 못 박힌 채 표범기사를 향해 조금도 나아가지 못했다. 파랗게 질린 하얀 모자는 사제가 아니라 제단에 누워 있어야 할 인형으로 보였다. 나는 커튼 자락 깊숙이 파고들었다. 내 몸을 묻어 줄 것은 그것뿐이었다.

효과음이 절정으로 치달았다. 피라미드는 비명과 포효 속에 휩싸였다. 부력을 못 이겨 수면 위로 떠오르는 공처럼 관람석의 눈동자들이 호기심으로 부풀어 올랐다. 어서 제단을 피로 물들이라고, 비명을 지를 준비가 되었다고, 무시무시한 공포로 몰아가라고 하얀 모자를 재촉했다. 하얀 모자가 겁에 질려 관람석을 둘러보았다. 칼자루를 쥔 손마디가 하얗게 도드라졌다. 픽. 둔감한 소리였다. 표범기사의 가슴뼈 아래에 칼이 꽂혔다. 표범기사의 어두운 내부가 갈라지면서 외부의 기류가 급류처럼 흘러들었다. 갈라진 몸에서 검붉은 핏덩이가 쏟아졌다. 표범기사의 얼굴이 고통으로 일그러졌다. 관람석에서 와아 탄성과 함께 붉은 꽃무리가 화르르 피어났다. 일제히 벌린 붉은 입에서 뜨거운 열기가 하아 쏟아졌다.

숨을 몰아쉴 때마다 박수 소리가 목구멍으로 쿨렁쿨렁 밀려들어왔다. 거짓말, 거짓말이다. 거짓말이 손바닥을 빠르게 부딪치며 목구멍을 타고 내려와 심장을 꽉 움켜쥐었다. 태양은 굶주리지도, 다시 태어나지도 않는다. 기껏해야 고대 왕국이 공포로 통치하기 위해 벌였던 피의 축제다. 표범기사만 지워질 뿐이다. 거짓말처럼. 아버지처럼. 팔다리에 저절로 힘이 들어갔다. 뻣뻣해진 팔다리가 나도 모르게 내 몸을 무대 위로 번쩍 들어 올렸다. 제단 앞으로 뛰쳐나가 표범기사를 안아 올렸다. 표범기사의 눈에서 불빛이 스르르 꺼져 갔다. 운영 요원들은 당장이라도 무대 위로 올라올 기세였지만 섣부르게 움직이지는 않았다. 카메라 너머 몇 가닥의 케이블로 이어 놓은 거대한 세계가 테마파크에 들어와 있었다. 무대의 환상이 깨지는 순간 토나티우 축제는 물론이고 수십만 평에 걸쳐 이뤄 놓은 테마파크의 환상이 처참하게 무너지고 만다는 것을 모를 리 없었다.

하얀 모자의 입술이 흐물흐물 움직였다.

"한 번 찌르고 아저씨인 걸 알았어……. 사람인 걸 알았지만…… 진짜 사람인 걸 알면 난 살인자가 되어 버려……. 인형이다…… 인형이다…… 나는 인형을 찌른 것뿐이야……. 이, 이번에는 표범기사가 제단에 누워서 자기를 찌르라고…… 아스텍 전사의 심장만이 태양을 떠오르게 한다고……. 두, 두 번씩이나 사람을 찌르라는 게, 무…… 무서워……."

무슨 말인지 도무지 알아들을 수 없었다. 표범기사의 가슴에서 피가 솟구치고 있었다. 검붉은 피가 셔츠에 번져 나갔다. 눈앞이 아득해졌다. 나는 표범기사를 당겨 안았다. 하얀 모자는 테마파크와 아스텍과 아버지를 정신없이 게워 내고 있다. 표범기사가 스스로 제단에 누웠다는 말인가? 그럼, 아버지는? 아버지가 자신의 심장을? 핏물에 표범기사의 몸이 자꾸만 미끄러졌다.

요란한 북소리와 함께 표범기사와 독수리기사로 분장한 운영 요원들이 허둥지둥 무대 위로 올라와 출정 전야의 춤을 추기 시작했다. 운영 요원들에게 밀려 나는 한 걸음 두 걸음 제단에서 멀어졌다. 머릿속에서 고무망치 소리가 통통통 울렸다. 아버지는, 아버지의 고무망치로 이룬 아스텍을 진짜로 만들고 싶었던 게 아닐까. 아버지의 목소리가 속삭였다.

"아무리 진짜처럼 만들고, 고무망치로 수없이 두드리고 그랬지만 말이다, 사람 손때가 묻어야 집도 집 같고 그러지 않겠니? 진짜 인디오, 그것도 표범기사 말이다."

누군가 심장을 바쳐야 한다면 아버지 자신 이외에는 없었을 것이다. 말없이 고무망치 하나 들고 벽만 두드렸던 아버지였다. 다른 사람의 종이컵을 늘어놓으면서, 이미 그려진 밑그림에 타일을 붙이면서, 눈 주위에 주름을 잔뜩 잡고 애매한 표정을 짓던 아버지였다. 아버지의 심장도 무언가를 향해 뛰고 있었다. 표범기사의 심장이 아닌, 돼지 심장은 더더욱 아닌, 아버지는 자신의 심장으로 아스텍을 완성하고 싶었던 것이 아닐까. 테마파크는 아버지의 가슴에 돼지 심장을 채워 넣고 깨끗이 지워 버렸다. 아버지의 심장을 돼지 심장으로 만들어 버렸다.

희고 붉고 노란 꽃잎이 하얀 모자의 머리 위로 후루루 떨어졌다. 관람석에 정적이 흘렀다. 각자의 몸에서 떨어져 나와 육식동물의 생장점으로 불어난 것 같은 눈동자들이 무대를 압박했다. 겁에 질린 하얀 모자의 눈이 제단 위에 고정되었다. 눈동자에 떠밀려 하얀 모자가 제단 위로 기어 올라갔다. 하얀 모자는 마침내 인형이 되었다. 테마파크에 인공조명이 태양처럼 빛났다.

목구멍에서 쓰고 미지근한 것이 왈칵 솟구쳤다. 나는 운영 요원들 사이를 뚫고 뛰기 시작했다. 노란 위액을 흘리며 두 계단씩, 세 계단씩, 펄쩍펄쩍 뛰어서 피라미드를 내려갔다. 심장을 게워 내고, 테마파크를 게워 내고, 둘둘 말린 두루마리 휴지를 게워 내고, 아버지와 표범기사까지 게워 낼 것 같았다. 박수 소리가 등 뒤에 후두둑 꽂혔다. 표범기사의 몸이 점점 아래로 처졌다. 운영 요원들이 발소리를 죽이며 바짝 쫓아왔다. 맹렬한 허기가 몰려왔다. 목구멍의 주름이 팽팽해지도록 옥수수 알을 끝까지 밀어 넣고 싶었다. 멀리, 용설란 싹이 뿌연 기류처럼 흐르고 있었다.

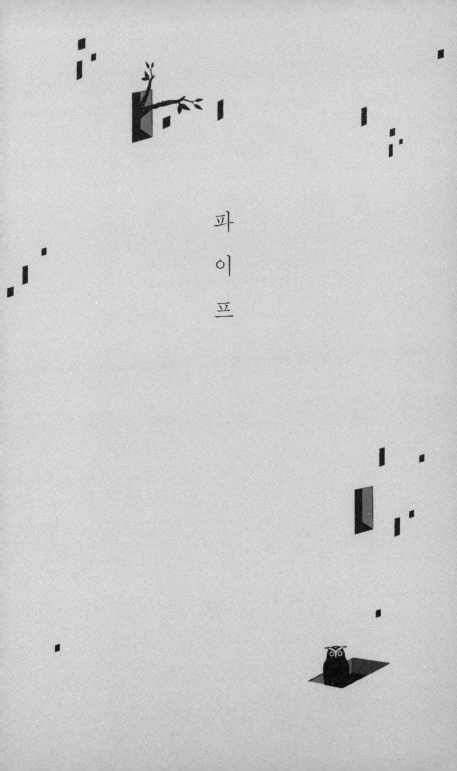

파
이
프

맨홀 뚜껑을 열자, 빛이었다. 매설된 파이프의 구부러진 저쪽에서 흘러나오고 있는 것은 틀림없는 불빛이다. 나는 손바닥을 탁탁 털고 굽혔던 허리를 편다. 아이가 다가와 옆구리에 찰싹 달라붙는다. 날 올려다본다. 눈꺼풀이 필요 이상으로 활짝 열려 있다. 시신경에 힘을 주어 일부러 불쑥 밀어낸 것 같은 눈알에 검은자위가 절반이다.

"텔레비전에서 본 거랑 똑같아요."

어느새 바닥에 납작 엎드린 아이가 아래를 내려다보고 있다. 검은자위가 번뜩 빛난다. 눈꺼풀이 눈알을 놓쳐서 주르륵 쏟아질 것 같다. 서둘러 아이를 일으킨다.

"넌 여기서 기다려."

아이가 순순히 고개를 끄덕인다. 맨홀 속은 먹장을 갈아 부은 것 같다. 희미한 빛은 육중한 질감으로 존재하는 어둠을 조금도 구제하지 못했다. 발끝으로 안쪽 벽을 빙 둘러 더듬자 철제 사다리가 걸린다. 더듬더듬 디디서 2미터 남짓 아래로 내려간다. 바닥이 닿는다. 머리 위에선 아이가 목을 길게 빼고 안을 들여다보고 있다. 파이프는 바닥에서 ㄴ자 형태로 구부러져 어둠 저편으로 뻗어 있다. 바닥이 미끄러운 데다가 원통 모양이라 중심을 잡기가 쉽지 않다. 팔을 양옆으로 벌려 파이프 벽면에 손바닥을 단단히 밀착시킨다. 그제야 허리를 굽혀 겨우 앞으로 나아갈 만하다. 뭉클뭉클 밟히는 것은 생활하수에 섞여 흘러 들어온 오물과 빗물에 쓸려 온 흙무지 따위일 것이다. 썩은 물비린내에 코가 뭉크러지는 것 같다. 멀리 희미한 불빛은 공간을 초월해서 비현실적으로 보인다. 순간적으로 다리가 휘우뚱대면서 팔꿈치가 벽면에 긁힌다. 쓰라리다. 물이끼가 낀 곳을 잘못 디딘 모양이다. 팔꿈치를 최대한 눈앞에 갖다 댄다. 분명 또렷한 아픔으로 존재하는 상처가 눈에는 보이지 않는다. 상처가 만들어 낸 아픔인지, 아픔이 상상해 낸 상처인지 알 수 없다.

펄떡. 의식 밖에서 무언가 솟구친다. 원생동물의 것이라고나 할 수 있는 미약하고 징그러운 움직임. 썩은 비린내가 진동하는 검붉은 입. 허리에 매달린 농익은 고름 주머니는 슬쩍 건드리기만 해도 거죽이 호물호물 벗겨질 것만 같다. 우연히 본 고어 영화 속의 끔찍한 인어 형상이다. 맨홀 속에서 인어를 건져 낸 건 화가였다. 터진 고름 주머니에서 흘러나온 것은 선명한 일곱 빛깔. 화가는 고름을 짜내 인어를 그리기 시작한다. 환상 속의 인어를 맞닥뜨린 것 같은, 진짜보다 더 진짜 같은 인어가 화폭 속에 생생하다. 흐물흐물해진 꼬리를 끌고 인어가 바닥을 기어와 내 다리를 잡고 기어오른다. 검푸른 진액이 바닥에 흥건하다. 살려 줘. 아니, 차라리 죽여 줘. 몸이 썩어 가고 있어. 인어의 입속에서 푸르죽죽한 살덩이가 꿈틀거린다. 혀다. 나는 질끈 눈을 감는다. 멈춰! 멈출 수 없다. 끔찍한 상상은 뇌 속에서 머리카락처럼 뻗어 나와 발목을 친친 감는다. 진저리를 치며 눈을 뜬다.

차차로 어둠이 눈에 익는다. 희미한 빛은 구부러진 파이프 너머에 있다. 모퉁이를 돌면 빛을 보게 될 것이다. 그 빛이 어디에서 나오는 것인지 그것만 확인하면 된다. 땀에 젖어 진득하게 달라붙은 머리카락을 이마 위로 쓸어 넘긴다.

"내가 상상했던 그대로야."

파이프를 타고 울려오는 것은 아이의 목소리다. 소리에 베인 것처럼 등줄기가 선득하다.

*

상상. 그것은 나의 직업이다. 책상 위에 놓인 것은 프라이팬이거나 수영복이거나 구두 한 짝이었다. 매주 바뀌는 특별 행사장의 상품들이다. 스톱워치의 스위치를 누른다. 주물 프라이팬에 밀려 초특가 떨이 신세가 된 삼중 코팅 프라이팬 위에는 프렌치 레스토랑의 하얀 식탁보가 펼쳐지고, 유행이 한참 시난 웨지힐 슈즈 안에선 페르시안 고양이가 발톱을 세운다. 정해진 시간 내에 너절한 상상이라도 건져 올려야 하는 것. C쇼핑센터 광고 담당자에게 주어진 업무다.

외계인이 찾아왔을 때 나는 내일 자 신문에 실릴 지면 광고의 막바지 수정에 몰두하고 있었다. 광고 시안은 과장에서 부장으로, 다시 본부장으로 결재 단계를 밟아 올라갈수록 새로운 수정이 생겨 나왔다. 모델의 헤어스타일이 헝클어져 보이니 잔머리칼은 지우라느니, 활자가 너무 크다느니 혹은 가늘다느니, 헤드라인이 '이것이'에서 '이것은'으로 바뀌어야 한다느니, 모두 사소한 것이었으나 그중의 하나라도 빠뜨려서는 안 되었다. 이번에는 오른쪽 위에 있는 모델의 위치를 정중앙으로 옮기고 크기를 더 키우라는 것이다. 시원하게 열린 청록색의 바다가 시각적으로 압도하는 그림이었다. 모델 케이는 활짝 핀 얼굴로 다이빙대에서 낙하하고 있었다. 바닷속 심해 궁전은 말할 것도 없이 쇼핑센터. 비늘처럼 일어나는 하얀 포말에 일일이 그림자 처리를 하고, 플로럴 화이트 바탕에 로열 블루와 미드나이트 블루로 부분 터치를 주어서 투명한 바다 빛을 만들기까지, 디자이너와 머리를 맞대고 꼬박 한나절이 걸렸다. 큐빅이 반짝이는 산호와 실크처럼 감기는 바닷말, 대리석 같은 바다거북의 등딱지가 훤히 들여다보이는 풍요로운 바닷속 세상으로 모델 케이는 웃음을 함빡 물고 들어가야 하는 것이다. 스톱워치가 멈추는 순간 떠오른 아이디어였다.

"서 대리, 이게 고객 한 사람 한 사람 내부에 존재하는 욕망의
발화점이라고 생각해? 금방이라도 터질 것만 같은 욕망의 정점
을 자극해야 이것저것 생각 안 하고 몸과 지갑을 던진다구. C쇼핑
센터에서 쇼핑을 하면 지금 당장이라도 자신의 욕망이 실현될 수
있다는 확신. 그거야. 간단해. 더 센 걸루 가져와."

부장은 처음부터 탐탁히 여기지 않았지만 스톱워치가 멈추는
순간 모든 것이 멈추었기 때문에 새로운 아이디어는 더 이상 나
오지 않았다. 부장은 막무가내였다. 그깟 바다, 그쯤 잘려도 매출
엔 아무런 지장이 없다는 요지다. 빅 모델인 케이의 얼굴을 대문
짝만 하게 싣는 것이 훨씬 더 효과적이라는 같은 주장을, 제자리
에서 끝도 없이 돌려 대는 훌라후프처럼 몇 분에 걸쳐 반복했다.
1센티미터 잘리는 것에 비해 3센티미터 잘리는 것이 광고 효과에
얼마만한 영향을 미치는지 수치적으로 계산될 리가 없다. 논리로
해결할 수 없는, 직관과 미의 세계다. 나만의 상상이 아니었다면
결코 세상에 존재하지 않았을 바다. 캄캄한 의식의 밑바닥에서
기필코 건져 올렸지만 결국은 훼손되고 말 것이다. 쇼핑센터 안에
서 내 마음대로 할 수 있는 영역은 1미터 남짓의 책상이 점유한
물리적 공간뿐이다.

붉은 사인펜을 찾느라 책상 서랍을 열었다. 수십 개의 수정 사
항을 체크하다 보면 검지와 장지에 붉은 물이 들곤 했다. 서랍 속
에는 서너 장의 신용카드 결제 청구서가 무방비 상태로 펼쳐져

있었다. 모두 결제일이 지났다. 합해서 300만 원이 훌쩍 넘는 돈이 통장에서 자동이체 되었을 리는 없다. 통장 잔고는 월급 당일부터 바닥을 드러내었다. 월급이 입금되는 즉시 연체된 카드 대금이 귀신같이 빠져나가는 까닭이다. 매달 조금씩 갚아 나가는 대출금은 월급의 총액과 맞먹었다. 생활비는 신용카드를 긁으면서버텨 왔지만 돌려 막기에도 한계가 온 것이다. 신용 등급이 하향조정되기 전 대출을 더 받을 수 있는지 알아봐야 한다. 십수 년째탄탄한 재무구조를 유지하고 있는 쇼핑센터는 나의 신용에 그럴듯한 볼모가 되어 주고 있다. 지금까지는. 서랍 깊숙이에서 대출액이 찍힌 통장을 꺼내 물끄러미 바라보았다. 생의 마지막 1년을앓다 간 엄마의 입원비였다.

엄마는 위암이었다. 암세포가 간까지 전이되자 복수가 무섭게차오르기 시작했다. 며칠 간격으로 배 속에 관을 심어서 복수를빼냈지만 소용없었다. 간에서 복강으로 통하는 수도꼭지를 틀어놓았다고 보시면 됩니다. 피로 때문에 버석버석한 목소리로 의사가 말했다. 엄마는 스스로의 체액에 익사한 셈이었다.

"이렇게 많은 물이 내 몸 어디에 있었다니…… . 퍼내도, 퍼내도그득그득 차오르니, 참말 기가 멕힐 노릇이다."

폐까지 차오른 물 때문에 가까스로 들이쉰 숨을 맥 빠진 날숨으로 흘리며 엄마가 말했다. 병실의 보조 침대에서 자고 일어나자마자 나는 바닥 구석구석을 크레졸로 말끔히 닦아 냈다. 뼈와 살이썩는 죽음의 냄새를 엄마가 맡을까 봐 새벽마다 닦고 또 닦았다.

사인펜 뚜껑을 입으로 빼물고 막 수정 사항을 체크하려는 참이었다. 책상 자투리 공간에 간신히 얹혀 있는 전화기에서 요란한 소리가 났다.

"광고 담당입니까? 웬 아이가 광고 담당자를 만나야겠다고 한 시간 전부터 정문 앞에서 떼를 쓰고 있어요. 쫓아내도 다시 오고, 오고……. 고객들이 드나드는 정문에서 이러니 곤란합니다. 빨리 와 주셔야겠어요."

관리직 직원들이 근무하는 곳은 C쇼핑센터의 주차 건물 맨 위 층에 있다. 아이는 무조건 쇼핑센터로 찾아간 모양이었다. 간혹 광고물에 항의를 하는 사례가 있긴 했다. 교통경찰이 차도 한가운데서 쇼핑센터로 뛰어 들어오는 광고물이 나갔을 때도 수십여 통의 항의 전화를 받았다. 전화를 걸어온 모든 고객에게 일일이 사과하고 설명한 것은 물론, 경위서까지 써야 했다. 그렇지만 어린 아이가 정문 앞에서 떼를 쓴다니. 뛰다시피 걸으면서 최근에 나간 광고물을 되짚어 보아도 아이들에게 항의를 받을 만한 내용은 없다. 이번 시즌의 프로모션 콘셉트는 '판타스틱 쇼핑'이다. 아이들이 좋아하면 했지 불만 같은 게 있을 리 없다.

"가야 해요. 데려다 주세요."

아이의 얼굴은 한눈에 보기에도 정상이 아니었다. 툭 튀어나온 이마가 미간쯤에서 푹 꺼지면서 코가 함몰되고 두 눈은 돌출되어 있었다. 아래턱이 유난히 발달해 있어 아래위 치아가 잘 맞지 않았고 팔과 다리도 눈에 띄게 가늘어서 발육이 부진한 인상을 주었다. 언뜻 보기에 아홉 살에서 열 살은 족히 될 것 같은데 정확한 나이는 가늠하기 어려웠다. 오물이 잔뜩 묻은 옷이며, 때가 덕지덕지 않은 손등하며, 어디 한군데 빠한 구석이 없었다.

"우리 가족은 외계인이에요. 누나, 제발 데려다 주세요. 네? 텔레비전에서 봤어요."

텔레비전에서 봤다면 최근에 나간 광고를 말하고 있는 것 같긴 한데, 대체 어디로 데려가 달라는 건지 알 수가 없었다. 광고 어디쯤엔가 외계인이 나오긴 했다.

밤. 외진 뒷골목이다. 맨홀 뚜껑 틈으로 희미한 불빛이 새어 나온다. 골목 끝에서부터 꼬마가 불빛에 이끌려 온다. 눈부신 빛에 밀려 뚜껑이 펑 솟아오른다. 꼬마가 맨홀 속으로 미끄럼틀을 타듯 빨려 들어가면, 통로 끝 멀리서 C쇼핑센터가 보인다. 창틀에 매달려 안을 들여다보는 꼬마의 뒷모습. 카메라가 꼬마의 시선을 따라 안으로 들어간다. 구름장이 덮인 침대, 젤리로 만든 드레스, 진홍색 꽃뱀이 반짝반짝 혀를 날름거리는 목걸이…… 그 속에서 웃고 있는 것은 외계인들이다. 쇼핑센터는 행복한 외계다. 금속성의 효과음과 함께 눈부신 빛이 화면을 가득 채우는 오버 익스포저(Over Exposure)가 따라오고 그다음 컷에서는 우주선처럼 쇼핑센터가 서서히 떠오르다가 하부의 연료 분사 장치에서 불꽃을 내뿜으며 순식간에 사라진다. 선물 상자 안에 들어앉아 장난감을 들고 까르르 웃는 꼬마가 클로즈업되면서 쇼핑센터의 로고송으로 마무리된다. '판타스틱 쇼핑, C쇼핑센터'. 환상적인 영상미가 압권인 최근 광고였다. 남들과는 다른, 무조건 독특하고 개성적인 것을 선호하는 젊은 층을 겨냥한 것이었다. 아이는 터져 나올 듯한 불빛에 휩싸인 쇼핑센터를 진짜 우주선이라고 착각하는 모양이었다. 그리고 보니 우주인의 분장이 아이와 닮긴 했다. 잠자리 안경 모양의 눈에 이마가 도드라지고 팔다리가 가늘고 긴, 사람들이 흔히 화성인이라고 여기는 모양새였다. 우주인이라고 묘사된 한결같은 얼굴들을 볼 때마다 아무도 본 적 없는 외계인을 어쩌면 실제보다 더 그럴듯하게 그려 낸 최초의 디자이너에게 나는 경외감마저 느꼈다. 그의 상상은 우주 공간의 모든 생명체를 단 하나의 이미지로 삼켜 버렸다. 상상은 모든 것을 삼킨다. 실제보다 더 실제 같은 존재를 눈앞에 창조하기도 하는 것이다. 환상적인 쇼핑의 이미지는 고객들의 머릿속에 성공적으로 각인되었고 매출과 직결되고 있었다. 상상을 현실로 받아들이는 순간, 지갑은 열린다. 광고의 A, B, C.

아이참, 고객들이 다 보고 있어요. 쇼핑센터 격이 떨어져 보인다구요. 안내데스크 직원은 '격'이라는 단어에 특별히 악센트를 주며 나와 아이의 등을 떠밀었다. 가느다란 팔다리를 되롱대며 아이가 내 등 뒤에 바짝 딸려 왔다. 우선 사람들 눈에 띄지 않는 골목으로 아이의 손목을 잡아끌었다.

"집이 어디니? 전화번호는? 내 말 못 알아들이? 설마 진짜 외계인이야?"

외계인이라는 말에 아이의 눈초리가 잠깐 사납게 올라갔지만 금세 수그러졌다.

"누나 바쁘거든. 자, 이거 갖고 사탕 사 먹어. 착하지, 다신 오면 안 된다."

주머니 속에서 동전 몇 개라도 잡힌 게 다행이었다. 손봐야 할 광고 수정안을 생각하니 머리가 지끈거렸다. 시계를 보니 오후 6시가 막 지나고 있었다. 휘청, 몸이 기울었다. 그렇잖아도 다리보다 마음이 앞서서 자꾸 걸음이 엉키는데 아이가 블라우스 자락을 옴킨 것이었다. 아이는 또다시 눈초리를 치켜뜨고 또박또박 말했다.

"그냥 가면 아까 그곳에 돌아가서 큰 소리로 울 거야. 외계인들이 있는 곳에 데려다 줘."

그것만은 곤란하다. 정문 앞에서 그런 일이 생기면 고객에게 불편을 준다. 새로 건 광고가 빌미가 된 것이 알려지면 담당자인 내가 호출되는 건 시간문제다. 고객이 원하는 물건이 없자 바로 옆 백화점으로 달려가 자신의 돈으로 물건을 구입해서 고객을 만족시켰다는 어느 판매원의 일화는 직원 교육 때마다 반복되는 신화에 가까운 이야기다. 비슷한 신화는 사례별로 정리되어 매일 아침의 조회와 몇 번의 연수를 거치는 동안 저절로 외워졌다. 하물며 고객에게 불편을 끼치다니.

"그건 광고잖아, 광고. 외계인이 어딨어. 우주선은 또 뭐야. 어떻게 거기 간다고 그러는 거야?"

'환상'이라는 이미지를 극대화하려 한 것이지 진짜 우주선이 어디 있다는 말인가. 그런 환상적인 기분은 물건을 구입하는 순간 경험할 수 있다는 것이다. 그렇다고, 사람들은 이미지를 소비한다느니 어쩌느니 아이에게 구구절절 설명할 생각은 조금도 없었다. 알아들을 리가 없다. 사납게 치뜨던 눈초리는 또 어디서 잘렸는지 아이의 눈은 어느새 어항 같은 눈망울로 변해 있었다. 둥그런 어항에 물기가 찰랑 비쳤다.

"거짓말하지 마세요. 텔레비전에서 분명히 봤어요. 정말이에요. 외계인은 정말 있다구요. 우리 가족은 진짜 외계인이에요."

내 머릿속에서 나온 외계를 아무런 의심 없이 믿고 있다고 생각하니 잠시 가슴이 뻐근해지긴 했다. 부장은 자신의 아이디어라고 주장하지만 처음 제안한 것은 나였다. 아니, 따지고 보면 누구의 것도 아니었다. 광고인이라면 누구나 동경하는 연말 광고 대상의 트로피는 디자이너도, 카피라이터도, 캠페인 디렉터도 아닌, 경영주의 책장에 전시될 뿐이니까. 갑자기 아이가 측은하게 보이면서 동시에 미안한 마음이 들었다. 아이의 입장에서 보면, 최대한 실감 나게 묘사해서 구체적인 환상을 심어 놓고 이제 와서 바보 취급을 하는 게 아니고 뭐란 말인가. 특이한 외모 때문에 외계인이라고 늘 놀림을 받던 차에 광고 속의 우주선을 보고 자기 별로 가고 싶은 마음이 들었다. 아이의 말은 대충 이런 것이었다. 나는 가벼운 한숨을 내쉬었다.

"좋아. 그럼 이렇게 해. 누나가 그 광고를 촬영한 맨홀로 데려가 줄게. 가서 맨홀 뚜껑을 열고 아무것도 없다는 것을 알면 누나 말을 믿겠지? 우주선은 없다는 걸 말이야. 그다음엔 다신 찾아오지 않는 거다. 약속해."

휴대전화로 디자이너에게 수정 사항을 설명했다. 광고 파일은 오후 4시 전에 신문사로 넘겨야 하지만 이미 1차 마감 시간은 지났고, 최악의 경우 자정 전까지만 넘기면 어떻게든 될 것이다. 촬영지까지는 차로 30분 정도 걸리니까 돌아와서 결재를 받을 깜냥이 섰다.

황량하면서도 도시적인 분위기를 풍기는 뒷골목. 광고 감독이 헌팅해 온 장소는 쇼핑센터의 신규 부지였다. 창업주에서 2세로 경영권이 넘어가자 공격적인 마케팅으로 전환되면서 동시에 서너 군데의 신규점 오픈이 줄줄이 예정되어 있었다. 강북 뉴타운의 중심지로 급부상하는 신규 부지는 한창 구가옥들을 철거 중이어서 사방에서 흙먼지가 날리고 있었다. 멀리 스카이라인에 고층 빌딩이 걸리고 뿌연 먼지가 자욱한 그곳은 우리가 원하는 이미지를 얻기에는 최적의 장소로 보였다. 게다가 없으면 일부러라도 만들어야 할 맨홀까지 적당한 위치에 있어 주었다.

조수석에 올라타 안전벨트를 맨 아이는 화가 난 것처럼 한동안 말이 없었다. 어항 속에 그득했던 물기는 아직도 아이의 몸 어딘가에 고여 있을까. 이렇게 된 이상 아이의 기분을 풀어 주고 싶었다. 맨홀 속을 들여다본 순간 깨어질 아이의 환상이 안쓰럽게 느껴지기도 했다. 진짜로 믿고 있다면, 외계로 갈 수 있다는 가능성은 얼마나 놀라운 희망이었겠는가. 어쩌면, 아이는 소중한 무언가를 지레 포기해야만 하는 성장기를 거치고 있는지도 모른다.

아이에게 우주선은 현실에서 감내해야 하는 어떤 박탈감을 일시에 상쇄해 줄 놀라운 카드일 수도 있었다. 남루한 차림과 특이한 생김새로 미루어 아이가 경험했을 박탈감이 어떤 종류였을까는 어렴풋이 짐작이 갔다. 맨홀 뚜껑이 열리는 순간, 아이가 쥔 유일한 패는 사라질 것이다. 거짓말처럼.

"엄마는 어디 계시니? 집은 어디야? 맨홀 뚜껑을 열어 보고 집에 데려다 줄게."

차창 밖은 벌써 어두워져 가고 있었다. 아이 혼자 낯선 곳에 버려두고 쇼핑센터로 돌아올 수는 없었다.

"어느 날 내가 잠을 자다 눈을 떴는데 말이야, 한밤중이었는데, 옆에 누워서 자던 엄마가 없어졌어. 우리 집은 동네에서 제일 높은 곳에 있었어. 옥상 위에 있었거든. 문을 열고 나가 보니 엄마가 난간 위에 서 있었어."

느릿느릿, 창밖을 보느라 얼굴을 돌린 채 아이가 입을 열었다. 왠지 혼잣말을 엿듣고 있는 기분이 들었다. 저와 나 사이에 일부러 물길을 내고 목소리를 흘려보내는 느낌이었다.

"바람이 엄청 불었어. 눈을 제대로 뜰 수가 없었어. 빨강, 초록, 노랑, 하얀색 빛이 눈부시게 쏟아졌어. 동생은 언제 깼는지 날 좇아 나와 있었어. 눈을 부비는 계집애는 맨발이었어. 난 소리를 질렀어. 엄마, 뭐해? 이리 와. 자다 말고 뭐해. 엄마가 뒤를 돌아봤어. 난간에서 내려오는데 하얀 치마가 펄럭였어. 한쪽 팔로 얼굴을 가리고 눈도 제대로 못 뜨고 있는 우리한테로 다가오더니 무릎을 굽혀서 양팔에 하나씩 우리를 꼭 끌어안았어. 그리고 곧장 허리를 펴고 일어서려다 풀썩 주저앉았어. 둘 다 들려고 하니까 너무 무거웠나 봐. 나는 달콤한 엄마 냄새에 폭 파묻혀 좀 더 자고 싶었어. 그런데 엄마가 내 허리에 둘렀던 팔을 풀고 동생만 두 팔로 감싸 안는 거야. 엄마, 뭐해? 눈이 부셔서 손가락 사이로 겨우 눈을 떴을 때 엄마의 치맛자락이 옥상 아래로 순식간에 사라졌어……. 너무 무서워서 집으로 돌아가서 문을 꼭 닫았어. 다음 날도. 그다음 날도……. 며칠이 지나서야 엄마를 찾아야겠다는 생각이 들었어. 그렇지만 방법이 있어야지. 그런데 텔레비전을 본 거야. 엄마와 동생은 옥상에서 그 맨홀로 점프해 들어간 게 틀림 없어. 맨홀 속으로 들어가서 우주선을 타고 사라진 거야. 우리 가족은 모두 외계인이었거든. 우리 가족처럼 생긴 사람들은 어디에도 없어. 잘 봐. 그렇지? 모두가 우리를 외계인 가족이라고 불러. 엄마는 그날 밤 너무 무거워서 나만 내려놓고 동생과 함께 우리 별로 돌아간 거야."

그러고 보니 아이의 얼굴을 어디선가 본 것 같았다. 크루존씨 증후군. 10번 염색체 돌연변이로 생기는 유전병이었다. 안면 기형 환자들의 성형수술을 지원하는 이벤트를 쇼핑센터의 자선 바자와 엮어 진행한 적이 있었다. 두개골이 비정상적으로 성장해서 얼굴뼈가 납작해지는 이 병은 대개 부모에게서 유전을 받아 일가족이 같은 병으로 고통 받고 있었다. 병으로 인한 고통도 고통이지만 외모가 주는 선입견 때문에 어항 같은 눈망울은 세상을 등진

쪽으로 열려 있기 마련이었다. 번듯한 직장에 채용되는 건 꿈도 꿀 수 없었고 자영업을 하는 것조차 수월찮았다. 크루존씨 증후군은 가난의 유전인자였다. 그나마 집 한 칸이라도 있다면 다행이지만 전세나 월세를 얻는 일도 쉽지 않았다. 눈을 마주치기만 해도 불쾌한 표정을 짓는 사람들 속에서 그들은 외계인일 뿐이었다. 생후 1년에서 늦어도 2년 안에 두개골 성형수술을 하면 어느 정도 치유될 수 있지만 이 아이에게는 수술비가 여의치 않았던 모양이었다. 아이는 환영받지 못하는 지구에서 어서 떠나고 싶은 것이다. 더구나 엄마와 동생이 사라졌다지 않은가. 아이의 말대로라면, 추락사이거나 동반 자살일 가능성도 있었다. 그럼 아이는 혼자 살고 있을까.

"아빠는 어디 계시니? 친척은 없니?"

"아빠는 지구인이야. 우리랑 다르게 생겼어. 우리를 옥탑방에 데려다 놓고 문을 닫으면서 아빠가 말했어. 돈을 많이 벌어서 데리러 오겠다고. 도망가고 싶어서, 우리가 쫓아가지 못하도록 그럴싸한 거짓말을 한 거야. 아빠가 돌아올까 봐 오도 가도 못 하게 된 엄마는 우리가 옥탑방에 갇힌 거라고 했어. 무시무시한 용이 사랑하는 공주를 탑 꼭대기에 가두듯이, 아빠는 우리를 너무너무 사랑해서 가둔 거라고. 그렇지만 진짜 갇혀야 하는 건 거짓말쟁이지 우리가 아니야. 안 그래?"

아이가 날 돌아다보았다. 거짓으로라도 고개를 끄덕여 주고 싶었지만 아이의 눈 속에는 섣부른 동의마저 멈칫하게 만드는 뭔가가 있었다. 어이없게도 광고 속의 환상을 곧이곧대로 믿고 있어서 순진한 줄만 알았는데 생각보다 영악한지도 모른다. 우호적이지 않은 세상에 적응하기 위해 감각기를 예민하게 곤추세워야 했을까. 브레이크를 밟았다. 차마 그곳으로 차를 몰아갈 수는 없었다. 어쩌면 아이에게 맨홀은 마지막 희망일 수도 있었다. 터널 속을 헤매고 있는 아이를 굳이 터널 끝까지 데려가 출구가 막혔다는 것을 보여 주는 일은 내키지 않았다. 차라리 옥탑방, 그곳으로 데려다 주기로 했다. 아빠가 없다고 해도 아이의 집은 틀림없을 테니까.

"밥은 먹었어? 누나가 맛있는 거 사 줄까? 니네 동네에서 젤 맛있는 빵집이 어디니?"

내 속이 빤히 들여다보였는지 아이는 금세 표정이 일그러졌다.

"안 돼! 지금 가야 돼. 데려다 줘. 거짓말쟁이! 누나도 거짓말쟁이야!"

엄마는 거짓말로 나를 키웠다. 어린 내게 백 번이나 천 번쯤, 내가 원할 때마다 약속해 주었다. 요술 봉을 사 줄게. 드레스를. 웃는 곰 인형을. 머리핀을. 파란 사과를. 손가락을 걸 때마다 이번만은 진짜라고 몇 번이나 다짐해 주었기 때문에 그때마다 믿었다. 저녁마다 다락방에 올라가 양손에 선물 봉지를 한 아름 들고 나타난 엄마를 기다렸다. 다락방에 뚫린 세모난 창을 통해 내다보면 마을 어귀에서 시작된 길이 시냇물을 허리에 걸치고 느티나무 둥치를 꿰차며 구불구불 집 앞까지 내려와 있었다. 농번기에는 마을의 논과 밭에서, 농한기에는 새벽 첫차를 타고 나가 읍내 식당이나 차부에서 품을 팔던 엄마였다. 선물을 사 주겠다고 해야 악머구리 같은 울음을 뚝 그치던 나 때문에 엄마는 점점 더 많은 약속을 하는 수밖에 없었다. 창밖이 어둑해지면서 마을 길이 하얗게 도드라지다 마침내 검은빛으로 가라앉기 시작하면 나는 다락방으로 기어 올라갔다. 곧 있으면 양손에 포도송이처럼 주렁주렁 열릴 선물 봉지들을 머릿속으로 야금야금 까발리기 위해서였다. 알알이 달콤하고 새콤한, 세상에는 없는 맛이었다. 혼자 먹기 싫어 밀어 두었던 밥공기는 발치에서 구르고 있었다. 납작한 배는 상상으로 불려졌다. 곰 인형의 리본 빛깔과 물방울무늬까지, 파란 사과의 갈색 반점 여섯 개까지, 드레스 자락을 부풀린 열두 개의 주름까지, 점점 더 작은 것에서 점점 더 큰 것까지. 드디어 엄마에게 초라한 플라스틱 머리핀 하나를 받아 든 날에는 너무나 시시해서 목 놓아 울어 버렸다. 머리핀은 조금도 반짝이지 않았다.

"누가 거저 주는 밥이나 편안하게 받아먹으면서 살았으믄 좋겠다……."

빈손으로 돌아와 마당 한가운데서 힘겹게 펌프질을 하며 북북 씻어 내는 엄마의 뒷모습에는 후들거리는 하루치의 노동이 담겨 있었다. 선물을 받지 못해서 입이 비죽 나온 것도 잠시, 수건을 찾아서 수돗가로 나오던 내가 엄마의 혼잣말에 냉큼 꼬리를 달았다.

"엄마, 엄마, 커다란 어항을 사 줄게. 물고기처럼 안에서 헤엄치고 있으면 내가 아침마다 밥을 줄게. 엄마는 입을 뻐끔뻐끔 벌려서 받아먹기만 하면 돼."

엄마가 웃었다. 긴 장화를 사 줄게. 백 걸음 걸으면 멜로디가 나오는 걸로. 엄마가 어디쯤 오나 알 수 있게. 푹신한 모자를 사 줄게. 어디든 머리만 닿으면 베개가 되는 걸로. 잠깐잠깐 잠들 수 있게. 엄마는 조금씩 늙어 갔고 다락방의 그 집을 떠나온 지도 오래였다. 약속한 선물은 하나도 전해 줄 수 없었다. 하나같이 지상에는 없는 것들이었기 때문이다. 오직 상상 속에서만 존재하는 선물. 엄마 미안해. 선물 하나도 못 줬네. 거짓말만 했네. 병상에서 마지막 숨을 몰아쉬던 엄마는 희미하게 웃어 보이더니 겨우겨우 말을 이었다.

"다 받았다. 엄마는 너무나 좋아서 어느 밤에는 잠도 못 잤단다. 네가 준 거 하나도 빠뜨리지 않고 여기 이 가슴팍에다 차곡차곡 담아 가지고 간다. 선물 끌러 보는 재미로 하루하루를 견디다 보니 이만치나 살았구나. 이제 보니 가슴 깊숙이 끌어안은 어항에서 그렇게 많은 물이 흘러나왔나 부다."

결국 맨홀까지 오고야 말았다. 신축 공사를 위해서 구가옥들을 모조리 철거한 뒤라 공터가 휑했다. 적당한 곳에 주차를 하고 맨홀의 위치를 가늠하며 걸었다. 아이가 걸음을 멈추었다.

"여기야. 여기가 우리 집이 있던 자리. 맨홀은 저기고. 저 속으로 엄마와 동생이 들어간 거야."

아이가 손을 쭉 뻗어 가리킨 쪽에 정말 맨홀이 있었다. 자세히 보니 과연 얼마 전 촬영을 했던 바로 그 맨홀이었다.

"너, 이 맨홀을 알고 있었구나. 우리가 촬영하는 걸 봤니?"

아이는 말없이 맨홀 쪽으로 다가갔다.

"옥상에서 점프해서 바로 뛰어 들어갔다니까. 우리 집 옥상에서 뛰어내리면 여기로 바로 떨어지게 돼 있거든."

"그럼 왜 나한테까지 찾아온 거야. 넌 이 맨홀이 어디 있는지 알고 있었잖아."

"누나만 알잖아. 깜깜한 맨홀 속에서 길을 알려 줘야지."

나만이 갈 수 있는 세상. 내가 창조한 세계. 엄마와 나만이 주고받을 수 있었던 상상처럼 어쩌면 아이와 나만이 아는 외계는 이미 존재하는 것인지도 모른다. 그 상상으로 아이는 이제까지 버텼을 것이다. 늘 무언가를 견뎌 내면서. 아이의 말대로 맨홀 속으로 내려가야 하는 것은 나다. 내가 열어젖힌 세계니까 나만이 닫아 줄 수 있다. 아이의 절망을 이해할 수 있는 사람은 나뿐이다. 아이는 여전히 어항 같은 눈을 느릿느릿 열었다 닫았다 할 뿐이었다. 엄마의 몸속에서 끝도 없이 흘러나오던 물이 아이의 눈 속에 그득했다.

*

"누나, 저 빛. 저 빛이 있는 곳까지 가. 거기 뭐가 있는지 좀 봐. 우주선이 있으면 날 두고 가면 안 돼."

아이의 목소리가 파이프 안을 울린다. 불빛이 나오는 곳으로 가려면 앞에 있는 모퉁이를 돌아야 하는데 파이프는 점점 좁아지고 있다. 아무래도 하수가 모이는 합류관 쪽으로 통하는 파이프가 아니라 좁은 빗물관이나 오수관과 이어지는 어디쯤인 것 같다. 쿨럭쿨럭 어둠이 목구멍 속으로 밀려 들어오는 것 같아서 서너 발짝도 못 가 숨을 크게 몰아쉬게 된다. 냄새가 점점 심해진다. 가까운 곳에서 뭔가가 썩을 대로 썩어 가고 있는 모양이다. 하수구 속이니 무엇 하나 썩어 나가지 않는 것이 이상한 노릇이기는 하다. 허리를 잔뜩 접고 있어서 방향을 틀기도 쉽지 않다.

"다 갔어? 누나, 다 갔어? 거기 불빛 있는 곳까지."

이제 한껏 팔을 뻗으면 구부러진 저쪽으로 손가락이 간신히 닿을 것 같다. 조금만 더…… 조금만 더…… 빛을 내는 게 뭔지 몰라도 저것 때문에 우주선을 확신하는 모양이니 어서 꺼내서 지독한 이 어둠 속에서 벗어나고만 싶다. 끔찍한 인어가 파이프 저쪽에서 헤엄쳐 오는 것 같아서 등골이 스멀스멀하다. 아이에게 발광체를 보여 주며 미안하다고 해야 하나. 거짓말을 한 것은 맞지만 환상을 심어 주는 건 나쁜 일이 아니다. 쇼핑센터 안으로 들어오면 다른 사람을 행복하게 해 줄 수 있는 물건이 많이 있다는 뜻이니까, 따지고 보면 아주 거짓말은 아니다. 어쨌든 여기까지 들어왔으니 최소한 성의 있는 변명은 하고 있는 것이다.

"누나, 거기까지 갔어? 갔어?"

아이는 위에서 자꾸 채근한다. 쪼그려 앉아서 몸을 굽히는 것으로는 모자라 아예 납작 엎드려서 팔을 뻗어 볼 요량을 했다. 바닥에 축축한 물기가 느껴진다. 허벅다리 부근이 뭔가에 눌려서 아프다. 바지 주머니 속의 휴대전화 때문일 것이다. 엉거주춤 엉덩이를 일으켜 휴대전화를 꺼낸다. 혹시나 해서 폴더를 더듬어 열어 보니 역시 액정 화면이 켜지질 않는다. 진창 속에 엎드렸을 때 물기가 스며 들어갔나. 낭패다. 그래도 이왕 이렇게 됐는데 저게 뭔지 꼭 꺼내서 아이에게 보여 주어야 한다. 간신히 모퉁이로 팔을 집어넣자 무언가 손끝에 닿는 게 느껴진다. 손가락 끝에 감각을 집중하고 힘을 모아서 쭉 뻗자 손에 잡히는 게 있다.

"잡았다. 애야, 이거야! 손전등!"

플라스틱 손전등이다. 나는 맨홀 입구 쪽으로 상체만 겨우 틀어서 불빛을 흔들어 보인다. 전지가 거의 닳았는지 위태로운 불빛이다. 장난감을 갖고 놀다 누군가가 빠뜨린 모양이었다. 하필 이런 곳에 처박혀서 우주선이니 뭐니 이 고생을 하게 한담. 맨홀 뚜껑을 열었을 때 아무것도 없었으면 여기까지 내려오지 않아도 됐을 텐데.

"누나, 우주선이 있을지도 모르니까 구부러진 저쪽으로 불빛을 비춰 봐."

이까짓 플라스틱 손전등을 달고 날아갈 우주선이 어디 있다는 건지, 아이의 고집도 여간이 아니다. 마지못해 팔을 겨우 움직여 구부러진 저쪽으로 손전등을 밀어 넣는다. 손전등의 방향이 바뀌자 반대편 공간이 빛 안으로 들어온다. 그런데, 무언가 있는 것 같다. 흉측한 몰골로 입을 헤 벌린 채 널브러진 얼굴이다. 설마, 외계인……? 아이의 얼굴과 닮았다. 아악!

"누나, 놀라지 마. 내 동생이야. 거기 들어갔다고 했잖아."

차가운 혓바닥이 귓바퀴에 감기는 것 같다. 아이는 웃고 있는지 할딱거린다.

"엄마가 맨홀 속으로 점프해 들어갔다고 믿은 건 내 동생이야. 걘 좀 어리거든. 다섯 살밖에 안 됐어. 내가 몇 번이나 설명해 줬어. 텔레비전에 나온 건 거짓말이라구. 그냥 광고라구. 멍청한 계집애가 내 말을 안 듣고 기어이 기어 들어간 거야. 손전등도 계집애가 갖고 갔나 봐."

아이의 목소리가 이명과 섞여서 뱃속을 휘젓는 것 같다. 속이 울렁거린다.

"엄마는 찾아봐야 없을 거야. 쇼핑센터를 짓는다고 온 동네가 몽땅 헐리자 옥상에서 뛰어내린 것뿐이니까. 그나마 우리를 불쌍하게 본 주인이 거저나 다름없이 빌려 준 방이었는데 집이 헐리면서 갈 곳이 없어졌거든. 우주선 따위를 타고 도망가다니, 내가 한 말을 그대로 믿었어? 누나처럼 나도 상상을 좀 했을 뿐이야."

기어이 구역질이 나온다. 손바닥으로 가슴을 누르자 블라우스 앞자락에서 미지근한 토사물이 미끈거린다.

"누나가 그따위 거짓말만 지어내지 않았어도 동생은 죽지 않았어. 누나도 아빠처럼 거짓말쟁이야! 아무도 누나가 여기 온 걸 모를 거야. 맨홀 뚜껑 위에 돌덩이보다 무거운 걸 올려놓을 거니까 누나 목소리도 못 들을 거야. 누나, 안녕……."

크르륵. 거칠고 탁한 마찰음이 지상에서 쏟아진다. 무거운 쇠붙이가 지표를 긁는 소리다. 안 돼! 파이프 안에서 공명되는 소리는 점점 더 작은 원을 그리며 스스로 소멸해 간다. 기괴한 몰골로 부패해 가는 계집아이가 당장이라도 고름이 진득한 눈을 번쩍 뜰 것만 같다. 희미한 불빛에 의지해 나갈 곳을 필사적으로 찾는다. 파이프 속을 난반사하는 빛이 시체에 닿는다. 안구는 부풀대로 부풀어 공허하게 열려 있다. 안쪽에는 고름이 꽉 차서 그렇잖아도 커다랗게 튀어나온 안구를 밀어내고 있을 것이다. 당장이라도 썩은 비린내가 진동하는 입을 쫙 벌리고 가시 같은 손을 뻗어 올 것만 같다. 처음부터 아이의 말을 들어주는 게 아니었다. 거짓말에 속아서 제 발로 여기까지 내려오다니.

맨홀이 점점 조여 오는 것 같다. 가슴이 답답하다. 두 손으로 머리카락을 움켜잡고 잡아당긴다. 소리 질러 봐야 소용없을 것이다. 공사는 내일 아침에야 재개될 것이고 그나마 공사장의 소음으로 내 목소리가 들릴지도 의문이다. 파이프를 짚어 내려가면 한강으로 물이 나가는 방류관 어디쯤에 이를 것이다. 최소한 하수처리장에라도 이를 것이다. 일단 앞으로 나가야 한다. 어쩌면 도로변 어디쯤에 뚫어 놓은 빗물관을 만날 수도 있다. 거기서 위를 향해 소리를 지르면 지나가는 누군가의 귀에 걸릴지 모른다. 제발……. 끈적끈적한 땀이 목덜미를 훑는다. 블라우스 앞자락에서 올라오는 역한 냄새에 숨통이 막힌다. 어떻게든 앞으로 나아가기만 하면……. 계집아이가 파이프 모퉁이에서 앞을 가로막고 있다. 계집아이, 저 계집아이의 시체만 없다면……. 모퉁이 쪽으로 몸을 틀자 파이프가 꼭 조여든다. 엉거주춤하게 허리를 굽힌, 이 자세로는 도저히 지나갈 수 없다. 털썩 그 자리에 주저앉는다. 몸이 옆으로 기운다. 손전등이 기울어 계집애의 얼굴에 빛이 닿을 것만 같다. 스위치를 꺼 버린다.

지구 중심부에서 길어 올린 것 같은 어둠. 헝클어진 머리칼을 바닥에 끌고 계집애가 기어 올 것 같다. 흐물흐물한 다리에서는 검푸른 진액이 흘러나오고 있을 것이다. 계집애의 고름 주머니에서 일곱 빛깔을 짜낼 수만 있다면, 그럴 수만 있다면, 단숨에 파이프 끝으로 헤엄쳐 나가는 인어를 그릴 텐데…… 인어의 꼬리 지느러미에 업혀 유연한 포물선을 그리며 한강 하구로 나아가면 될 것이다. 어쩌면 짙푸른 바다를 박차고 오르는 참치 떼를 바로 눈앞에서 만나게 될지도 모른다. 차라리 죽은 계집애처럼 상상을 확신할 수만 있다면……. 계집애는 내가 그린 상상을 찾아 파이프 속을 헤맸을 것이다. 파이프 속에서 길을 잃고 손톱이 다 빠지도록 바닥을 기었을 것이다. 내가 그린 상상은, 파이프 속에 갇힌 계집애의 고름 주머니에서 짜낸 일곱 빛깔로 그린 그림이었는지도 모른다.

손전등을 켠다. 떨리는 손으로 진창을 더듬는다. 죽은 계집애의 눈에서 누런 고름이 흘러나와 있다. 손을 뻗어 계집애의 고름을 닦아 낸다. 내 입에서도 고름 같은 울음이 흘러나온다. 숨을 크게 들이쉬고 바닥에 납작 엎드린다. 꾹꾹 씹어 삼키듯이, 물컹 물컹한 계집애의 시체를 타고 넘는다. 진창에서 꿈틀댈 때마다 날카로운 통증이 날을 세운다. 팔다리에 쇠사슬처럼 감기는 통증을 매달고 파이프 속을 기어간다. 바다는, 파이프 끝에 있다.

토
큰

엔진룸이 반쯤 열리고 여자가 고개를 내밀었다. 머리와 이마, 콧잔등에 먼지가 뽀얗다. 여자가 팔을 쭉 뻗어 완전히 문을 위로 젖히자 버스 내부가 드러났다. 엔진과 라디에이터, 송풍기 따위가 있는 엔진룸 위로 열을 막아 주는 방열판이 가로질러 있고, 그 위에 50센티미터 정도 공간을 두고 뒷좌석이 일렬로 놓여 있다. 여자가 모로 누워 있는 곳은 엔진룸과 뒷좌석 사이의 공간이다. 여자는 몸을 일으켜 밖으로 나오려다 비명을 질렀다. 한쪽 발목이 두 개의 연료 필터 사이에 끼여 있다. 힘껏 당겨 보지만 소용없다. 눈에 띄게 발목이 부어올라 있다. 아, 귀찮게 됐네. 여자가 오른쪽 발목에 손을 갖다 대며 중얼거렸다. 버스 밖으로 나오는 것은 포기하고 상체를 일으켜 구부정한 자세로 방열판 위에 걸터앉았다. 다리 한쪽은 엔진룸 밖에, 다른 한쪽은 여전히 연료 필터 사이에

끼인 채였다. 여자는 열 손가락을 짧은 머리카락 사이에 집어넣고
휘저었다. 먼지 때문에 캑캑 기침을 하면서 작업복도 탁탁 털어
냈다.

밤하늘에는 시멘트 먼지가 싸락눈처럼 날리고 어둠 속에 드문
드문 나트륨등이 켜져 있다. 도시의 가로등은 백색 수은등 대신
오렌지 빛 나트륨등이다. 안개 지역 못지않게 1년 내내 허연 시멘
트 먼지가 날리기 때문이다. 여자는 고개를 휘휘 돌려 주위를 둘
러보았다. 사방 1미터의 직육면체로 눌러놓은 고철 덩어리들이
공터 한쪽에 쌓여 있다. 고철 덩어리들이 얼핏 레고 블록처럼 보
였다. 맞은편에는 얼기설기 박스 모양으로 짠 철제 프레임 안에
자동차 문짝과 미션, 엔진 따위의, 재활용으로 값을 매길 만한
부품들이 종류별로 차곡차곡 진열되어 있다. 버스는 프레스기와
지게차 사이에 세워져 있었다. 프레스기가 눈에 띄자 여자의 팔
뚝에 오소소 소름이 돋았다. 프레스기가 버스를 와짝와짝 눌러
버렸으면 지금쯤 여자의 작업복이 레고 블록 어딘가에 끼어 있
었을지 몰랐다. 출고된 지 오래된 버스의 부품을 구하느라 여자
도 몇 군데 폐차장에 가 본 적이 있었다. 기회를 봐서 직원과 안
면을 튼 개인택시 기사들이 스패너나 드라이버 같은 공구 몇 개
를 들고 어슬렁대다가 와이퍼 모터나 흡기통 같은 건 태연하게
빼어 가는 데가 이런 곳이었다. 폐차장에 버스를 버려두고 남자
는 어디로 갔을까. 여자는 후우 한숨을 내쉬었다. 남자를 부르는
휘파람처럼.

여자는 버스 회사의 차량 정비팀에서 18년째 일하고 있었다. 그 전에는 버스 안내양이었다. 88올림픽을 몇 해 앞두고 선진국형 버스 개혁이 발표되었다. 안내양들은 모두 버스에서 내려야 했다. 고향에는 부모님과 다섯이나 되는 형제들이 있었다. 여자는 도시에 오래 남아 돈을 벌어야만 했다. 차량 정비팀을 찾아가 정비를 배우겠다고 했다. 얼굴에 기름때를 잔뜩 묻힌 남자들이 코웃음을 쳤다. 여자는 한 손에 방전된 차량 배터리를 들고 다른 한 손에는 전류가 흐르는 전극을 잡았다. 전극을 쥔 손에서 전기 스파크가 일어났다. 전류가 순식간에 그녀의 몸을 타고 흘렀다. 핏줄이란 핏줄은, 힘줄이란 힘줄은 다 오그라드는 기분이었다. 기름칠을 한 남자들이 입을 쩍 벌렸다. 여자가 충전된 차량 배터리를 내밀자 정비 반장이 어어 뒷걸음질을 쳤다. 여자는 버스를 떠나지 않아도 되었다.

전류가 몸을 통과하는 동안 그녀는 전압을 조절할 수 있었다. 심장인지, 뇌의 어느 부분인지는 몰라도 몸속에 있는 무언가가 변압기 노릇을 하는 모양이었다. 버스처럼 자신의 몸을 열어 볼 수도 없으니 그저 짐작일 뿐이었다. 여자는 숨을 참았다가 손가락 끝으로 훅 내뱉는 식으로 전압을 조절했다. 어떻게 손가락 끝으로 숨을 뱉어? 혹시 누가 묻는다 해도 달리 설명할 방법을 알지 못했다. 곰곰이 궁리해 본 적도 있었지만 어떻게 말해도 이해하지 못할 거라는 생각이 들었다. 어쨌든 차량 정비에는 쓸모가 많았다. 순간적인 전기 충격을 주면 전기 배선 문제나 수온 센서 고장 같은 것은 간단하게 해결되었다.

그러게 비포장도로에서 겁 없이 달리니까 쇼바가 터져서 오일이 새잖아! 뭘 모르는 신참 기사들은 마흔 줄을 훌쩍 넘은 노처녀에게 심심풀이로 수작이나 걸어 볼까 지분대다가 난데없이 여자가 꽥 지르는 소리에 혼비백산하기 일쑤였다. 웬만한 고참 기사들도 여자에게는 찍소리도 하지 못했다. 버스 정비 때문만은 아니었다. 도시의 외곽에는 커다란 시멘트 공장이 있었다. 외지에서 들어오자면 국도를 재주껏 타고 먼 곳에서부터 구불구불 돌아야 닿는 보잘것없는 소도시였다. 이곳에 사는 사람들의 8할은 아침에 일어나 시멘트 공장으로 출근했다. 버스는 어느 노선이나 시멘트 공장을 거치지 않을 수 없었다. 시멘트 공장에서는 밤이나 낮이나 뿌연 시멘트 분진이 뿜어져 나왔다. 버스 내부에도 분진이 쌓이기 마련이어서 번번이 전기 배선 쪽에 이상이 생기곤 했다. 버스가 노선을 한 바퀴 돌고 차고지로 들어오면 여자가 엔진에 쌓인 먼지를 닦아 내고 전기 배선을 일일이 점검해야 했다. 최대한 재게 손을 놀렸지만 가끔 자판기 커피를 뽑거나 배탈이라도 나게 되면 어쩔 수 없이 배차 시간이 늘어졌다. 배차 시간을 맞추느라 기사들은 점심을 건너뛰거나 정류장을 지나치기도 했다. 눈치껏 시간을 재촉하거나 재주껏 여자의 기분을 맞추기도 하면서 기사들은 조금이라도 빨리 차고지에서 출발하려고 했다. 오늘 새벽 여자가 엔진룸으로 기어 들어간 것도 배차 시간 때문이었다.

남자가 모는 413번 버스는 하루가 멀다 하고 고장을 일으켰다.

배차실에서는 으레 남자에게 폐차 직전의 낡은 버스를 배차했다. 보통은 2교대로 버스를 운행하지만 고물 버스의 운전사는 남자한 명밖에는 없었다. 아무도 고물 버스를 몰려고 하지 않았고, 고물 버스 때문에 운전사를 더 고용하느니 남자가 비번인 날은 버스를 그냥 세워 두는 편이 회사 입장에서는 수지 타산이 맞는 모양이었다. 어차피 그럭저럭 굴리다 얼마 안 있어 폐차를 해야 할 형편이었다. 자연히 운행 수입도 제일 적었다. 휴일 근무 수당 때문인지 운행 수입 때문인지 남자는 비번인 날에도 대개 출근을 했다. 전날 밤, 남자는 마지막 노선을 돈 후에 여자에게로 와서 말을 더듬었다.

"시, 시동이 자꾸 꺼져요. 다, 달리는 중에도 꺼지고 저, 정차하려고 브레이크를 당겨도 꺼지고……."

남자는 사람을 똑바로 쳐다보지 못했다. 큰 잘못을 저지른 사람처럼 늘 고개를 비스듬히 숙이고 다녔다. 남자와 말을 나누다 보면 상대는 뭔지는 모르지만 아무튼 뭔가가 잘못되어 가고 있고, 그건 모두 남자의 탓인 것 같은 기분에 휩싸였다. 버스 회사에서 남자에게 존댓말을 하는 사람은 없었다. 초면에 깍듯이 존댓말로 시작하다가도 열 마디를 못 넘기고 곧장 반말로 말허리를 툭툭 분지르기 일쑤였다. 사람들은 점점 반말 투가 되어 갔고 남자는 갈수록 말을 더듬었다.

남자의 버스는 고장 원인을 찾기 어려웠다. 연료 필터나 펌프 같은 연료 라인 어딘가에서 문제가 생긴 것 같기도 하고 전기 배선이나 크랭크 쪽도 의심되었다. 그 모두가 한꺼번에 문제를 일으킨 것 같기도 했다. 한두 가지를 손대서는 해결될 것 같지 않았다. 여자는 밤을 꼬박 새우고도 버스를 고치지 못했다. 고장 원인을 모르니 전기 충격도 소용없었다. 새벽이 되자 남자가 출근을 했다. 배차 시간이 다가올수록 여자는 점점 더 신경이 곤두섰다. 그녀는 움직이지 않는 버스는 움직이게 만들어야 직성이 풀리는 성격이었다. 남자는 버스 곁에 말없이 서 있었다. 차라리 재촉이라도 하면 좋을 텐데 버스가 고장 난 것이 자기 탓인 것 같은 얼굴을 하고 있었다. 여자는 버스에 올라가 맨 끝에 한 줄로 배열된 좌석을 들어냈다. 좌석을 들어내자 철제 박스가 나왔다. 박스를 들어내고 버스 엔진룸과 뒷좌석 사이로 기어 들어가 모로 누웠다. 그녀는 자신의 몸이 버스에 잘 맞았으면 좋겠다고 생각했다. 머플러나 라디에이터, 연료통, 혹은 볼트나 너트처럼. 여자의 몸은 원래 버스의 부속품으로 태어난 것처럼 쏙 들어갔다.

"위, 위험하지 않겠어요? 괘, 괜찮아요?"

남자가 엔진룸으로 머리를 쑥 들이밀었다. 배차 시간이 다가오자 평소보다 더 말을 더듬는 것 같았다. 여자는 축전지에서 길게 빼낸 전원 단자를 한 손으로 감싸고 다른 손으로 엔진룸을 탕탕 치며 외쳤다.

"오라이~!"

남자는 엔진룸 문을 반쯤 내렸다 다시 올렸다 몇 번이나 망설인 끝에 탕 내려놓았다. 그러고도 구두를 흙바닥에 질질 끌며 머무적대는 소리가 한참 더 들렸다. 오라이, 오라이라니까! 여자가 다그치자 그제야 버스 앞문이 닫히는 소리가 났다. 전원 단자를 쥔 여자의 손바닥이 찌릿했다. 부르릉. 버스가 움직였다. 여자는 점점 더 뜨거워지는 전원 단자를 다른 손으로 옮겨 잡았다. 아무래도 과전류 때문에 문제가 생긴 것 같았다. 버스가 노선을 한 바퀴 돌고 다시 차고지로 들어오면 엔진 점화장치부터 뜯어봐야겠다고 마음먹었다.

버스가 제 속도를 내자 여자는 눈을 감았다. 두 팔로 버스 문 양쪽에 달린 손잡이를 잡고 고개를 뒤로 젖히는 상상을 했다. 도로변의 수양버들이, 식료품 상회 간판이, 정류장이, 20여 년 전의 차창 풍경이 휙휙 등 뒤로 넘어갔다. 바람이 콧속으로 들어왔다. 수돗물처럼 콸콸콸 쏟아지는 것 같았다. 여자의 몸은 바람 속에서 빠르게 내달렸다. 버스가 첫 번째 정류장에서 정차했다. 발소리가 들리지 않았다. 아무도 버스에 오르지 않은 모양이었다. 다들 멀쩡해 보이는 버스를 타고 출근하고 싶을 테지. 여자는 차라리 잘되었다고 생각했다. 버스는 두 번째 정류장을 향해 힘겹게 언덕배기를 넘어가고 있었다. 세 번째, 네 번째 정류장에서도 한두 사람만이 버스에 올랐다 곧 내렸다. 시멘트 먼지가 점점 여자의 얼굴에 쌓였다.

버스가 다섯 번째 정류장에서 정차하는가 싶었는데 벌컥 엔진 룸이 열렸다. 여자는 내내 답답했던 숨을 훅 토해 냈다.

"여, 여기 나와서 좀 쉬어요. 미, 미안해요. 나, 나 때문에."

남자가 허둥지둥 여자를 안아서 땅에 내려놓더니 작업복에 쌓인 먼지를 탁탁 털어 주었다. 둘이 동시에 캑캑 기침을 했다. 남자가 여자의 얼굴에 대고 훅 입바람을 불었다. 바람은 남자 몸의 깊숙한 곳에서 불어와 기침을 하던 여자의 입속으로 들어갔다. 남자의 바람이 여자의 몸을 타고 들어와 어딘가에 숨겨진 붉은 등을 켠 것 같았다. 여자의 목과 가슴, 등짝과 발바닥에까지 한꺼번에 붉은 등이 내걸렸다. 입바람으로는 땀에 젖은 먼지가 날리지 않자 남자가 손으로 여자의 얼굴을 닦아 주었다. 붉어진 여자의 뺨이 드러났다. 여자가 도망치듯이 엔진룸으로 올라가며 중얼거렸다. 오, 오라이. 버스가 출발했다.

일곱 번째와 여덟 번째 정류장 사이 어디쯤에서 굉음이 들렸다. 도로와 공장, 산과 바다까지도 한 손에 쥔 누군가가 세상을 힘껏 우그러뜨리는 것 같았다. 아니, 캔 하나에 억지로 욱여넣은 시간과 공간들이 일시에 폭발하는 소리 같기도 했다. 사고가 있었거나, 아주 큰 고장이 있었거나, 아무튼 버스에 무슨 문제가 있었던 것만은 틀림없다. 버스는 폐차장에 주차되어 있는 것이다. 여자는 정신을 잃기 전 마지막 기억을 되살리려고 애썼다. 버스는 분명 여덟 번째 정류장을 향해 달리고 있었다. 머릿속에 하얀 두부가 꽉 찬 것 같았다. 뭔가 잡힐 듯 잡히지 않고 한데 뭉개졌다. 여자는 후-우 후-우 몇 번이고 입바람을 불어 공중의 먼지 입자를 날렸다. 아무래도 남자에게 배차될 새 버스는 없을 것만 같았다.

멀리서 구두 끄는 소리가 들렸다. 허둥거리는 발소리가 중간에 자꾸 엉켰다. 남자가 걸을 때마다 헐거운 구두 뒤축이 땅에 끌리는 걸 여자는 눈치채고 있었다. 할인점 매대를 뒤져 오른쪽 왼쪽 구두 한 켤레를 겨우 맞춰 신었다고, 언젠가 남자가 누군가에게 변명처럼 말하는 걸 들은 적이 있었다.

"미, 미안해요. 사, 사고가 났어요. 프, 프레스기에 깔렸으면 어, 어쩌나 걱정했어요. 기, 기절했으면…… 주, 죽었을지도 모, 모른다고 생각했어요."

남자의 얼굴이 하얗게 질려 있었다. 여자의 머릿속에서 막 꺼낸 두부 같았다. 쿡. 여자가 웃음을 터뜨렸다. 남자는 응급실에서 정신을 차렸다고 했다. 눈을 뜨자 간호사보다 경찰관이 먼저 다가왔고, 간단한 응급조치만 받고 경찰서에 다녀오는 길이라고 했다. 남자의 오른쪽 손목 위에서부터 팔꿈치까지가 부목으로 고정되어 있었다. 경찰서에 도착해 보니 남자보다 먼저 회사의 사고 처리반 장 과장이 와 있어서 일이 쉽게 끝났다고 했다. 몇 달 동안 남자의 월급은 차압당할 것이다. 버스를 폐차장으로 보낸 건 장 과장이라고 했다. 사고가 났다는 말에 두 번 볼 것도 없이 폐차장으로 보냈을 것이다.

"에, 엔진룸에 있는 걸 잊은 건 아니에요. 눈 뜨자마자 그 생각부터 했어요. 마, 말해도 경찰이 믿어 줄 것 같지도 않고, 그, 그럴듯하게 설명할 자신도 없어서, 그냥 혼자 찾아 나서는 게 빠를 것 같아서……. 그, 그런데 바, 발목이 왜 그래요?"

그제야 여자의 발목을 봤는지 남자의 눈이 휘둥그레졌다. 남자가 두 개의 연료 필터 사이를 억지로 벌리려고 했지만 어림도 없었다.

"아, 아무래도 절단기로 잘라 내야겠어요."

"여기 연료통 연결 부위까지 잘라 내면 문제가 복잡해져."

"버, 버스는 이미 망가졌어요. 미안해요. 기, 길을 잃어버렸어요. 부, 분명히 공장 사거리를 지나서 우회전을 했는데 생전 처음 보는 길이 나타났어요. 도무지 길을 모르겠어서 헤매다가 중앙선을 너, 넘은 모양이에요. 매, 매일 같은 노선을 뺑뺑 돌다가 정신이 뺑 돌아 버렸나 봐요."

"매일 열 번씩 도는 길인데 어떻게 길을 잃어?"

"자, 잘 모르겠어요. 가, 가끔 내가 운전하는 게 아니라 팔이 운전하고 있는 것 같은 때가 있어요."

"어깨에 운전대가 달린 건 아니고?"

여자가 웃었다.

"사, 사고가 났을 때 정신이 나가 버린 게 아니라 잠깐 정신이 돌아온 건지도 모, 몰라요."

여자를 따라 남자도 웃었다.

"그러니까 휴일에는 왜 나와. 혼자 사니까 그런 거 아니야? 다른 취미는 없는 거야?"

여자가 한꺼번에 묻자 남자는 구두 바닥으로 흙을 고르더니 맨땅에 엉덩이를 대고 앉았다. 날이 새려면 아직 멀었고 어차피 밤을 지새워야 했다. 남자는 두서없이 아무 데서나 끊거나 잇거나 하면서 말을 이었다. 여자는, 남자가 생각보다 말을 많이 더듬는 것은 아니라고 생각했다.

남자는 이곳에서 나서 자랐다고 했다. 중학교 때 아버지 어머니가 함께 돌아가셨다. 밭일을 하러 어머니를 뒤에 태우고 경운기를 운전하던 아버지가 갑자기 밭고랑으로 떨어졌다. 마을 사람들은 아버지가 발을 헛디뎠을 거라고 했지만 길섶의 패랭이꽃을 보다 그랬는지, 뛰어나온 개를 피하다 그랬는지 아무도 모른다. 아버지가 밭고랑으로 떨어지자 운전대가 꺾이면서 경운기가 아버지를 덮쳤다. 같이 타고 있던 어머니도 목뼈가 부러졌다. 외지에 나가 있던 누나와 형이 돌아왔다. 장례가 끝나고 누나와 형이 남자를 앉혀 놓고 말했다. 걱정 마. 너무 걱정하면 샛길로 빠지게 된다. 두 사람이 번갈아 학비와 생활비를 대 주었다. 둘 다 사정이 좋지 않아 몇 달 동안 생활비가 끊긴 적도 있었다. 그럴 때마다 남자는 걱정하면 안 된다고, 샛길로 빠지면 안 된다고, 그것만 생각했다. 다른 생각은 애써 지웠다. 군대에서는 운전병으로 복무했다. 훈련소에서 운전병 특기가 부족해서 면허가 있다는 이유만으로 운 좋게 차출되었다. 운이 좋은 건 거기까지였다. 남자는 장군이 타는 1호차 같은 건 근처에도 가 보지 못했다. 이등병부터 병장이 될 때까지 내내 부식 차만 몰았다. 두부를 나를 때마다 물이 나와서 바지를 적셨다. 두부는 늘 남자의 몫으로 미뤄졌다. 남자가 부식 차를 모는 동안 아무도 두부를 나르지 않아도 되었다. 제대 후에 남자는 잡고 늘어질 줄도, 비빌 언덕도 없었다. 그나마 운전 경력두 줄이라고 줄기차게 붙잡고 살아왔다. 남자 앞에는 갈림길이 놓여 있던 적이 없었다. 부모님이 일찍 돌아가셨을 때도, 학교를 마치기 힘들었을 때도, 직업을 찾지 못하다 운전대를 잡게 되었을 때도, 그때마다 앞으로 뚫린 길을 겨우겨우 찾아내 헤쳐 나왔다. 그는 특별히 자신이 불행하다고 느끼지 않았다. 형제와 이웃들도 모두 비슷비슷했다. 모두들 안간힘을 쓰고 달려 봐야 거기서 거기인 노선표를 가지고 있었고, 다음 정류장에 무사히 닿는 것만을 생각했다.

여자는 이야기를 듣는 동안 발목을 주무르며 남자에게 생선이라도 구워 줘야겠다고 생각했다. 그러다가, 집에서 요리를 한 지가 너무 오래되었다는 생각이 났고 쓸 만한 프라이팬이 있었던가, 잘 생각이 나질 않았다. 문득 여자는 자기 방이 낯설게 느껴졌다. 밤이 되면 들어가고 아침이면 나오는 곳인데도 한 번도 가 본 적이 없는 곳을 억지로 떠올리려고 애쓰는 것 같았다.

"아, 아무래도 119를 불러야겠어요."

"귀찮아. 어쩌다 이 꼴이 되었는지 시시콜콜 설명해야 되잖아."

"저, 절단기라도 찾아볼게요. 어, 어떻게든지."

남자가 바닥에서 일어나 엉덩이를 털어 내더니 구두를 끌며 폐차장을 서성이기 시작했다. 오렌지 빛 안으로 들어왔다 나갔다 자꾸만 여자의 시야에서 벗어났다.

"소용없어. 절단기 같은 건 작업장 안에 넣고 문을 걸어 잠근다구."

구두 뒤축이 끌리는 소리가 들렸다. 소리가 끊겼다 이어졌다 하는 걸 보니 허둥지둥 걷는 걸음에 자꾸 구두가 벗겨지려고 하는 모양이었다.

"이리 와. 소용없다니까."

두리번거리며 주위를 빙 돌아서 남자가 걸어왔다. 빈손이었다. 절단기 같은 게 아무 데나 있을 리 없다. 폐차장의 먼지가 남자의 어깨 위로만 쌓였는지 무겁게 처져 있었다.

"이리 들어와 앉아. 거기 서 있지만 말고. 아침이면 어떻게든 될 거야. 그래 봤자 몇 시간 후야."

남자는 잠시 머뭇대다가 버스에 올랐다. 여자의 머리 위에 있는 좌석을 한 손으로 겨우 들어 올리는가 싶더니 뻥 뚫린 구멍 옆에 앉아 여자를 내려다보았다.

"바, 밤에 공장에서 버스 고치는 거 몇 번 봤어요. 피카츄 같았어요. 저, 전기 공격하는 피카츄. 손가락 끝에서 전기가 나오니까 신기했어요. 무, 물어봐도 돼요? 언제부터 그렇게 되었어요?"

남자가 왼쪽 집게손가락을 까딱이며 물었다. 여자는 갑자기 밤 기운이 차게 느껴졌다. 자신이 세상 누구와도 다른 건 사실이었다.

"내가 뭐 그런 이상한 동물처럼 보여?"

남자가 어, 어 말을 더듬으며 손가락을 재빨리 구부렸다.

"회사 기숙사에서 저녁밥을 지으려고 쌀을 씻다가 무심코 젖은 손으로 전기 코드를 꽂았어. 라디오였을 거야. 크리스마스는 다가오는데 약속도 없고 징글벨이라도 들으면 나을까 해서. 그런데 다

른 손에 들고 있던 전구에서 불이 반짝 들이오는 거야. 방구석에
뒹굴고 있는 걸 치우려고 들고 있었거든. 크리스마스 전구였어.
빨간불, 노란불, 파란불이 번갈아 가며 반짝반짝하는 거. 아, 정
말 황당했어. 그때 난 버스 안내양을 하고 있었는데 몸에다 전구
를 칭칭 감고 토큰을 받는 상상을 하니까 웃기기도 했고. 그렇지
만 사람들에게 말하지는 않았어. 크리스마스트리라고 불리면 기
분이 어떨지 모르지만 전기뱀장어라고 부를지도 모르잖아."

"아, 안내양이었는지는 몰랐어요. 왜 안내양이 되었어요?"

그해 신작로에서 버스를 보지 않았다면 무엇이 되었을까. 그래
봤자 공순이지 뭐. 여자는 혼자 생각에 피식 웃었다. 생각해 보
니 여자의 생에도 갈림길은 별로 없었다. 아홉 살인가 열 살 무렵
이었다. 마을 곳곳에는 시멘트 포대가 쌓여 있었다. 커다란 트럭
에서 시멘트 포대가 턱턱 떨어지면 마을 사람들이 삽을 들고 신
작로를 닦았다. 처음 버스가 들어오던 날은 마을 회관 앞에 잔칫
상을 마련해 놓고 팔순 노인에서 세 살 아이까지 모두 모였다. 멀
리 신작로 끝에서 버스 지붕이 보이기 시작하자 마을 회관 스피
커에서 노래가 쿵쿵 울려 퍼졌다. 새벽종이 울렸네. 새 아침이 밝
았네. 사람들이 동시에 우와 자리를 박차고 일어나 우르르 박수
를 쳤다. 갑자기 누군가의 입에서 '오라이~!'가 나오자 모두들 약
속이나 한 듯이 오라이, 오라이 소리를 터트리며 손짓까지 했다.
계집애 하나가 신발짝을 벗어 던지고 신작로를 향해 뛰며 '오라
이, 오라이~!' 외쳤다. 그녀였다. 여자는 서울에 다녀온 큰오빠에

게서 서울역에 있다는 이층 고속버스 이야기를 들은 적이 있었다. 화장실까지 달려 있고 버스 양쪽 옆구리에 날렵한 사냥개가 한 마리씩 그려져 있다고 했다. 이층 버스에서 내려다보면 사람들은 얼마나 작아 보여? 개미만 해? 성냥개비만 해? 오빠가 여자의 머리를 쥐어박았다. 버스가 남대문만 한 줄 아냐?

열여덟 살이 되자 여자는 도시로 와서 안내양이 되었다. 마을마다 신작로를 닦는 동안 시멘트 공장은 점점 거대해졌고, 공장이 있던 소읍은 작은 도시가 되어 있었다. 큰 출세를 한 기분이었다. 어디로든 마음껏 쌩쌩 달릴 수 있을 것만 같았다. 여자가 처음 탄 버스는 좌석이 창문을 따라 길게 배열되어 있고 버스에 오르려면 등산을 하듯이 다리를 번쩍 들어서 힘겹게 올라야 했다. 낮은 천장에 콩나물시루가 되기 일쑤였지만 여자는 그 버스가 마음에 들었다. 무엇보다 운전석 옆에 엔진룸이 있다는 게 좋았다. 휘발유가 연소하면서 나는 특유의 냄새가 차 안에 가득 차서 그 때문에 멀미를 하는 사람도 많았지만 여자는 멀미 한번 하지 않았다. 엔진룸은 여름에는 짐칸으로 쓰였고 겨울에는 난로가 되었다. 여자는 써늘한 새벽에 잠이 덜 깬 채로 회사 기숙사에서 나와 첫차를 탔다. 첫 번째 정류장에 도착할 때까지 엔진룸에 엎드려서 잠깐씩 졸곤 했다. 버스 기사는 허허 웃기만 했다. 서른 즈음의 아저씨였다. 기사가 엔진룸에 엎어진 그녀의 머리를 쓰다듬어 줄 때면 꽁꽁 얼었던 몸이 엔진룸 위에서 따뜻하게 녹았다. 정류장에서 출발하고도 승객에 떠밀려 문을 닫지 못할 때도 있었다. 여자는 버스 손잡이에 대롱대롱 매달려 문짝을 탕탕 쳤다. 그럴 때면 기사는 여자의 구조 신호를 알아듣고 급히 핸들을 꺾었다. 승객들이 차 안쪽으로 쏠리면 여자는 그 틈에 문을 착 닫았다. 여자와 기사는 호흡이 잘 맞았다. 승객이 뜸한 낮에는 차문을 활짝 열어 양쪽 손잡이를 잡고 고개를 뒤로 젖혀 가기도 했다. 등 뒤에서 세상이 씽씽 돌아가는 소리가 들렸다.

"내 소원이 뭐였는지 알아? 내가 탄 버스가 샛길로 한번 빠져 보는 거였어. 달려도, 달려도 노선표 안에서 매일 거기가 거기잖아. 달린다는 건 생각뿐인지도 모르고. 듣고 있어? 자? 자는 거야?"

여자가 고개를 쳐들고 올려다봤지만 대답이 없었다. 코 고는 소리가 가만가만 들려왔다. 이상하게 처음 듣는 소리인데도 원래부터 여자의 귀에서 맴돌던 소리 같았다. 시간은 시멘트 분진이 담긴 모래시계처럼 쌓여 갔다.

폐차장 직원이 출근하자마자 남자가 절단기를 빌려 왔다. 여자는 솜씨 좋게 연료 필터를 잘라 냈다. 발을 빼낸 여자는 폐차장을 한 바퀴 돌더니 연료 필터 두 개를 찾아와 빈자리에 끼워 넣었다. 여자가 엔진룸을 열고 방열판 위에 누워 전원 단자를 잡자 엔진이 돌기 시작했다. 절단기를 빌려 주었던 폐차장 직원이 입을 쩍 벌렸다. 차고지에 도착하자 여자가 장 과장을 찾아가 차를 고칠 수 있겠다고 했다. 장 과장이 여자 쪽은 보지도 않고 곁에 서 있던 남자에게 말했다.

"어느 쪽이든 좋아. 폐차비를 대든지, 수리비를 대든지."

남자가 기어 들어가는 목소리로 말했다.

"원래 다 망가진 버스인데……."

남자의 얼굴은 억울하다기보다 억울한 기분이 드는 것이 못마땅한 표정이었다. 여자가 남자에게 눈을 찡긋했다. 걱정 마.

퇴근길에 여자는 남자를 집으로 데리고 왔다. 잘 먹어야 빨리 낫지. 진짜 누나처럼 말하려고 작업장 구석에서 몇 번이나 목소리를 가다듬은 뒤였다. 여자는 남자보다 다섯 살이 위였다. 남자는 방 한가운데 엉거주춤 서서 두리번거리기만 했다. 남자의 눈을 좇아 여자는 자신의 방을 빙 둘러보았다. 벽에 여름옷과 겨울옷이 구별 없이 걸려 있었다. 반팔 티셔츠 두 개와 긴팔 티셔츠 하나, 겨울 외투와 작업 모자를 한꺼번에 휙 걷어서 비키니 옷장에 쓸어 넣었다. 잠깐 기다려. 밥 차려 줄게. 여자는 시장으로 달려가 생선을 샀지만 프라이팬까지 살 수는 없었다. 너무 비쌌다. 할 수 없이 오른손에 전극을 잡고 왼손에 생선을 올려놓고 구웠다. 여자가 생선을 굽는 동안 남자가 중국 노인 이야기를 해 주었다.

"기, 기인열전인가 뭐라는 텔레비전 프로였는데 전기가 통하는 노인이었어요. 전극을 한 손에 잡고 다른 쪽 집게손가락으로 아픈 사람에게 침을 쿡쿡 놓아 주고 있었는데, 전기 침을 맞으면 허리 병이나 머리 아픈 거, 배 아픈 것도 시원하게 낫는데요."

나 말고도 그런 사람이 있긴 있구나. 여자는 묘하게 안심이 되었다.

"전기 침? 그 생각은 못했네. 난 전기 고데기가 필요 없어. 이렇게 손가락으로 머리카락을 감아서……."

여자는 생선을 내려놓고 손가락으로 머리카락을 돌돌 말았다. 머리카락이 짧아서 잘 말아지지 않았다.

"그, 그러다 생선 냄새가 머리에 배면……."

남자가 여자의 손을 잡았다. 여자가 재빨리 다른 손에서 전극을 놓았다. 감전될지도 몰라.

"피, 피카츄 얘기는 미안해요. 배, 백만 볼트 쇼크가 생각난 건 사실이었지만……. 지, 지금 배, 백만 볼트에 감전되면 오, 온몸이 다 타, 타 버리겠죠……?"

남자가 백만 볼트 쇼크라고 말할 때 여자는 어쩐지 백만 볼트 섹스라는 말을 들은 것 같았다. 여자의 몸 어딘가에 있는 전기 스위치가 딸깍 켜지고, 백만 볼트 전류가 손가락 발가락을 오그라뜨리는 것 같았다. 남자도 얼굴이 달아올라서 왠지 쩔쩔매는 것처럼 보였다.

여자가 처음 섹스를 한 곳은 버스 안이었다. 자정이 가까운 밤이었다. 서너 정류장을 지나는 동안 아무도 버스에 오르지 않았다. 기사는 묘지 입구에 있는 정류장을 지나서 버스를 정차시켰다. 승객이 아무도 없어서 여자는 엔진룸에 걸터앉아 있었다. 기사가 그녀의 몸 위로 올라와 엔진룸 위에 눕혔다. 여자는 눈을 감고 엔진이 돌아가는 소리를 들었다. 그에게는 아내가 있었지만 여자는 기사가 좋았다. 기사는 종종 같은 곳에 버스를 세웠다. 버스

의자에서 섹스를 하다 바닥에 굴러떨어진 적도 있었다. 두 사람이 동시에 버스 바닥에 조그만 구멍이 나 있는 것을 발견했다. 토큰이 제법 많이 쌓여 있었다. 미어터지는 버스 안에서 승객들과 밀고 밀치고 하는 사이 번번이 그녀의 작은 손아귀 안에서 토큰이 굴러떨어졌다. 떨어진 토큰은 사람들 다리 사이로 또르르 굴러가 어디론가 사라지곤 했다. 기사의 몸이 부딪혀 올 때마다 여자의 귀에 짤랑짤랑 토큰 소리가 들리는 것 같았다. 커다란 저금통 위에 누워 있는 것 같아 기분이 좋았다. 얼마 후 여자는 배차실 직원 앞에서 버스 바닥의 동그란 구멍 이야기를 해야 했다. 토큰을 삥땅 친다고 뺨까지 맞고 나서였다. 아무도 여자의 말을 믿어 주지 않았다. 그렇다고 버스 바닥을 뜯어낼 수도 없었다. 기사는 얼굴을 돌리고 담배만 피웠다. 하필이면 그때, 엔진룸 위에서 그가 한 말이 기억났다. 아무래도 마누라가 눈치챈 것 같다.

여자가 버스에서 내리게 된 것은 기사 때문이 아니었다. 88올림픽을 앞두고 어느 날 갑자기 모든 시내버스가 원맨 버스로 바뀌게 된다고 했다. 원맨이 무슨 뜻인지 몰랐지만 아무튼 안내양들은 모두 버스에서 내려야 한다는 거였다. 버스 앞뒤에 '앞문승차 뒷문하차' 스티커를 붙이는 것을 끝으로 여자도 버스에서 내려야 했다. 차량 정비를 하겠다고 결심한 건 토큰 때문이었다. 잃어버린 토큰을 생각할 때마다 왠지 억울한 기분이 들었다. 맞은 것도 억울했고 철없이 기사에게 마음을 주었던 것도 억울했다. 토큰이라도 찾으면 잃어버린 뭔가를 조금이라도 되찾을 수 있을 것 같았다. 자존심, 순정, 가 버린 시간이라고 해도 좋았다. 언젠가 여자가 탔던 버스를 고치게 되면 구멍 난 바닥을 뜯어서 모두에게 보여 주고 싶었다. 봐라. 내가 훔친 게 아니다. 떳떳해지고 싶었다. 하나둘, 버스는 엔진이 뒤에 붙은 리어엔진 버스로 바뀌었다. 여자는 토큰을 찾아내지 못했다.

다음 날 남자가 깁스를 풀고 출근했다. 살짝 금이 갔을 뿐이어서 괜찮다고, 어리뜩하게 웃었다. 배차 시간이 다가오자 여자는 고물 버스의 엔진룸과 뒷좌석 사이로 들어갔다. 너, 너무 위험하지 않아요? 남자가 엔진룸 앞에서 안절부절못했다.

"신경 쓰지 마. 오라이~!"

남자가 말릴 틈도 없었다. 배차 시간이 지나고 있었다. 여자는 내리지 않겠다고 버텼다. 버스는 여자를 싣고 출발했다. 버스 정비는 다른 직원들이 할 수 있었지만 폐차 직전의 고물 버스를 움직이게 할 수 있는 사람은 여자밖에 없었기 때문에 장 과장은 모른 척해 주었다. 승객들은 자신의 엉덩이 아래쪽에 설마 여자가 웅크리고 있다는 생각은 하지 못했다. 한 바퀴 도시를 돌고 차고지로 들어와서 남자는 버스에서 여자를 꺼냈다. 시멘트 먼지가 여자의 얼굴과 몸에 뽀얗게 쌓여 있었다. 남자는 솔을 가져와 여자의 몸을 쓸어 주었다.

"이, 이러다 저, 전기 합선이라도 일어나면 어떡해요. 몸이 다 타 버리면 어떡해요. 주, 죽으면……."

여자가 작업복을 탁탁 털면서 말했다.

"까딱없어."

"그, 그러지 말고 나와요. 왜, 왜 이래요……."

남자는 일그러진 얼굴로 울먹이기까지 했다.

"나는 버스가 좋아. 언제 또 이렇게 신나게 달려 보겠어. 어차 피 폐차될 때까지야. 수명이 다한 엔진은 나도 어떻게 할 수 없으 니까."

"왜 하필 내 차예요!"

남자가 더듬지도 않고 소리쳤다. 여자는 화가 났다. 사실은 울 고 싶은 건지도 몰랐다. 여자는 남자를 노려보다 작업장으로 들 어갔다. 한참 후 남자가 여자를 따라 들어왔다.

"가, 강아지가 아니라 나였어요. 삐리풀에 길게 꿰어 놓은 메뚜 기를 보여 주려고, 닭, 닭 모이로 주려고, 이, 이만큼이나 잡았다 고, 아부지, 나 잘했지, 길섶에서 뛰어나오는데, 나, 날 피하려다 나, 나 때문에……. 호, 혹시 나 때문에 엔진룸에 들어가려는 거 면, 나, 난, 싫어요."

남자의 눈꺼풀이 고장 난 와이퍼처럼 흔들렸다. 여자는 얼른 남자의 눈꺼풀에 손을 얹고 잠깐이라도 재워 주고 싶은 충동을 느꼈다. 그렇지만, 이럴 때 그녀는 오히려 냅다 소리를 질러 버리 는 버릇이 있었다.

"네 차에 토큰이 떨어진 것 같아서 그런다. 잃어버린 토큰 찾으 려구! 어쨌든 오라이~!"

버스가 정류장을 출발할 때마다 여자는 종종 옛 습관이 튀어 나왔다. 시원하게 오라이~! 외치고 싶을 때마다 여자는 전원 단자를 꽉 쥐었다. 그래도 몇 번인가 잇새로 비어져 나오곤 했다.

결국 그 '오라이~!' 때문에 어떤 승객이 버스에서 벌떡 일어나고 말았다. 분명히 의자 밑에서 오라이 소리를 들었다고 했다. 버스 안이 술렁거렸다. 예전에 버스에서 떨어져 죽은 안내양 많다던데……. 안내양 귀신이 아니라는 걸 보여 주기 위해 남자는 엔진룸을 열어야 했다. 거기서 여자가 기어 나오자 사람들이 일제히 남자를 쳐다보았다. 납치 사건의 범인을 지목하듯이.

여자 덕에 413번 버스는 유명해졌다. 여자는 사람들이 자신을 이상하게 보면 어쩌나 걱정했지만 엔진이나 보닛, 머플러 같은 버스에 딸린 부속품이라고 여기자 그런대로 기분이 괜찮았다. 전기 뱀장어보다는 훨씬 나았다. 버스가 내리막길을 달릴 때 여자는 엔진룸 밖으로 튀어나가지 않도록 방열판에 납작 엎드렸다. 비포장도로를 달릴 때는 몸이 튕겨 오르는 바람에 엉덩이와 무릎에 멍이 들기도 했다. 차고지로 돌아오자마자 남자는 여자를 꺼내서 먼지를 털어 주었다. 시멘트 공장 바로 그다음 정류장에서도 엔진룸을 열고 먼지를 털어 주었다. 다섯 정거장마다 한 번, 세 정거장마다 한 번, 두 정거장마다 한 번, 나중에는 정류장마다 내려서 여자의 먼지를 털어 주었다. 사람들은 불평하지 않았다. 여자가 없으면 버스가 가지 않고, 버스가 가지 않으면 지각을 할 것이기 때문이었다. 정류장에 고물 버스가 서면 외면하던 사람들이 일부러 기다렸다 타기도 했다. 회사는 수입이 늘었고 남자는 몇 달치 월급을 차압당하지 않아도 되었다. 회사에서 특별히 감면해 주었다. 사람들이 많이 타자 고물 버스는 점점 속력이 줄었다. 비포장도로에서도 그전처럼 튕겨 오르거나 하지 않았다. 엔진의 열기 때문에 덥기도 했고 먼지 때문에 숨을 쉴 수가 없었지만 여자는 버스에서 내리지 않았다.

남자가 정차를 하고 여자의 먼지를 털어 주고 있을 때였다. 학생 하나가 성큼 버스에 올라 안으로 들어가는 게 보였다. 남자가 학생을 따라 버스 위로 올라갔다.

"무, 무임승차냐?"

학생이 남자를 돌아보며 당돌하게 말했다.

"아저씨도 무임승차잖아요. 아줌마 때문에 돈 많이 벌면서."

남자가 차창 안에서 여자를 내려다보았다. 남자의 얼굴이 천천히 일그러졌다. 남자의 얼굴을 보자 여자는 이상한 기분이 들었다. 여자가 없으면 버스가 가지 않고, 버스가 없으면 남자는 직업이 없어진다. 남자는 여자에게 토큰 하나 준 적이 없다. 이건…… 무임승차인가? 남자가 억지로 여자를 엔진룸으로 밀어 넣은 건 아니다. 그런 건 아니지만…… 노선표의 열두 개 점을 돌기 위해 여자가 엔진룸에 들어가 있어야 하는 건 사실이다. 여자는 남자를 마주 볼 수가 없어 엔진룸으로 기어 들어갔다. 어쩐지 자신이 남자를 나쁜 사람으로 만든 것 같았다. 엔진룸 안에서 여자는 문득 다른 생각이 들었다. 버스를 고집한 건 여자다. 남자가 없었으면 여자는 버스에 타지 않았다. 여자 역시 남자에게 토큰 하나 준 적이 없다. 이것도 무임승차인가? 그러다 여자는 갑자기 '여기가 어디지?' 하는 생각이 들었다. 엔진룸 문에 뚫린 통풍구로 도로가 보였다. 버스가 엉뚱한 방향으로 가고 있었다. 분명히 시멘트 공장 사거리에서 우회전을 해야 하는데 좌회전해서 언덕배기로 올라가고 있었다. 두세 정거장을 그냥 지나치고 전혀 다른 방향으로 버스가 달리자 승객들이 웅성대는 소리가 엔진룸까지 들렸다. 남자가 언덕에서 버스를 세우고 승객들을 모두 내려 주었다. 승객들이 투덜거리며 언덕을 내려갔다. 남자는 여자를 꺼내 먼지를 탁탁 털어 주었다.

"토, 토큰은 찾아서 뭐하려구요?"

"어디로든 가려고. 그런데, 아무도 옛날 토큰은 안 받아 주겠지?"

여자가 남자를 바라보았다. 남자의 눈에서 비상등이 깜박이는 것 같았다.

"어, 어, 어, 어디로 가고 싶어요? 가, 가, 가고 싶은 곳으로 가요."

여자가 남자의 손을 잡고 버스에 올랐다. 버스 바닥은 차갑고 딱딱했다. 여자와 남자가 하나로 얽혀 들었다. 볼트에 파인 섬세한 나선형을 따라 숨 막히게 조여 들어가는 너트처럼 한 치의 오차도 없이. 여자의 몸 구석구석 숨겨진 백만 개의 전구에 백만 볼트의 전류가 관통하는 것 같았다. 백만 개의 필라멘트가 하얗게 타들어 갔다. 시, 심장에서 엔진 소리가 나요. 남자가 숨 가쁘게 속삭였다. 그때였다. 여자의 몸속에서 백만 개의 전구가 한꺼번에 전기 스파크를 일으키며 팡 터졌다. 여자는 눈을 번쩍 떴다. 남자가 감전되었을 것 같아서였다.

"가, 가야 하는 길이 아니라 가고 싶은 길을 가면, 그, 그건 무임승차가 아니죠? 가, 같이 가는 거니까."

남자가 여자의 가슴에 대고 말했다. 쇼바가 있어야 하는 건데. 그래야 충격을 흡수하지. 엉덩이 아파서 혼났네. 여자가 농담을 했다. 남자는 간신히 여자의 몸에서 떨어져 나와 운전석에 앉았다. 어디로 갈까 잠시 고민하는 것 같더니 벽에 붙은 413번 노선표를 떼어 내기 시작했다. 이, 이러면 저, 정말 씽씽 달리는 기분이 될지 몰라요. 엔진룸으로 돌아가며 여자가 소리쳤다. 오라이~! 한 정거장마다 내려서 먼지를 털어 주기만 한다면 여자는 어디까지나 달려갈 수 있을 것 같았다.

개미인간

아빠는 카이로 공항에 착륙한 비행기의 바퀴 칸에서 발견되었다. 새까만 개미 떼를 이불처럼 덮고 누워 있었다고 한다. 아빠는 개미인간이다. 눈꺼풀과 배꼽, 겨드랑이와 귓구멍을 가리지 않고 온몸에다 개미를 키웠다. 얼어 죽을 만큼 추운 곳에서 외투 대신 개미를 껴입고 흐흡 흐흡 숨을 몰아쉬며 숨어 있었다는 것이다. 착륙장치 사이에 낀 아빠 때문에 바퀴 칸이 제때 열리지 않아서 조종사는 비행기가 활주로에 멈출 때까지 조종간을 꼭 붙든 채 십년감수를 해야 했다. 아빠가 활주로에 납작 깔리지 않은 것만도 다행이다.

어제 엄마와 나는 인천 공항에서 아빠와 헤어졌다. 우리는 제주도행 표를 가지고 있었지만 아빠는 엉뚱하게도 이륙을 준비하고 있던 카이로행 비행기 바퀴 칸으로 기어 들어갔다. 그렇게 기발한 곳에 숨어 있었으니 아빠를 찾으려야 찾을 수가 없었다. 개미가 아빠를 끌고 갔는지 아빠가 개미를 달고 간 것인지 몹시 궁금하지만 알아볼 도리가 없다. 아빠는 지금 카이로 공항에 있다지 않은가.

아빠는 방바닥에서 좀처럼 등을 떼지 않았다. 하루에도 몇 번씩 내가 색종이며 크레파스, 퍼즐 조각 따위를 찾을 때마다 시원시원하게 찾아 준 적이 한 번도 없었다. 찾다 찾다 슬슬 짜증이 나서 나도 모르게 울음이 입에 물리면 엄마가 소리를 꽥 지르게 되고, 그때서야 두꺼운 이불 속에서 느릿느릿 몸을 일으켜 뒤지는 시늉만 하다 도로 이불 속으로 기어 들어갔다. 그런 아빠가 어떻게 비행기 바퀴 칸으로 들어갈 생각을 했는지 신기할 따름이다. 아무튼, 아빠가 이집트로 떠나 버린 이상 나는 모든 것을 잊어버리기로 결심했다. 엄마는 그날 밤 왜 울었는지, 공항에 알약은 가져갔던 것인지, 더 이상 진실을 캐려는 노력은 소용없는 짓이다. 나는 뭐든지 잘 잊어버린다. 그래도 아빠만은 절대 잊을 수 없을 것이다.

내 생애 최초의 기억은 아빠가 이불을 뒤집어쓰고 있는 장면이다. 엄마는 돌쟁이 나를 업고 설거지를 하랴 연탄불을 갈랴 정신이 없었다. 어두컴컴한 방 한구석에 무덤처럼 둥그렇게 솟아 있는 이불이 평화롭게 오르락내리락하고 있었다. 이불이 들썩일 때마다 코를 고는 소리가 낮게 흘러나왔다. 나는 멍하니 이불 무덤을 바라보았다. 오르골에 정신을 빼앗기듯이. 초겨울의 싸한 기운이 얼굴의 솜털을 빳빳이 일으켜 세우는 그런 저녁이었다. 생애 최초의 기억은 인간의 뇌 속에 사진처럼 꽉 박혀서 일생 동안 기억된다고 한다. 언젠가 텔레비전에서 본 적이 있다. 장차 비관주의자가 되느냐 낙관주의자가 되느냐는 그 사진 한 장에 다 그려져 있다고 했다. 나는 그때 이미 비관주의자로 결정 났다는 것을 알았다. 나의 가족은 그럴듯한 사진 한 장 선물해 주지 않은 셈이다. 제대로 된 사진 한 장 얻지 못한 나는 생에 호의적일 수가 없다. 종일 이불 무덤에 누워 있는 아빠. 이런 아빠를 가진 것부터가 생에 맞서는 유리한 조건은 아니다.

아빠가 처음부터 개미인간이었던 것은 아니다. 몇 달 전부터 방구석에 개미가 끓기 시작했다. 엄마 말로는 반지하 방은 땅속이나 마찬가지라 개미집에 우리가 쳐들어온 건지도 모른다고 했지만 내 생각은 달랐다. 예전엔 개미집이었는지는 몰라도 어쨌든 우리는 보증금을 내고 떳떳이 입주한 처지다. 무단으로 침입한 것은 저쪽이다. 보증금은 그만두더라도 노크조차 없지 않았냐 말이다.

그렇게 한 마리 두 마리 어름어름 들어온 개미는 몇 달 전부터는 아예 아빠 몸에 떼거지로 붙어살기 시작했다. 어느 날은 엄마가 모처럼 햇볕에 내다 널려고 아빠가 거죽처럼 뒤집어쓰고 있는 이불을 훌떡 젖혔다. 그러자 이불 아래 있던 수만 마리 개미 떼가 일제히 흩어졌다. 그 장면은 실로 어마어마해서, 새까만 썰물이 쏴아 밀려 나가는 것 같았다. 충격을 받은 엄마는 개미 떼 위로 벌렁 나자빠졌다. 잠시 후 누가 스위치라도 눌러 준 것처럼 딸깍 정신을 차리고는 후닥닥 마당으로 뛰어나가 물 몇 바가지를 뒤집어썼다. 개미 떼를 떨어내려는지 손으로는 쉴 새 없이 온몸을 문질러 댔다. 정작 개미 떼 속에서 느릿느릿 몸을 일으킨 아빠는 멍하니 엄마를 바라만 볼 뿐이었다.

엄마는 집 밖으로 뛰어나가더니 살충제를 사 왔다. 에프킬라처럼 뿌리는 거였는데, 엄마가 칙칙 소리를 내며 다가가자 아빠는 기겁을 하며 이불을 뒤집어썼다. 살충제가 개미보다 끔찍하다는 것이었다. 피부가 짓무르기라도 하면 개미가 몸속 깊숙이 파고 들어갈지 모른다고 했다. 내 눈에는 피부 위의 개미도 별로 안전하게 보이진 않았다. 엄마는 아빠 말에 일리가 있다고 생각했는지, 이번에는 다른 종류의 개미 약을 사 와서는 아빠의 겨드랑이와 이마, 배꼽 주위에 돌아가면서 열 개쯤 붙여 놓았다. 개미가 박멸될 때까지 며칠만 기다리면 된다고 설명서에 나와 있었다. 하지만 일주일이 지나도 개미의 수는 전혀 줄어들 기미가 없었다. 개미약을 온몸에 붙인 채로 먹고 자며 버틴 보람도 없이 죽은 개미의 수보다 더 많은 수가 아빠의 몸에 새롭게 달라붙었다. 그때 이미 아빠의 몸은 개미가 개미 등을 타고 건너다니는 지경이었다.

하루 종일 이불만 뒤집어쓰고 꼼짝도 하지 않으니 개미가 따뜻한 곳에 꼬이는 거라고 생각한 엄마가 아빠로부터 이불을 빼앗았지만 상황은 달라지지 않았다. 이불을 빼앗긴 아빠는 털이 홀랑 뽑힌 수탉 같았다. 뭔가 허전해 보이는 아빠와는 달리 개미들은 느긋해 보였다. 나는 아빠 몸속에는 개미를 기쁘게 해 주는 뭔가가 있었다고 생각한다. 이를테면 진드기, 이, 비듬, 때, 먼지, 땀⋯⋯. 잘 씻지도 않았으니 아빠의 몸은 개미들의 잔칫상이 되고도 남았을 것이다. 틀림없이 끼니마다 반찬이 열 개쯤 놓인 군침 도는 밥상이 차려져 있었을 것이다.

아빠가 씻기 싫어서 안 씻었던 것은 아니다. 엄마가 잘 씻겨 주지 않았기 때문이다. 아빠는 내가 태어나던 해에 아파트 공사장에서 허리를 다쳐 꼼짝도 할 수 없게 되었다. 화장실이라도 갈라치면 골반에 허리를 아슬아슬 얹은 꼴을 해 가지고 조심조심 움직여야 했다. 씻는 건 고사하고 몸을 일으키는 일부터가 걱정이었다. 그렇지만 엄마 쪽도 그리 한가한 편은 아니었다. 파출부며, 식당의 주방 보조며 닥치는 대로 일을 해야 했다. 나는 태어난 지 백일도 못 되어서 엄마 등에 업혀 일터에 따라 나갔다. 업힌 등쪽에서 가슴 쪽으로 머리를 들이밀어 빈 젖이나마 악착같이 빨아 댔지만 늘 배가 고팠다. 도대체 끼니조차 제대로 마련해 두지 않고 세상으로 불러낸 엄마의 배짱이 놀라울 뿐이다.

어쨌든 아빠 몸에 개미가 살기 시작하면서부터 나에겐 재미나는 구경거리가 생겼다. 아빠는 어딘가 가려우면 개미가 죽거나 말거나 북북 긁어 댔다. 개미들은 지우개밥처럼 한데 도르르 말려 죽었다. 한두 번 그런 일을 겪더니 커다란 손이 다가오는 기척만 느껴도 잽싸게 그 부위를 탈출했다. 꽁지가 빠져라 내빼는 개미들이 저희끼리 자빠지고 깔리는 걸 보며 나는 종일 낄낄거렸다. 아빠 몸 어디가 그렇게도 흥미진진하다는 것인지, 개미들은 영락없이 보물섬에 당도한 해적들 같았다. 여기저기 탐험하다 어쩌다 코털을 헤치고 들어간 놈 때문에 아빠가 에취 재채기라도 하는 날엔 폭풍우가 따로 없다. 공중그네를 타듯이 휙 날아가 버리는 놈, 대롱대롱 코털을 잡고 용케 살아남은 놈……. 아무런 소리도 들리지 않았지만 나는 온몸으로 오글오글 외치는 개미들의 아우성을 느낄 수 있었다. 아빠는 내가 곁에 붙어 있는 것만으로도 좋은지 자꾸 내 머리를 쓰다듬었다. 그럴 때마다 나는 아빠 팔을 야멸치게 쳐 냈다. 개미 옮는단 말이야! 비관주의자가 머리통을 얌전히 내어 주고 있는 꼴은 갈데없이 비관적인 꼬락서니가 아닌가. 아빠는 그래도 좋은지 희미하게 웃었다. 아빠는 내가 얄밉지도 않은가. 개미를 떼어 줄 생각은 안 하고 구경만 하고 있는데도.

오줌이 마려워서 밖으로 나오는데 옆방 계집애와 눈이 딱 마주쳤다. 여간해서는 저희 방에서도 잘 나오지 않던 계집애가 우리 방 앞에서 알짱거리고 있었다. 한동안 내가 얼씬도 하지 않으니 궁금하기도 했을 것이다.

우리 집에는 내가 살고 있는 방 말고도 여러 개의 방이 다닥다닥 붙어 있다. 사실 우리가 살고 있는 곳은 집이라기보다는 방이다. 찻길 옆으로 난 좁은 길로 들어오면 김장 비닐을 쳐서 만든 문이 나온다. 비닐을 들치고 들어가면 반지하 쪽방이 슬레이트 지붕을 이고 일렬로 늘어서 있다. 문 앞에 손바닥만 한 시멘트 바닥이 한 줌 볕이 떨어지는 마당이다. 마당 수돗가에서 쌀도 씻고 세수도 한다. 오줌이 급하면 거기다 슬쩍 내갈기기도 한다. 부엌과

화장실은 여러 방에 흩어져 살고 있는 사람들과 공동으로 사용해야 하기 때문에 아침저녁으로 붐빈다. 엄마는 방 한쪽에 들여놓은 냉장고 위에 가스버너와 양념 통, 종잇장처럼 얇은 도마와 칼을 올려놓았다. 창틀에는 파뿌리를 쿡 박아 놓은 찌그러진 냄비도 올려놓았다. 우리 방은 밤이 되어야 환해진다. 불을 켜기 때문이다. 낮에는 아무리 어두워도 불을 안 켠다.

계집애는 9호 방에 살고 있다. 잘난 척하느라 나를 잘 상대해 주려 하지 않았다. 태어나서부터 7년간 죽 이곳에서 살아온 나와는 달리, 자기는 어릴 적엔 대문과 현관문이 따로 달린 그럴듯한 집에서 살았다고 했다. 사업을 하던 아빠가 갑자기 목을 매달고 엄마가 자리에 누우면서 이사를 오게 되었다고 했다. 엄마만 다나으면 예전 집으로 돌아갈 거라고 입을 뾰족뾰족 움직이며 말했다. 계집애는 모른다. 인생이란 50원짜리 젤리처럼 말랑말랑한 것이 아니다. 괜한 희망을 품는 것은 싸구려 색소가 알록달록한 불량 식품을 먹는 것과 같다. 예쁜 색깔에 홀려서 자꾸 입안에 넣었다가는 무사하지 못한다. 배도 아프고 이도 썩는다. 잠시 달콤할지는 몰라도 얼마 못 가 된통 쓴맛을 보게 된다. 내가 만일 계집애처럼 언젠가는 대문이 크고 햇빛이 환한 집으로 이사 갈 거라는 희망을 품었더라면 우리 집이 지금보다 백배쯤 더 어둡게 느껴졌을 것이다. 계집애의 환상을 이 잡듯이 잡아내 꼭꼭 눌러 주고 싶었지만 나는 입을 다물었다. 그래도 이 동네에서 같이 놀 만한 애는 계집애 말고는 없다.

쪼르르 제 방으로 들어가려는 계집애를 얼른 불러 세운다는 것이, 너희 엄마한테는 개미가 없느냐는 말이 튀어나왔다. 우리 집에는 아빠가 매일 누워 있었지만 계집애의 집에는 엄마가 누워 있었다. 계집애는 고개를 달래달래 흔들었다. 나는 방문을 열고 아빠를 보여 주었다. 계집애의 입이 딱 벌어졌다. 아빠가 텔레비전에 나가게 된 것은 순전히 계집애의 그 뾰족뾰족한 입 때문이었다.

계집애가 방을 나가자마자 계집애의 엄마가 득달같이 달려왔다. 등 뒤에서 방문이 활짝 열리자 아빠가 느릿느릿 돌아보았다. 우글우글 개미 가면을 뒤집어쓴 채로. 그동안 아빠는 여간해서 문밖으로 나가지 않았을 뿐 아니라, 노상 환자가 누워 있는 방에 일부러 찾아오는 사람도 없었다. 아빠를 본 계집애의 엄마는 순식간에 대문 밖으로 뛰쳐나갔다. 만사가 귀찮고 기운이 없다고 누워만 있었는데 어디서 그런 힘이 났는지 모르겠다. 그날 밤 카메라맨을 대동한 리포터가 들이닥쳤다. 계집애의 엄마는 리포터에게 착 붙어서는 의기양양하게 떠벌리기 시작했다. 아빠의 팔다리를 번쩍번쩍 들어서 구석구석 달라붙어 있는 개미를 보여 주기도 했다. 텔레비전에 나온 아빠는 얼굴을 찡그리고 눈을 감고 있었다. 눈부신 조명이 싫어서였다고 했다. 우리 방에서 그런 환한 빛을 보는 것은 아주 드문 일이었기 때문이다.

계집애의 엄마는 아빠의 매니저가 되었다. 아빠는 '이렇게 신기한 일이!' 프로그램에 얼굴을 내미는 것을 시작으로 신문과 잡지, 라디오에도 나왔다. 처음엔 자신에게 쏠리는 관심에 주눅이 든 것처럼 보이더니 점점 적응해 가는 것 같았다. 오락 프로그램의 사회자가 바퀴벌레와 개미 중 선택할 수 있다면 그래도 어떤 것이 몸에 붙어 있는 것이 나으냐고 했더니 아빠는 그동안 같이 살아온 정이 있어 바퀴벌레보다는 개미 쪽이 좋다고 했다. 엄마와 나는 어이가 없었지만 계집애의 엄마는 배를 잡고 웃었다. 아빠는 오락 프로그램에 고정 출연하게 되었다.

아빠는 텔레비전에 나와서 별로 할 일이 없었다. 연예인을 흉내 낼 줄도 몰랐고 홀라후프를 쉬지 않고 100만 번쯤 돌리는 재주가 있거나 재치 있는 농담을 할 줄도 몰랐다. 개미를 온몸에 붙이고 그저 누워 있기만 하면 되었다. 스튜디오에는 커다란 유리방이 설치되었고 그곳이 아빠의 집이었다. 그곳에서 한 달 내내 먹고 자기만 했다. 카메라는 아빠 몸의 좁쌀만 한 점도 빈대떡만 하게 보여 주었다. 사회자는 매일매일 개미 왕국이 어떻게 완성되어 가는지 일일이 설명해 주었다. 유리방 안에는 언제나 흙이 촉촉하게 깔려 있고 먹이도 풍부해서 개미들은 우리 집에 있을 때보다 훨씬 활기차게 움직였다. 개미들은 진작 보물섬 탐험을 끝내고 집을 짓는 중이었다. 그렇지만 흙 속에 새로운 집을 짓지는 않았다. 오직 아빠의 몸에만 길을 만들고 방을 만들었다. 흙 알갱이를 굴려 와 배꼽에 탑을 쌓기도 하고 귓속에 들어가 귀지를 굴려 나오기도 했다. 유리방 속에 뿌려진 과자 부스러기를 주워 와 부지런히 나르기도 했다. 개미들은 아빠의 몸 위에 살면서 똥도 싸고 놀기도 하고 알도 낳았다. 그러나 하루 종일 열을 지어 나르는 먹이를 한 번도 아빠의 입 속에 넣어 주지는 않았다. 아빠에게 적이도 한두 번 고맙다는 인사는 해야 옳지 않은가. 아빠는 방송 스태프들이 갖다 주는 묽은 죽에 가느다란 빨대를 대고 겨우 빨아 먹었다. 아빠야 밥을 먹건 말건, 개미들의 왕국은 우리 동네만 했다가 작은 마을만 했다가 드디어 도시가 되더니 어느 날은 작은 세상이 되었다. 아빠 몸 위에 세상이 하나 생겼다고는 하지만 정작 아빠 입으로 들어가는 건 아무것도 없는 세상이 아닌가. 그래도 아빠는 찍소리 없이 제 몸을 조용히 내어 주고 있을 뿐이었다.

한번은 곤충 학자가 와서 아빠 몸의 개미들을 관찰했다. 학자는 아빠가 있는 유리방에 들어가서 이런저런 약품을 바르기도 하고 구석구석 유심히 들여다보기도 했다. 약품을 바를 때 질색을 하던 아빠는 그것이 살충제가 아닌 것을 알고 안심이 되었는지 가만히 있어 주었다. 학자는 핀셋으로 개미 한 마리를 집어내 카메라 앞에 들이댔다. 아빠 몸에 사는 개미들은 원래 이집트 사막에서 살던 애집개미라고 했다. 보통 개미들은 일생에 한 번 화려한 혼인비행을 통해 짝짓기를 하고 새집을 짓지만, 사람의 집에 정착한 애집개미들은 혼인비행도 잊어버리고 갈라진 벽 틈이나 벽지 속에서 그냥저냥 집을 짓는다고 했다. 혼인비행 이야기를 할 때는 집게손가락을 들어 올려 공중에 뱅글뱅글 동그라미를 그렸다. 아빠 몸에 사는 애집개미가 혹시 혼인비행을 할지 모르니 주의 깊게 관찰해 볼 필요가 있다고 덧붙였다. 간혹 숲에 사는 애집개미는 봄이 되면 혼인비행을 위해 날아오르기도 한다면서. 나는 수천 마리 개미들이 일제히 날개를 펴고 하늘로 팽글팽글 날아오르는 광경을 떠올렸다. 언젠가 숲 그늘에서 보았던 바로 그 장면이었다. 축축하고 따스했던 봄날의 기운이 하나하나 되살아났다.

"그런데 개미가 왜 사람 몸에 붙어살게 되었을까요?"

사회자가 물었다. 학자는 한 쌍의 눈동자를 왼쪽 위로 동시에 빙글 들어 올렸다.

"개미는 번식을 할 때나 동료들을 불러 모을 때 배 끝의 분비샘에서 페로몬이라는 화학물질을 분비합니다. 그 냄새를 맡고 다른 개미들이 모여들게 되는 거지요. 어쩌면 개미인간의 몸 어디에선가 개미들이 좋아하는 페로몬 냄새가 나는 것은 아닐까요? 어쨌든 보통 사람이 아닌, 개미인간이니까요."

사회자는 잠시 아빠 몸에다 코를 대고 쿵쿵대더니 일리가 있는 말이라고 했다. 그렇지 않아도 자주 씻지 않는 아빠는 개미가 붙어살고부터는 아예 씻을 수도 없었으니 몸에서 이상한 냄새가 날 만도 했다. 아빠 몸에서 나는 오만 가지 냄새 중에 개미가 좋아하는 냄새가 하나쯤 섞여 있다고 해도 이상할 것은 없었다. 곤충 학자가 페로몬이라는 화학물질에 대해서 복잡한 이야기를 늘어놓자 프로그램은 곧 지루해지기 시작했다. 그때 사회자가 뜬금없이 말했다.

"아, 이집트는 태양의 나라가 아닌가요? 조명을 더욱 환하게 하면 어떤 변화가 일어날지 궁금하군요."

그것은 내가 궁금한 것과는 거리가 멀었다. 프로그램이 다 끝

날 때까지 곤충 학자는 개미가 아빠 몸에 붙어사는 이유를 속 시원히 밝혀내지 못했다. 그가 고개를 갸우뚱대며 돌아간 후 개미가 아빠 몸에 살게 된 비밀에 대해서는 모두 약속이나 한 듯이 입을 다물었다. 여간해선 비밀이 풀릴 것 같지 않으니까, 또는 그걸 풀어내서 뭐하겠느냐는 생각이었는지, '흥미진진 개미의 생태'였던 프로그램의 제목을 '기절초풍 개미인간의 생태'로 바꾸어 버렸다. 계집애의 엄마는 개미인간의 비밀을 알아내서 개미를 모두 없애고 나면 아빠를 더 이상 텔레비전에 불러낼 필요가 없어진다고 설명해 주었다. 사람들이 재미있어 하는 것은 개미인간의 똥과 오줌에도 개미가 달라붙을까, 개미인간은 가끔 개미를 먹기도 할까, 그따위라고 했다.

유리방 안에는 폐쇄회로 카메라가 설치되어 있어서 24시간 아빠를 관찰할 수 있었다. 며칠에 한 번씩은 카메라를 끄고 엄마가 안으로 들어갈 수 있도록 담당 피디가 허락해 주었다. 나도 엄마를 따라 들어가 아빠를 만난 적이 있다. 아빠는 말없이 내 머리를 쓰다듬었다. 어서어서 커지라고 내 머리통을 재촉하는 것처럼 보였다. 우리 방에서 이불을 뒤집어쓰고 있던 때 같으면 어림도 없었지만 그날만은 가만히 있어 주었다. 문득 아빠 몸 위를 야기죽거리며 기어가는 개미가 눈에 띄었다. 예전 같지 않게 얄밉게만 보였다. 개미들이 아빠한테 달라붙지만 않았어도 아빠가 유리방 안에 갇힐 일은 없었을 텐데. 개미를 향해 손바닥을 내리치려니까 아빠는 웬일인지 슬쩍 몸을 피했다. 엄마도 화들짝 놀랐다. 개미가 죽으면 아빠가 죽기라도 하는 것처럼. 아빠는 조금 슬퍼 보였다. 아빠 눈 속에 종이배를 띄우면 금세 떠내려갈 것 같았다.

엄마는 유리방에서 지내는 것이 어떠냐고 물었다. 아빠는 어두운 반지하 방에 있는 것보다는 낫다고 했다. 눈이 아프도록 내리쬐는 조명에 어느 정도 익숙해진 덕분이라고 했다. 엄마는 내 손을 잡고 서둘러 유리방을 나왔다. 내 몸에 개미가 옮을까 봐라고 했지만, 우리 방에서 다 함께 잠을 잘 때에는 그런 걱정 같은 건 해 주지 않았다. 아마 아빠가 우리를 따라서 방을 나올까 봐 걱정이 되었던 것 같다. 아빠의 출연료는 계집애의 엄마가 정확히 반으로 나눠서 엄마에게 주고 나머지 반은 자기 주머니에 넣었다. 엄마는 착착 돈을 세어 은행에 넣었다. 은행에 다녀올 때마다 몸 어딘가에 숨어 있던 개미가 옴질대며 간질이는지 히죽히죽 웃었다. 계집애의 엄마도 히죽히죽 따라 웃었다.

한 달간의 계약 기간이 끝나자 아빠는 집으로 돌아왔다. 계집애의 엄마가 피디에게 1년쯤 장기 계약을 파격적인 출연료에 제안했지만 시청자들이 더 이상 흥미를 못 느낀다는 대답이 돌아왔다. 계집애의 엄마는 텔레비전 안에는 50개도 넘는 채널이 있으니 걱정 말라고 했다. 다큐멘터리 채널이나 오락 채널, 이벤트 채널 등 아빠가 필요한 채널은 널렸다고 했다. 엄마는 대문이 따로 달린 집을 얻으려면 아직도 턱없이 부족한 은행 잔고를 보면서 한숨을 내쉬었다.

집에 돌아온 아빠는 어쩐지 핼쑥해져 있었다. 엄마가 빨대로 먹는 죽 대신에 밥을 좀 먹으려고 입 주위의 개미를 떨어냈더니 몰라보게 창백해진 얼굴빛이 드러났다. 유리방 안의 아빠를 텔레비전으로 지켜봤지만 새까만 개미 떼에 얼굴이 묻혀서 보이지 않았던 것이다. 계집애의 엄마는 호들갑을 떨더니 아빠와 개미, 둘 다 기운을 차려야 한다면서 아빠의 입에다는 보약을 부었고 몸에다는 설탕을 뿌렸다. 아빠는 곧 설탕을 뒤집어쓴 꽈배기처럼 되었다.

그날 밤 나는 이상한 소리에 잠을 깼다. 희미한 형광등 아래 엄마가 아빠의 귀에서 핀셋으로 무언가를 꺼내 멍하니 내려다보고 있었다. 조금 우는 것도 같았다. 그러더니 부들부들 떨면서 아빠의 귀에 도로 그것을 집어넣는 것이 아닌가. 나는 가슴이 두근두근 뛰었다. 만화영화에서만 보던 비밀 작전을 나 혼자 목격한 것 같았기 때문이다. 그냥 자 버릴까, 기적을 낼까 고민하다 엄마, 뭐해? 라고 물었다. 소리 없이 누워만 있는 것은 아무래도 나 자신을 무시하는 것만 같았기 때문이다. 아빠가 귀가 가렵다고 해서……. 엄마는 내 쪽은 보지도 않고 대답했다. 진실에 다다르려면 언제나 몇 겹의 거짓을 벗겨 내야 하는 법이다. 아빠의 몸을 보려면 언제나 둘둘 말려 있는 이불부터 풀어내야 하는 것처럼 말이다. 좀 더 캐물으려다가 그만두었다. 엄마는 첫 번째 질문에는 그럭저럭 대답을 해 주지만 두 번째부터는 알밤을 먹이기 때문이다. 비관주의자인 나는 엄마가 두 번째 질문을 용케 허용하리라는 희망은 품지 않기로 했다. 이내 빠져든 잠 속에서 나는 여왕개미와 맞닥뜨리는 꿈을 꾸었다. 여왕개미는 아빠의 이불을 덮고 느긋하게 누워 설탕이 하얗게 묻은 꽈배기를 아귀아귀 먹어 치우고 있었다.

계집애는 매일 알록달록 불량 식품을 입에 달고 살았다. 계집애의 엄마는 계집애의 입에다 끊임없이 그런 것들을 넣어 주었다. 조만간 계집애의 이빨은 무사하지 못할 것이다. 계집애의 입에 무언가를 물려 주려면 잠시도 쉴 수가 없었던지 계집애의 엄마는 구두굽이 닳도록 뛰어다녀서 아빠가 출연할 프로그램을 알아 왔다. 아빠는 또다시 유리방 속으로 들어갔다. 먼젓번과는 달리 엄마는 텔레비전을 보지 않았다. 내가 아빠가 나오는 채널을 보려고 하면 어김없이 알밤이 날아왔다. 그러곤 말없이 은행에 다녀와 통장 잔고를 오래도록 바라보다 한숨을 내쉬었다. 어서어서 은행 이자가 불어나라고 숨을 불어넣는 것 같았다.

아빠는 한 달을 계약하고 유리방에 들어갔지만 이번에는 일주일을 못 넘기고 나와야 했다. 갑자기 열이 펄펄 나더니 쓰러지고 만 것이다. 방송사는 계약 위반이라며 계약금 반환을 요구했지만 계집애의 엄마는 계약 기간의 4분의 1은 채웠으니 그만큼의 돈은 떼고 돌려주겠다고 버텼다. 계집애의 엄마가 피디와 말싸움을 하는 동안 아빠는 귓속이 아프다고 죽는소리를 했다. 엄마는 세 사람 사이를 왔다 갔다 하며 어쩔 줄 몰라 했다. 그러다 갑자기 나무둥치가 쩍 갈라지는 소리가 났다. 엄마가 계약금을 몽땅 돌려주겠다고 악을 쓴 것이다. 나는 깜짝 놀라서 오줌이 나올 뻔했다.

그제야 두 사람은 조용해졌고, 아빠의 신음 소리밖에 들리지 않게 되었다. 엄마는 아빠를 병원으로 데려갔다. 계집애의 엄마가 투덜거리며 따라왔다.

의사는 양봉업자들이 뒤집어쓰는 그물망을 온몸에 뒤집어쓴 다음에야 진찰에 들어갔다. 간호사에게 귀 내시경을 가져오라고 하더니 아빠의 귓속으로 사정없이 집어넣었다. 아빠가 인상을 쓰며 어금니를 꽉 깨물었다. 토도독 개미 등이 터지는 소리가 났다. 귓구멍을 들여다보던 의사는 곧 뒤로 나자빠졌다. 아빠의 왼쪽 귓속에는 커다란 여왕개미가 턱 하니 누워서 꽁무니에서 개미 알을 끝도 없이 뽑아내고 있었다. 의사가 핀셋으로 여왕개미를 끄집어냈다. 통통한 여왕개미가 튜브 같은 몸통을 부르르 떨었다. 일개미들이 세상이 끝난 것처럼 우왕좌왕했다. 의사는 좀 더 정밀한 진단을 위해서 CT촬영을 해야 한다고 했지만 계집애의 엄마가 필사적으로 반대했다. 방사선에 노출된 개미가 다 죽어 버리면 책임을 지겠느냐고 따졌다. 의사는 어차피 여왕개미를 귓속에서 꺼냈으니 개미는 서서히 사라질 것이며, 정 개미가 필요하다면 다른 여왕개미를 아빠 귓속에 넣어 주면 된다고 했다. 그제야 계집애의 엄마는 체념을 하고 아빠를 CT촬영실로 보내 주었다. 엄마는 눈 코 입이 다 허물어질 것 같은 얼굴을 해 가지고 아빠 곁에 서 있었다. 그 와중에 아빠 귓속에서 꺼낸 여왕개미가 진료실 바닥에 떨어졌다. 일개미들이 달라붙어 여왕개미를 구하느라고 또다시 한바탕 우왕좌왕하는 것이 보였다. 나는 어른들 몰래 얼른 여왕개미를 주워서 주머니 속에 넣었다.

CT촬영 결과는 더 심각했다. 아빠의 몸속에는 서울과 부산, 대구와 인천을 다 합친 것 같은 커다란 도시가 건설되어 있다고 했다. 피부 속은 물론이고 내장에까지 개미들이 점령하지 않은 곳이 없었다. 아빠의 콩팥은 개미 알의 부화장이었고 대장은 먹이 저장 창고였으며 피하지방에는 병정개미들이 빈틈없이 들어차 있다고 했다. 아빠 몸에 있는 개미들을 없애려면 아빠를 없애는 수밖에 없다고 했다. 불쌍한 아빠. 개미들이 아빠의 핏줄을 타고 빙빙 보트 놀이를 했을 것을 생각하니 화가 나서 견딜 수가 없었다. 나는 주먹을 꼭 쥐고 아빠의 배를 쿵쿵 때렸다. 개미 보트를 홀라당 뒤집어 버리기 위해서였다. 아빠는 또 말없이 내 머리를 쓰다듬었다. 엄마의 은행 잔고가 병원비로 바닥날 것이 미안해서 괜한 내 머리통을 붙잡았을 것이다. 엄마는 정말로 개미가 몸속까지 파고 들어가 집을 지었느냐고, 의사와 간호사, 나중에는 계집애의 엄마에게도 물었다. 마치 살충제만은 절대 뿌리지 않았는데 어떻게 몸속으로 개미가 들어갈 수 있느냐고 묻는 것 같았다.

아빠는 다른 환자들과 격리되어야 한다는 이유로 입원을 거절당했다. 따지고 보면 양봉업자들의 그물망이 아니었으면 정밀 검사도 어림없었다. 집에 돌아와 아빠를 이불에 둘둘 말아 놓은 엄마는 슈퍼에서 소주 세 병을 사 오더니 쿨렁쿨렁 병째로 마시기 시작했다. 소주를 몽땅 마신 엄마는 아빠의 이불 속으로 기어 들어가 울기 시작했다. 아빠의 이불 속에는 여전히 개미들이 우글우글했지만 신경 쓰지 않았다. 엄마가 울기 시작하자 나는 어리둥절했다. 그날 밤 아빠의 귓속에서 뭔가를 꺼내고, 다시 집어넣은 것은 엄마다. 아빠의 귀에서 분명 통통한 여왕개미가 나오지 않았느냐 말이다. 아빠를 저 지경으로 만들어 놓고 눈물은 또 뭐란 말인가. 오밤중에 나 혼자만 본 광경을 나는 그동안 아무한테도 말하지 않았다. 계집애한테도 물론이다. 늘 갖가지 불량 식품을 빨아 대서 입술이 알록달록해져 있는 어린애에게 비밀을 누설한다는 것은 가당치도 않다. 간직하고 있는 비밀이 하나쯤 있어야 제법 비관주의자 같지 않은가 말이다. 엄마는 울먹이며 그날 숲에만 가지 않았어도 이 지경은 되지 않았을 거라며 뜬금없는 이야기를 했다. 우리가 갔던 숲이라면 수목원 이야기인가? 나는 귀를 쫑긋 세웠다.

올봄, 엄마는 소풍을 가자고 우겼다. 아직 아빠 몸엔 개미 한 마리 붙어 있지 않았을 때였다. 봄바람도 불고 빨간 꽃이 피기 시작하니 우리도 소풍을 가야 한다고 했다. 소풍이라니. 나는 태어나서 한 번도 소풍을 가 본 적이 없었다. 더구나 엄마는 일을 나가던 식당이 한 달 전 문을 닫은 후로 새로운 일자리를 구하지 못하고 있었다. 그날도 난 잃어버린 크레파스 조각을 찾느라 입이 통통 부어 있었다. 계집애가 새 크레파스라고 자랑하던 것을 몰래 가져왔는데 그걸 잃어버렸다. 좁은 방 어디 흘릴 곳도 없는데 나는 매일 뭔가를 잃어버렸다. 사방 잡동사니들을 들추고 뒤집어도 도무지 찾을 수 없었다. 아침밥을 차리려고 냉장고 안에 머리를 박고 한참을 뒤지던 엄마가 힘없이 냉장고 문을 닫았다. 물끄러미 날 바라보다가 혼잣말처럼 중얼거렸다.

"아무리 찾아도 찾을 게 없는 집이다."

엄마는 아무렇게나 김밥을 말기 시작했다. 맨밥에 먹다 남은 콩나물을 넣고 비비거나 나중엔 간장으로만 비벼서 김으로 둘둘 말았다. 나는 징징대던 울음을 뚝 그쳤다. 아빠는 얼굴이 굳었다. 아마 골반에 허리를 얹고 삐걱삐걱 돌아다닐 생각을 하니 암담했을 것이다. 아빠가 좋다고 하건 말건 어차피 엄마가 가자고 하면 가는 것이다. 차비도 수목원의 입장료도 엄마의 지갑에서 나오는 거니까. 엄마는 집에 있는 돈이란 돈은 싹싹 긁어모은 눈치였다. 엄마의 헝겊 지갑은 모처럼 가득 찬 동전들로 불룩하게 일어나 있었다.

전날 밤엔 비가 와서 땅이 축축하게 젖어 있었다. 엄마는 숲 구석구석까지 우리를 끌고 다녔다. 햇살은 운동장만 한 양지를 만들었지만 엄마는 까만 색종이만 한 음지를 잘도 찾아냈다. 아빠는 비지땀을 줄줄 흘리긴 했지만 여전히 삐걱삐걱 따라왔다. 사람들 발길이 뜸한 곳에 엄마는 가져온 신문지를 널찍하게 펴서 자리를 깔았다. 아빠는 조심조심 신문지 위에 엉덩이를 내려놓았다. 조금만 삐끗하면 팔다리가 와르르 무너져 내리는 고장 난 로봇 같았다. 모두 자리를 잡고 앉자 엄마는 김밥을 내 입에 넣어 주었다. 아빠의 입 속에도 꾸역꾸역 김밥을 밀어 넣었다. 입에 김밥이 가득 차서 목이 메었지만 나는 입에 들어온 것을 차례차례

삼켰다. 되도록이면 엄마의 기분을 상하게 하고 싶지 않았다.

김밥을 다 먹고 나자 엄마는 지갑 속에서 알약을 꺼냈다. 오목한 엄마의 손바닥 안에 주황색 알약이 하나, 둘, 셋. 어디서 왔는지 개미 한 마리가 알약 위에 올라탔다. 엄마가 손바닥 위의 개미를 떨어내고 알약 하나를 집어냈다. 개미 등짝처럼 반질반질 윤이 나는 알약이었다. 사방에서 개미들이 민들레 꽃씨처럼 날아다니고 있었다. 등 뒤로 날개를 한껏 추켜올리고 암개미와 수개미가 쌍을 지어 공중에서 팽글팽글 돌고 있었다. 망사 커튼처럼 드리워진 햇살 속에서 나른하게 올라오는 수증기를 헤치며 개미들이 일생에 한 번 있다는 결혼식을 치르고 있었던 것이다. 그곳은 개미들의 무도회장이었다. 어느새 엄마 손바닥 위엔 개미들이 소복했다.

나는 입을 아 벌리고 개미들을 쳐다보았다. 개미가 날고 있는 게 신기하기만 했다. 개미들이 빙글빙글 돌아가며 춤을 추다 아차 실수로 발을 밟듯이 내 얼굴에 날아와 탁탁 부딪혔다. 그사이 엄마가 알약 하나를 내 입으로 가져왔다. 엄마는 팔뚝부터 후들후들 떨고 있었다. 손가락 두 개로 알약 하나를 들고 있으려고 안간힘을 쓰는 것 같았다. 공중에서 날아온 개미들이 알약을 에워싸기 시작했다. 알약이 내 혓바닥 위로 떨어지려는 찰나, 개미들이 입속으로 바람처럼 몰려왔다. 그때였다. 커다란 손이 공중에서 알약을 가로챘다. 아빠였다. 엄마 손에 있는 알약 두 개마저 순식간에 가로채서는 몽땅 자기 입에 털어 넣으려는데, 검은 돌개바람이 아빠를 향해 몰아쳤다. 개미 떼였다. 아빠가 억! 소리를 내며 한쪽 귀를 감싸 쥐었다. 그때까지 넋 빠진 얼굴을 하고 있던 엄마가 벌떡 일어나 아빠 몸의 개미들을 미친 듯이 떨어내기 시작했다. 엄마가 알약을 빼앗아 풀숲으로 던지자 개미들이 일제히 그쪽으로 날아갔다. 엄마가 신문지 위에 털썩 주저앉아 힘없이 중얼거렸다. 알맹이가 빠져나간 사람처럼 헐렁헐렁해 보였다.

"우리에게도 살아갈 희망이 어딘가에는 남아 있을까. 다른 사람이 다 쓰고 버린 너덜너덜한 희망이나마 주워 가질 수 있을까."

알약을 삼키기 싫어서였는지 아빠가 마지못해 머리를 끄덕였다. 귓속에 뭐가 들어갔는지는 아예 잊어버린 것 같았다. 어쨌든 엄마도 나도 멀쩡하니까 그것으로 됐다는 표정이었다. 하필 아빠가 희망을 가져 보겠다고 한 날, 여왕개미는 아빠의 귓속에서 집을 짓기 시작했던 것이다. 가까스로 집에 돌아온 아빠는 아침이면 죽을힘을 다해 겨우겨우 이불을 개었지만 도로 이불 속으로 기어 들어가기까지는 얼마 걸리지 않았다. 어쨌든 아빠가 그렇게 무서워하는 것을 보니 뭔가 수상쩍은 약임에는 틀림이 없다고 생각되었다. 나는 엄마가 언제고 또 김밥을 말지 않을까 불안했다.

수목원에서 있었던 일을 꼬부라진 혀로 꼬불꼬불 늘어놓은 엄마는 또 엉엉 울었다. 그날 밤 귓속에서 여왕개미를 꺼냈을 때 죽였어야 했다고, 하지만 그렇게라도 살아 보려고 한 거였다고 훌쩍였다. 아빠는 괜찮다, 괜찮다고 계속 중얼거렸다. 여왕개미가 아니었으면 우리 식구는 살지 못했을 거라고 했다. 여왕개미가 뭘 어쨌기에? 나는 병원에서 주운 여왕개미를 몰래 우유갑 속에 숨겨 놓았다. 여왕개미가 아빠의 귓속에 있었으니 틀림없이 둘이서 속닥이기도 했을 것이다. 나는 아빠에게 무릎걸음으로 기어가서 여왕개미가 뭐라고 하더냐고 물어보았다. 아빠가 희미하게 웃으며 대답했다.

"희망."

일부러 비뚤비뚤 그린 것 같은 웃음이었다. 나도 따라 배시시 웃었다. 울어도 시원찮을 텐데 우리가 웃는 것이 한심해 보였던지 엄마는 울음을 뚝 그치더니 악을 썼다.

"그놈의 벌레 같은 희망이 뭐길래!"

다음 날 새벽, 엄마는 숲으로 갈 때처럼 돈을 탈탈 털기 시작했다. 이번에는 소풍 대신 멀리 여행을 가자고 했다. 엄마가 생각할 수 있는 가장 먼 여행지는 제주도였다. 아빠는 말없이 엄마를 따라나섰다. 나도 엄마의 성화에 못 이겨 운동화를 꿰어 신었다. 여왕개미는 봄날에 집을 짓기 시작하니까 어딜 가도 개미가 팽글팽글 돌다가 귓속으로 들어올 일은 없을 것이다. 다만 알약이 입 속으로 들어올지가 걱정되었다.

공항엔 바퀴 달린 가방을 끌고 이곳저곳을 누비는 사람들로 가득했다. 나는 엄마가 들고 있는 낡은 배낭이 몹시 신경 쓰였다. 벌써 배낭 위로 개미들이 줄을 지어 기어 다니고 있었다. 그것도 잠깐, 나로서는 비행기를 타는 일이 일생일대 사건이라 곧 낡은 배낭 같은 건 까맣게 잊었다. 아무리 비관주의자라도 일생에 한

번쯤은 낙관주의자가 될 수 있잖은가. 엄마도 나처럼 공항에 처음
와 보는지 우왕좌왕했다.

비행기 좌석을 배정받느라고 엄마가 공항 어딘가로 사라지자
아빠가 뜬금없이 내 눈앞에다 대고 열 손가락을 쫙 폈다. 손바닥
과 손등을 반짝반짝 정신없이 뒤집었다. 난데없이 마술사 흉내를
내더니 왼쪽 귀로 손을 가져갔다. 짠! 소리와 함께 아빠가 귓속에
서 꺼낸 것은 초록색 크레파스 조각이었다. 계집애의 크레파스였
다. 그렇잖아도 내가 가져간 걸 어떻게 알았는지 계집애가 어젯밤
에도 방문 앞까지 와서 내놓으라고 하는 통에 영 곤란한 참이었
다. 아빠는 일부러 눈을 둥그렇게 뜨고 재미있는 표정을 지어 보
였지만 우는 얼굴처럼 되어 버렸다. 장판까지 뒤집어서 겨우 찾았
다고 했다. 아빠가 뭘 찾아 준 것은 처음이었다. 게다가 마술사 흉
내까지 썩 그럴싸했다. 나는 아빠의 목을 힘껏 끌어안았다. 아빠
도 내 등을 꼭 조여서 깊이, 깊이 안아 주었다.

엄마는 좌석 번호가 찍힌 비행기 표를 손에 쥐고 돌아와서도
혹시 또 준비 못한 것이 있어서 비행기를 타지 못하게 될까 봐 주
위 사람들을 기웃대고, 여기저기 물어물어 비행기 탑승구를 알
아내고 하느라 정신이 없었다. 나도 엄마를 따라다니느라 덩달아
바빴다. 이제야말로 틀림없이 비행기를 탈 수 있을 것 같은 확신
이 들었는지 엄마는 그제야 아빠를 돌아볼 정신이 생겼다. 아빠
는 낡은 배낭과 함께 감쪽같이 사라지고 없었다. 아빠를 보지 못
했느냐고 괜한 나를 닦아세웠지만 맹세코 나도 아빠를 보지 못했

다. 정신이 반쯤 나간 엄마는 어디론가 마구 뛰어다녔다. 공항을 샅샅이 뒤지고 다녔지만 끝내 아빠를 찾을 수 없었다.

아빠가 이집트로 갔다는 소식은 오늘 계집애의 엄마가 전해 주었다. 아빠 때문에 방송국을 드나들던 계집애의 엄마는 이런저런 연줄을 잡아 어느 매니지먼트 회사 구내매점에서 일을 하게 되었다. 그 회사에서는 외국 방송을 시청하기도 하는데 직원들이 간식을 사 먹으며 떠드는 소리를 물어 가지고 왔다. 어떤 남자가 카이로 공항에 착륙한 비행기 바퀴 칸에서 얼어 죽은 채 발견되었다는 것이다. 비행기는 인천발이었다. 남자는 밀입국하려던 것으로 보였으며 죽은 개미들을 이불처럼 덮고 누워 있었다고 했다. 계집애의 엄마는 그 많은 비행기 중에 왜 하필 카이로행이었는지 모를 일이라고 했다. 개미들이 이집트로 돌아가려고 허깨비 같은 아빠를 끌고 간 것인지도 모른다고 했다. 엄마는 아무 말 없이 내 머리통을 쓰다듬었다. 어째서 어른들은 할 말이 없을 때는 늘 내 머리통을 만지는 것인지 알 수가 없다.

나는 아빠 몸의 개미를 언젠가 하늘 위로 날려 보고 싶었다. 아빠도 곤충 학자의 이야기를 들었을 테니 나와 같은 생각을 했던 것은 아닐까. 엄마가 주는 알약을 삼키기 전에 몸속의 개미들을 날아오르게 하고 싶었는지도 모른다.

비행기가 하늘을 난다. 아빠 몸에서 날아오른 수천 마리 개미들이 빙글빙글 날아오른다. 작고 투명한, 잠자리 같은 날개다. 비행기 바퀴 칸은 순식간에 개미들의 결혼 무도회장이 된다. 윤기

오른 개미들의 등짝이 반짝반짝 빛난다. 개미를 뒤집어쓴 아빠도 반짝이는 까만 연미복을 입은 것 같다. 개미들은 환호성을 지르며 아빠를 붕 들어 올린다. 아빠는 초록색 크레파스로 그린 것 같은 미소를 짓는다. 개미들이 공중에서 눈부신 날갯짓을 한다.

운 좋게 살아남은 개미들은 지금쯤 어느 사막으로 기어 들어가서 새로운 집을 짓고 있는지도 모른다. 이집트 사방 천지에서 개미들은 빙글빙글 날아오르며 혼인비행을 하고 있을 것이다. 아빠는 개미들에게 살아갈 희망을 주고 싶었는지도 모른다. 내 귓속에도 희망이 자랄 수 있을까. 우유갑 속의 여왕개미는 아직도 죽지 않고 스멀스멀 기어 다닌다.

자
전
거

무
덤

하루카는 페달을 밟았다. 오른손으로는 자전거 핸들을 잡고 왼손으로는 우산을 받쳐 든 채다. 가로등 불빛을 받아 빗줄기가 은빛으로 날카롭다. 페달을 밟을 때마다 쑥쑥 앞으로 나가는 몸뚱이에 바늘처럼 날아와 박혔다. 곳곳에 보도블록이 깨져 있어 길은 울퉁불퉁했다. 자전거 바퀴는 번번이 물웅덩이를 갈랐다. 그때마다 빗물이 부챗살 모양으로 튀었다. 하루카는 물속에서 자전거를 타고 허우적거리는 기분이었다. 이 밤만 해도 두 번째 오가는 길인데 어둠은 좀처럼 익숙해지지 않았다.

아파트 단지 사이로 곧게 뻗은 길은 4차선 도로와 맞닿아 있나. 차도에 내려실 때 자전거 앞뒤에서 덜컥 소리가 났다. 앞바퀴 쪽 수납 바구니에는 토스터와 헤어드라이어를, 뒷바퀴 쪽 아이용 의자에는 믹서를 끈으로 고정해 묶어 놓았다. 하루카는 자전거를 멈추고 끈을 잡아당겨 보았다. 빗물이 차로를 따라 흘렀다. 그녀는 길 건너 아파트 단지를 향해 철벅철벅 페달을 밟았다.

경비실에 전깃불이 환했다. 그저 빛을 찍어 놓은 사진 같았다. 움직이는 것은 하루카의 자전거뿐이었다. 그녀는 405동 뒤쪽으로 돌아갔다. 단지를 에두르는 담장 아래 자전거를 세우고 가져간 것들을 차례로 꺼냈다. 헤어드라이어를 오른손에, 믹서를 왼손에 들고 두 팔을 엇갈려 토스터를 가슴에 안았다. 담장을 사이에 두고 건너편은 중학교다. 학교 쪽 담장을 따라서는 소나무가, 아파트 쪽으로는 은행나무가 줄을 서 있어 낮에도 어두컴컴한 곳이다. 검은 나무들이 죽은 것들을 지켜보고 있는 것 같다. 하루카는 오싹한 기분을 떨쳐 내려 애써 중얼거렸다. 저 나무둥치 안에도 물길이 있고, 물이 흐르고 있다고. 젖은 낙엽을 눌러 밟으며 나무 사이로 들어갔다. 고철 더미가 눈에 들어왔다.

이곳을 발견한 것은 며칠 전이었다. 소라를 자전거에 태우고 할인점에 다녀오는 길이었다. 놀이터 앞을 지나다 소라가 그네를 타겠다고 고집을 부려서 자전거를 잠시 세워 두려는 참이었다. 젖은 나뭇가지가 자전거 바퀴 밑에서 힘없이 휘어졌다. 담 밑에 시커먼 물체가 눈에 들어왔다. 둥그렇게 솟아오른 것이 얼핏 무덤처럼 보였다. 가까이 가 보니 자전거였다. 자전거들이 땅에 누워 낙엽과 먼지를 뒤집어쓰고 있었다. 붉게 녹이 슨 것도 있었고 쓸 만해 보이는 것도 있었다. 핸들이 꺾인 채 담 밑에 처박혀 있거나 바퀴를 위로 쳐들고 있는 것, 아예 바퀴가 달아난 것도 여럿이었다. 비가 그친 뒤라 찢어진 안장에서 검은 물이 뚝뚝 떨어졌다. 얼핏 서른 대는 넘어 보였다. 주인 없이 방치된 자전거들인 모양이었다. 아파트 관리실에서 한데 모아 임시로 쌓아 놓았을 것이다. 누워 있는 바퀴들은 하나같이 전속력으로 달려오다 쓰러져 숨을 고르고 있는 것처럼 보였다.

대단위 아파트 단지가 밀집해 있는 이 도시에는 할인점이나 우체국, 도서관 같은 편의 시설은 걸어가기에는 너무 멀고 차를 타고 가기에도 어중간한 위치에 있다. 새벽부터 출근을 위해 사람들이 인접한 도시로 빠져나가고 나면, 남은 사람들은 자전거에 올라타 공원으로, 학원으로, 할인점으로 내달렸다. 단지 안 자전거 거치대에는 늘 수십 대의 자전거가 질서 정연하게 자물쇠에 묶여 있다. 1년에 한두 번은 엘리베이터에 공고가 나붙었다. 각자의 자전거에 동, 호수를 표기한 스티커를 붙이라는 내용이었다.

하루카는 자전거에 아이용 의자를 달아 소라를 앉히고, 핸들 앞에 달린 수납 바구니에는 손가방 따위를 싣고 도시의 이곳저곳으로 이동했다. 비 오는 날이면 소라와 하루카는 각자 우산을 하나씩 쓰고 자전거를 탔다. 지나가던 사람들은 휘둥그레진 눈으로 바라보곤 했다. 얼마 후에야, 이곳 사람들은 비가 오면 아예 자전거를 집에 두고 나온다는 걸 알았다. 왼발을 페달에 얹고 오른발로 땅을 박차다 안장 위에 엉덩이를 가뿐하게 올릴 때도 비슷했다. 남자들이나, 그것도 자전거에 아주 익숙한 사람들만이 그렇게 한다는 걸 알았다.

스탠드와 전기밥통, 벽걸이 시계, 아이용 의자와 식탁…… 하루카의 아파트에는 아직도 자전거에 실어야 할 것들이 많이 남아 있었다. 몇 개의 박스에 나누어 담아 오사카로 부칠 이삿짐을 제외하면 모두 어떻게든 버려야 할 것들이었다. 쇠붙이나 플라스틱으로 된 것은 분리수거가 되지만 가구와 전자 제품들은 재활용 스티커를 사서 붙여야 했다. 일일이 붙이려면 몇 만원은 들여야 한다. 장롱 같은 큰 가구는 어쩔 수 없이 스티커를 붙여서 버려야 하겠지만 작은 가구와 전자 제품들은 어떻게든 처리해 보려고 마음먹었다. 쌓여 있는 자전거를 덮개 삼아서 최대한 담장 쪽에 보이지 않게 숨겨 두었기 때문에 아직은 사람들의 눈에 띄지 않았다. 하루카의 마음 한구석에는 물건들이 아주 버려지기 전에 누군가에게 발견되었으면 좋겠다는 바람도 있었다. 남편인 박에 대한 미련보다는 버려지는 것들에 대한 안타까움이었다.

이혼 후 박은 친가로 들어가기로 했기 때문에 낡은 살림살이들을 원하지 않았다. 하루카의 살림살이들은 처음부터 낡아 있었다. 가구며 가전제품이며 모두 중고품을 파는 곳에서 사들였기 때문이다. 낮에, 하루카는 액자에서 사진을 떼어 냈다. 여덟 장의 사진을 끼울 수 있는 나무로 만든 액자였다. 아이의 세 살 생일을 기념해 사진관에 가서 가족사진을 찍고 액자도 따로 맞췄다. 1미터는 족히 넘는 나무틀을 쓰레기봉투에 그대로 넣을 수가 없어서 망치로 부숴야 했다. 딱. 딱. 딱. 무심해서 끔찍한 소리였다. 쓰던 접시와 숟가락을 버릴 때도, 키우던 것을 화분째 아파트 화단에 내어놓을 때도 눈물이 나오지는 않았었다.

고철 더미 사이로 어제 버린 청소기가 보였다. 플라스틱 손잡이를 타고 빗물이 흘러내리고 있었다. 하루카는 소리 나지 않게 주의하면서 담 밑에 쓰러져 있는 자전거를 일으켰다. 14인치 텔레비전과 카세트플레이어, 흡입구가 떨어진 청소기가 드러났다. 비에 젖어 버려서 플러그를 꽂는다 해도 전원조차 들어오지 않을 거였다. 하루카는 청소기 손잡이를 텔레비전과 카세트플레이어 사이에 끼워 놓고 그 옆에 믹서와 토스터, 헤어드라이어를 내려놓았다. 집을 벗어난 살림살이들은 무언가의 파편처럼 보였다.

녹슨 자전거를 뉘어 놓고 막 돌아서려는 참이었다. 쾅. 담장 위에서 자전거가 떨어졌다. 밑에 깔린 자전거의 바퀴가 튕겨져 나갔다. 다시 쾅. 쾅. 두 대, 세 대가 간격을 두고 떨어졌다. 마지막 한 대는 하루카의 전자레인지 위로 떨어졌다.

하루카는 반사적으로 고개를 들어 위를 올려다보았다. 어둠 속에서 겨우 분간해 낸 형체는 검은 그림자로만 보였다. 담장 위로 그림자의 무릎까지 올라와 있었다. 다리만 긴 거인을 보는 것 같아서 기괴했다. 무언가를 딛고 올라선 것 같았다. 검은 그림자는 두 손을 무릎에 대고 상체를 숙여 아래를 내려다보고 있었다.

그림자에게 몸을 숨기려는 생각은 없어 보였다. 키 큰 나무들 사이로 용케 와 닿은 가로등 불빛이 검은 형체에 안광을 만들었다. 푸르스름한 눈빛은 파리해 보였다. 차가우면서 날카로워 보이기도 했다. 그림자가 하루카의 눈을 똑바로 내려다보았다. 온몸에

촛농처럼 흘러내려 순식간에 굳어 버리게 하는 눈빛이었다. 하루카는 후들거리는 다리로 가까스로 버티고 서서 그림자의 눈빛을 맞받았다. 그녀가 그림자를 보았다는 사실을 그림자가 잊어버리지 않도록. 그림자가 담장 아래로 사라졌다.

검은 나무들이 일부러 비켜서지 않는 길을 억지로 헤쳐 나오는 것 같았다. 우산은 어디에 접어 놓았는지 보이지 않았다. 하루카는 페달에 한쪽 발을 얹으려다 젖은 나뭇잎에 미끄러질 뻔했다. 손이 후들거려 자전거 핸들이 제멋대로 꺾였다.

담장 아래로 자전거 한 대를 내던졌을 때 그림자는 하루카를 보았을 것이다. 그런데도 두 대, 세 대를 잇달아 내던졌다. 어쩌면 그림자는 하루카가 살림살이들을 버리는 것을 지켜보고 있었는지도 모른다. 그렇지 않고서야 비밀을 봉인하는 것 같은 그런 눈빛으로 대담하게 그녀를 보았을 리 없다. 하루카는 손바닥으로 뺨을 쓸어내렸다. 땀인지 빗물인지 얼굴이 온통 젖었다. 그림자에게 버려진 자전거들은 어디에서 온 것일까. 쓰러진 바퀴들이 일제히 일어나 쫓아오는 것만 같았다. 하루카는 정신없이 페달을 밟았다. 이대로 안장에서 벌떡 일어나면 정말 바다라도 건널 것 같은 속도였다.

"하루카야, 이렇게 신나게 달리다 엉덩이를 벌떡 일으키면 현해탄도 날아서 건널 수 있단다."

하루카를 자전거 뒤에 태우고 할머니가 일본 말로 소리쳤다.

"거짓말이야!"

하루카도 일본 말로 소리쳤다. 그즈음엔 할머니도 모국의 말을 잊어 가고 있었다.

조부모는 제주도 성산 출신이었다. 오래전 오사카와 제주도 사이를 오가던 군대환(君代丸)을 타고 일본에 도착했다. 군대환은 제주도 일대를 돌며 저임금의 공장노동자를 오사카로 실어 나르던 일종의 연락선이었다. 오사카에 한신공업단지가 막 생겨나고 있을 때였다. 할머니와 할아버지가 자리를 잡은 곳은 대규모 하천 공사가 벌어지고 있는 히라노 강 둔치였다. 오사카 동쪽 이카이노라는 곳이었는데, 지금의 쓰루하시 일대였다.

일본 말 한마디 할 줄 몰랐던 할아버지는 히라노 운하를 건설하는 노동자가 되었다. 할아버지가 강가에 일을 하러 나가면 할머니는 키우던 닭과 돼지에게 서둘러 먹이를 주고 기계 공장 근처로 갔다. 쓰레기 더미에 섞여 나오는 고철을 찾아내 팔면 얼마간 돈이 되었다.

"그때 할아버지가 운하를 파지 않고 기계공장에 취직해서 기술을 배웠으면 삼천리자전거를 만들었을지도 모르잖니."

할머니는 두고두고 아쉬워했다. 할아버지와 할머니가 히라노 강 둔치에서 고군분투하고 있을 때 한신공업단지의 기계공장에서 기술을 배운 청년이 해방되기 한 해 전에 고향으로 돌아가서 삼천리자전거를 만들었다는 것이다.

할머니의 이야기에는 언제나 오래된 자전거 한 대가 따라왔다.

소싯적 제주에서 보았던 엄복동의 자전거였다. 자전거 행상을 하던 사내가 일본의 일류 선수들을 제치고 참가하는 대회마다 우승을 하고 있었다. 엄복동 선수가 출전한다는 소문만 돌아도 관중들이 구름 떼처럼 몰리던 시절이었다. 제주에서도 자전거 대회가 열렸다. 바람이 거센 날이었다. 엄복동의 자전거는 바람에 바퀴를 단 것 같았다. 오르막길도 쏜살같이 올랐다. 막 고갯마루에 섰을 때였다. 앞바퀴가 내리막길로 내려서자마자 엄 선수가 안장에서 벌떡 일어섰다. 자전거가 바람을 안고 공중으로 차올랐다. 펄럭펄럭펄럭펄럭. 치맛자락이며, 옷고름이며, 머리카락이며, 할머니는 몸뚱이 째 온통 펄럭였다. 하늘을 날고 있는 게 안창남의 비행기가 아니라 엄복동의 자전거라는 걸 할머니는 그때 똑똑히 보았다.

할머니는 예순 살이 가까워 오던 어느 해에 자전거를 샀다. 할아버지가 병을 앓다 돌아가신 뒤라서 살아갈 궁리를 해야 했다. 하루카의 아버지도 막노동으로 돈벌이를 하고는 있었지만 시원치 않았다. 할머니는 할아버지의 병원비로도 차마 쓰지 못했던 돈을 털어 자전거를 샀다. 리어카를 끌 수 있도록 자전거를 개조해서 닭고기와 돼지고기를 싣고 행상을 다녔다. 할머니는 백발에 정신이 가물가물해질 때까지 고물이 다 된 자전거를 타고 쓰루하시 시장을 누볐다. 할머니가 지난 자리에는 자전기 바큇자국이 삐뚤삐뚤 남았다. 학교에서 돌아오면 하루카는 할머니를 찾으러 쓰루하시 시장으로 내달렸다. 삐뚤삐뚤한 바큇자국만 찾으면 그 끝에서 할머니를 만나기 마련이었다. 할머니는 자전거의 둥근 두 바퀴가 굴러가는 것만 봐도 좋다고 했다. 돈이 잘 벌릴 것 같고, 애들이 잘 자라 줄 것 같고, 언젠가는 제주로 돌아갈 수 있을 것 같다고 했다.

"어느 해 제주에 큰 흉년이 들어서 만덕 할망이라는 이가 천금을 내놓아 사람들을 구휼했단다. 임금님이 편지를 보내서 만덕 할망 소원을 물었단다. 만덕 할망이 말하길, 바다를 건너는 게 소원이라고 했지 않니. 그때는 아무나 바다를 건널 수 없었거든."

잠들기 전에 할머니는 어린 하루카에게 옛이야기를 해 주었다. 잠 속으로 빠져들며 하루카는 생각했다. 히라노 강의 바람이 좀 더 세게 불었다면 할머니의 자전거는 벌써 바다 위를 날아갔을 텐데.

·

빗물은 미처 다 배수로로 흘러들지 못하고 인도 위로 넘쳤다. 하루카도 자전거도 흠뻑 젖어 버렸다. 그녀는 살고 있는 아파트 단지로 들어와 일부러 멀리 돌아서 자전거 거치대로 갔다. 비어 있는 쇠고리를 찾아 더듬더듬 자전거에 자물쇠를 채웠다. 경비원은 잠들어 있을 것이다. 육십이 넘은 노인에게 이 교대 근무는 고되다. 하루카는 경비실이 있는 정문을 피해 뒷문으로 들어가 엘리베이터 벨을 눌렀다. 땡. 엘리베이터가 도착하는 벨 소리에도 가슴이 내려앉았다.

현관문을 열고 들어서자 입구에 박스가 놓여 있다. 원룸만 겨우 면한 14평 아파트라 이삿짐을 싸려고 박스를 모아 놓았더니 거실을 가득 채우고 현관까지 차지했다. 소라는 박스 안에서 웅크리고 자고 있었다. 오사카로 부칠 박스 하나에는 물건을 20킬로그램까지 담을 수 있다. 배편으로 일본에 도착하기까지 보름 정도 걸린다. 그때까지 박스가 찢어져서는 곤란하다. 소라의 몸무게가 얼추 그쯤 되어서 소라를 그 안에 들여놓고 박스를 움직여 보았더니 그게 재미있었던 모양이다.

연일 계속된 비 때문에 동네 슈퍼에서 아무렇게나 쌓아 놓은 빈 박스는 대부분 젖었거나 눅눅했다. 여름장마가 끝났나 싶었는데 이번에는 가을장마라고 했다. 대형 할인점의 포장 코너에 산더미처럼 쌓여 있던 박스가 생각나서 가 보았지만 입구의 시위대가 손님의 출입을 막고 있었다. 다음 날도 마찬가지였다. 일본에도 한국에도 저렇게 하지 않으면 살아가기 힘든 사람이 있기 마련인가, 하루카는 어렴풋이 이해할 뿐이었다. 옷 가게나 전자 제품 대리점에도 가 보았다. 옷 가게 것은 너무 작았고 대리점 것은 너무 컸다. 우체국에 가면 박스를 구입할 수 있다는 걸 모르는 건 아니었다. 일본에서 한국으로 박스 하나를 보내는 데 5750엔이 들었다. 한국 돈으로는 4만 6천 원 정도 될 것이다. 박스 하나라도 더 가져가려면 돈을 아껴야 했다. 할 수 없이 동네 슈퍼에서 눅눅한 박스 다섯 개를 얻어 와 거실에 늘어놓고 물기를 말리는 중이었다.

박스는 좀처럼 마르지 않았다. 하루카는 모양을 바로잡느라 박스의 바닥을 꾹꾹 눌렀다. 날이 밝기 전까지 일본으로 보낼 짐을 꾸려야 했다. 박은 오지 않을 거였다. 출국 날짜가 가까워 올수록 소라를 보는 것을 힘들어했다. 그런 박이 안돼 보이기도 했지만 두 사람이 예상치 못한 일은 아니었다.

아침에 하루카는 이삿짐센터에 작은 트럭 한 대를 보내 달라고 전화를 했다. 처음엔 5만 원이나 달라고 했다. 겨우 박스 다섯 개를 가까운 우체국까지만 옮기면 된다고. 하루카는 한국에 와서 처음으로 사정을 해 보았다. 일본에서라면 안 되는 것은 딱 잘라서 안 되는 것이지만 한국에서라면 조금 여유가 있었다.

"괜찮아, 괜찮아. 한국 사람들은 그 말을 제일 많이 해. 이쪽에서 먼저 마음을 열면 상대의 마음도 그만큼 열린다구."

일본을 떠나올 때 자이니치(在日)들이 입을 모아 충고해 주었다. 하루카는 침을 꿀꺽 삼켰다. 한국 사람과 결혼해서 일본에서 오게 되었는데, 이혼하고 다시 일본으로 가게 되었다고, 돈이 부족해서 그러니 조금 깎아 줄 수 없겠느냐고 하루카는 이삿짐센터 직원에게 더듬더듬 털어놓았다. 이삿짐센터 직원은 하루카의 말을 들으면 들을수록 어쩔 줄 몰라 하는 것 같았다. 또박또박 끊어지던 말투가 사라지고, 예, 예…… 그러시다면…… 하고 말끝을 흐렸다. 하루카는 전화를 끊고 얼굴이 붉어졌다. 어디까지 털어놓아야 적당한 것이었는지 알 수가 없었다. 자이니치 3세인 자신이 자연스럽게 이 모든 걸 느낌으로 알게 되는 게 가능하기나 한 걸까. 하루카는 한국에 도착한 첫날밤의, 살림살이 하나 없는 커다란 콘크리트 박스에 다시 갇힌 기분이었다. 그러고 보니, 하루카의 아파트를 채웠던 익숙한 것들은 하나하나 사라지고 결국 처음의 그 박스만 남게 될 것이었다.

이곳에서 하루카의 생활은 다섯 개의 박스로부터 시작되었다. 1년 전이었다. 한국에 도착하고 나서 사흘 밤을 살림살이 하나 없는 텅 빈 아파트에서 박과 두 살 난 소라와 함께 수건 몇 장을 덮고 잠을 잤다. 일본에서 부친 짐이 아직 도착하지 않아서였다. 첫날 밤 하루카는 잠이 오지 않았다. 하루카의 불안은, 생리가 시작되면 어쩌지? 하는 사소한 걱정에서부터 비롯되었다. 한국 말로 생리대라는 단어가 전혀 짐작되지 않았다. 근처 가게 주인이 남자라는 것도 그녀를 더 걱정스럽게 만들었다. 대형 할인점으로 달려가 생리대를 집어서 계산대에 올리기만 하면 된다는 생각이 들자 조금 안심이 되었다. 그러다가, 가져온 속옷이 몇 장 되지 않는다는 게 생각났고, 일회용 샴푸와 비누도 별로 남지 않았고, 이것저것 사들이기에는 무엇보다 돈이 부족하다는 사실이 걸렸다. 일본에서 올 때 전자 제품의 전압이 이곳과는 달라서 전부 누군가에게 나눠 주고 왔기 때문에 밥통에서 냉장고까지 모두 사야 했다. 가구도 마찬가지였다. 이곳에 도착해서 구입하는 것이 비용 면에서 나았다. 한국어가 서툴다는 것도 불안하고, 아직 우체국과 중고 제품 파는 곳과 대형 할인점이 어디에 있는지 모르는 것도 불안하고, 무엇보다 하루카는 텅 빈 콘크리트 박스 안에 세 식구가 갇혀 있는 것 같아 두려웠다.

하루카는 박과 함께 살면서 1년에 세 번 이사를 간 적도 있었다. 박을 만난 곳은 택시 안이었다. 고등학교를 졸업하고 어학연수를 위해 처음 한국에 입국했을 때였다. 인천공항에 도착해 서울 시내로 가기 위해 잡아탄 차가 박의 택시였다. 동승한 일본인과 뒷자리에서 이야기하고 있는데 박이 먼저 말을 걸어왔다. 일본어 회화를 익히고 싶으니 아르바이트를 하지 않겠느냐고 했다. 처음 보는 남자의 제안에 하루카는 당황했다. 생각해 보겠다고 하고 연락처를 남겼는데 박이 전화를 해 왔다.

일주일에 한 번 하루카는 박의 택시에 탔다. 하루에 열두 시간을 근무해야 하는 박이 따로 시간을 내기란 어려웠다. 하루카는 조수석에 앉아 손님이 없는 틈틈이 박에게 일본어를 가르쳐 주었다. 하루카 역시 한국어와 시내 지리를 빨리 익혀야 했기 때문에 미리 정한 세 시간을 훌쩍 넘길 때가 많았다. 박은 일본어의 'つ' 발음을 특히 어려워했다.

"츠도 아니고 쯔도 아니에요. 그 중간이에요."

하루카가 듣기에는 박의 つ 발음은 쮸 아니면 쭈로 들렸다.

"그거 아니에요. 츠도 아니고 쯔도 아니에요."

몇 번을 반복해도 마찬가지였다. 박은 운전대를 잡은 내내 도로 양쪽을 두리번거리며 손님을 찾는 동시에 입으로는 쮸를 반복해서 발음했다. 출근 시간이 지나자 박은 전철역 근처에 택시를 세웠다. 돌아다녀 봤자 가스만 닳으니까 내기하는 중이라고 했다. 그동안 박은 계속 '쮸'를 연습했다. 30분이나 넘게 대기했는데 손님이 없었다. 박은 터미널 근처로 가 봐야겠다고 했다.

"아직 쮸로 들리죠?"

박이 미터기를 흘깃대면서 말했다.

"그거 아니에요. 츠도 아니고 쯔도 아니에요. 중간……."

완전한 ㅡ를 발음하는 한국인은 드물다. 아마 구강 구조상 발음하기 힘든 것인지도 모른다. 하루카는 박에게 그 정도로도 괜찮다고 말해 주었다. 그래도 박은 ㅡ를 포기하지 않았다. 터미널에서 한 시간을 대기했지만 단거리 손님을 한 명 태우고는 그만이었다. 박은 새벽 3시에 출근하는 오전 근무였다. 오후 3시에는 다른 기사와 교대를 해 주어야 하는데 벌써 오후 1시를 넘기고 있었다. 그날그날 회사에 내야 하는 사납금은 절반 조금 넘게 채웠을 뿐이었다. 박은 손님을 찾아서 시내를 헤매기 시작했다. 가스 계기판에 빨간불이 켜졌다. 회사 차고지에서 출발하기 전 일괄적으로 넣어 주는 25리터의 가스가 거의 다 소진되었던 것이다. 박은 여전히 한쪽 눈으로는 교통신호를 보면서 한쪽 눈으로는 초조하게 손님을 찾고 있었다. 입술 모양을 미세하게 바꾸고 높낮이를 조절하면서 점점 더 필사적으로 쮸를 발음했다. 마치 완전한 ㅡ를 가지면 모든 문제가 해결되기라도 하는 것처럼. 하루카는 불안해져서 그만 택시에서 내리겠다고 했다. 박이 골목에 택시를 주차시켰다. 핸들에 얼굴을 박고 한동안 움직이지 않았다. 골목 밖에서 도로를 질주하는 자동차들의 사나운 굉음이 들렸다. 오직 박의 택시만이 세상 끝에 처박혀 있는 것 같았다. 하루카는 ㅡ의 입 모양을 만들어 자신의 입술을 박의 입술에 대 주었다. 박에게 완전한 ㅡ를 주고 싶었다. 박의 택시가 골목 끝을 벗어날 수 있도록.

　그녀는 박과 결혼하면 막연하게나마 한국에서 살게 될 것이라고 생각했지만 박은 뜻밖에 일본에서 살고 싶다고 했다. 오사카에서 도쿄로, 도쿄에서 다시 오사카로 일본에서 박은 자꾸 이사를 가자고 했다. 그때마다 매번 더 좋은 직장으로 옮겨 가는 것이라고 했다. 일본에서 박의 첫 직장은 자이니치가 운영하는 택시회사의 운전기사였지만 마지막 직장은 냉동식품을 등에 지고 운반하는 아르바이트였다. 3년이 지나자 박은 차라리 한국으로 돌아가자고 했다. 한국에 돌아와서도 마찬가지였다. 영업 목표가 터무니없어서, 근무 조건이 형편없어서, 상사와 문제가 있어서 박은 도망쳤다. 일본에서의 박은 쫓기는 사람 같았다. 쫓기지 않고 도망치고 싶어서 돌아온 건지도 모른다고, 하루카는 박을 이해하려고 했다.

　소라가 아직 어렸지만 하루카도 일을 찾아야 했다. 처음엔 일본과 한국 양쪽에 관련된 직업을 찾을 수 있지 않을까 막연한 기대가 있었다. 그렇지만 그녀가 한국에서 구할 수 있는 직업은 전화 외국어 상담원 정도였다. 회사에 등록되어 있는 회원에게 전화를 걸어서 10분간 일본어로 대화를 하는 일이었다. 회원의 수에 따라 돈을 받는 것이었는데, 그나마 회사와 일정 비율로 나누어야 했기 때문에 전화비를 제하고 막상 손에 쥐는 돈은 시원찮았다. 그들의 한국 생활도 마이너스 통장의 잔액처럼 바닥을 보이고 있었다.

막다른 골목에서 박은 또 다른 언어를 꿈꾸었다. 이번에는 상해로 가기 위해 중국어를 배우고 있다는 걸 알았을 때 하루카는 손을 들고 말았다. 상해에서 북경으로 북경에서 상해로 박은 그곳에서도 끊임없이 이사를 다닐 것이다. 중국은 두 사람 모두에게 낯선 곳이었다. 머잖아 소라도 학교에 가야 한다. 안정된 환경이 필요했다. 하루카가 반대하자 박의 대답은 뜻밖이었다. 소라와 함께 오사카로 돌아가 있으면 언젠가는 찾아온다고 했다. 그 말을 할 때 박의 눈은, 혼자가 된다면 훨씬 더 빠르게 달아날 수 있다는 확신으로 빛나고 있었다. 하루카는 박을 체념했다. 오사카로 찾아온다고 해도 박은 다시 떠날 것이다. 그때는 잡히기 싫어서 달아날 것이다. 박은 중국행을 포기하지 않았다. 박에게 다른 언어는 다른 세계로 갈 수 있다는 희망인지도 몰랐다. 태어날 때부터 외국인으로 살아온 하루카가 가질 수 없는 꿈이었다. 박의 택시는 아직도 그 골목에 정차되어 있는지도 모른다. 박은 끝내 완전한 그를 가질 수 없었다.

하루카는 밤새 한숨도 자지 못하고 박스를 포장했다. 난방 스위치를 최고치까지 올렸는데도 박스가 좀처럼 마르지 않았다. 새벽 4시나 되어서 짐을 싸기 시작했다. 네 개의 박스에 짐을 채우고 마지막에 소라가 들어가 있는 박스를 채우려는데 잠에서 깬 소라가 고집을 부렸다. 박이 집을 나가고 살림살이를 하나씩 비우는 동안 소라는 예민해져 갔다. 심하게 떼를 부리기도 했고 먹은 걸 토하거나 다리가 아프다고도 했다. 어린것의 가슴에도 흉터가 파이는 중이었다. 양육 문제나 재산 분할 따위를 의논하기 위해 박이 어쩌다 집에 들르면 소라는 박을 외면했다. 재산 분할이라고 해 보았자 아파트 월세 보증금을 나누는 것이었는데, 그마저 대출금과 여기저기서 빌린 돈을 갚고 나면 남는 것은 얼마 되지 않았다. 그 돈으로는 친척 한 명 없는 이곳에 더 머물고 싶어도 머물 곳이 없었다. 박과 결혼할 때 하루카는 일본의 특별 영주권을 포기하지 않았다. 가족이 있는 일본을 아주 떠날 수는 없었다. 오사카로 돌아가도 막막하기는 마찬가지였지만 하루카에게 다른 선택은 없었다.

가족과 함께 살게 되면 소라도 곧 안정될지 모른다. 하루카는 소라가 하자는 대로 선선히 받아 주고 있었다. 그렇지만 이번만은 그대로 둘 수가 없어서 소라를 억지로 안아 올렸다. 소라는 고집스럽게 박스 안으로 기어 들어갔다. 몇 번이고 다시 꺼내도 마찬가지였다. 기어코 박스로 기어 들어가 한쪽 귀퉁이를 잡고 버텼다. 실랑이를 하는 동안 박스가 찢어질 것 같아서 결국엔 하루카가 손을 들고 말았다. 어차피 박스가 찢어지면 짐도 부칠 수 없게 된다. 하루카는 테이프로 봉해 놓았던 네 개의 박스를 열어서 짐을 다시 꾸렸다. 버리고 갈 것들을 추려 내고 꼭 가져가야 할 것들만 네 개의 박스에 나누어 담았다. 그러느라고 또 시간이 가 버려서 잠깐이라도 눈을 붙일 새가 없었다. 비를 맞아서 몸은 오슬오슬 추웠다.

트럭 기사는 아침 8시 반이 다 되어서야 도착했다. 30분이나 늦게 오고도 오히려 마뜩잖은 기색이었다. 낮에는 다른 일을 해야 한다고 해서 그쪽 편의대로 이른 시간을 잡은 터였다.

"어쨌든 하루 일당은 쳐 줘야 하는 건데 말요."

기사는 피우던 담배를 현관 바닥에 아무렇게나 비벼 끄고는 박스를 옮기기 시작했다. 하루카는 소라의 손목을 잡아끌었다. 소라는 기어코 박스에서 나오지 않겠다고 버텼다. 겨드랑이에 손을 넣어 안아 올리려고 하자 막무가내로 소리를 질러 댔다. 결국엔 기사가 박스째 소라를 들어서 트럭 짐칸에 실어야 했다. 하루카도 소라를 따라 짐칸에 올랐다.

어젯밤의 빗줄기는 잦아들었지만 트럭 바닥은 빗물로 미끄러웠다. 기사가 가져온 비닐 장판을 트럭 바닥에 깔고 박스 위로도 덮었다. 공연히 다른 사람을 애먹이는 것 같아서 하루카는 몇 번이나 미안하다고 고개를 숙였다. 이삿짐센터 직원에게 사정을 하여 만 원을 깎은 것이 후회되었다. 트럭은 우체국을 향해 출발했다. 덮개가 없는 트럭 짐칸에는 바람이 세게 불었다. 뒤집어쓴 비닐 장판이 바람에 자꾸 벗겨지려고 했다. 하루카는 소라가 들어 있는 박스 위로 얼굴을 숙이고 엎드렸다.

아버지는 교문 앞에서 하교하는 하루카를 기다려 다짜고짜 트럭에 태웠다. 하루카가 중학생 때였다. 트럭에는 어머니가 먼저 타 있었다. 어머니도 영문을 모르긴 마찬가지였다. 아버지의 트럭은 쓰루하시 지역을 벗어나 외곽으로 달리기 시작했다. 하루카는 이대로 오사카 밖으로 도망을 쳤으면 좋겠다고 생각했다. 하루카의 기분과는 상관없이 아버지는 전에 없이 얼굴까지 붉게 달아올라 있었다.

박스를 모아서 재활용 공장에 가져다주고 돈을 받는 것이 아버지의 생업이었다. 쓰루하시 시장 입구에 트럭을 세우고 아버지는 빈 박스나 폐지를 모아서 트럭 짐칸에 실었다. 1년 내내 쉴 수 없는 일이었다. 가끔 편의점이나 가내수공업을 하는 공장에서 재고를 박스째 그냥 버리기도 했다. 어릴 적 하루카는 똑같은 무늬의 손수건이 100장쯤 집 안에 굴러다니거나 일회용 나무젓가락이 부엌 찬장에 쌓여 있으면 왠지 부자가 된 것 같았다.

아버지가 트럭을 세운 곳은 오사카 외곽에 있는 낯선 건물 앞이었다. 반듯하고 네모난 건물이었다. 가장 밑의 직사각형 박스 위로 조금 작은 박스를 얹고 또 그 위로 더 작은 박스를 얹은 것 같은 3층짜리 집이었다. 작은 정원과 뒤쪽으로 텃밭도 딸려 있었는데, 귀퉁이마다 90도의 각을 유지하고 있었다. 말하자면, 그것은 아버지가 평생을 통해 소유하고 싶었던 가장 거대하고 튼튼한 박스였다. 아버지는 20년 장기 대부로 산 집의 대출금을 갚기 위해 칠순이 넘은 지금까지 박스를 주우러 다니고 있었다. 아버지의 거대한 박스가 완전하게 아버지의 것이 되려면 8년이나 남았다. 히루키가 일본에서 한국으로 건너올 때 아버지는 며칠을 두고 적당한 박스를 모아 두었다가 하루카의 집으로 싣고 왔다.

트럭은 아파트 단지를 벗어나 큰길로 접어들었다. 새벽에 자전거를 몰고 달렸던 길이었다. 자신도 모르게 학교 담장으로 눈길이 갔다. 그림자는 아직도 저 담장 안에 있을까. 촛농처럼 쏟아지던 눈길이 생각나자 소름이 돋았다. 트럭은 중학교 정문 앞으로 이어진 횡단보도 앞에서 신호가 바뀌길 기다리고 있었다. 파란불이 들어오자 지각을 면하려는 아이들이 전속력으로 자전거를 몰고 정문으로 빨려 들어갔다. 수십 대의 자전거 바퀴가 날렵하고 유연한 선을 그리며 연달아 횡단보도를 건넜다.

동그라미, 동그라미! 소라가 박스 안에서 소리쳤다. 신호가 바뀌고도 자전거의 행렬은 좀처럼 멈추지 않았다. 트럭 기사의 투덜대는 소리가 짐칸까지 들렸다. 자전거들이 무리를 지어 지나간 후 아이 하나가 터덜터덜 횡단보도를 걸어서 건너는 게 보였다.

"야! 이 짜식이!"

기사가 차창 밖으로 고개를 내밀고 버럭 소리를 질렀다. 아이가 트럭 쪽으로 고개를 돌렸다. 아이의 시선이 트럭 기사에서 하루카 쪽으로 옮겨 오는가 싶더니 그대로 멈췄다. 눈동자만 굳은 느낌이랄까. 묘하고 섬뜩해 보이기조차 했다. 순간, 그녀는 꼼짝도 할 수 없었다. 날카롭고 파리한 눈빛. 검은 그림자였다. 검은 그림자는 하루카에게 시선을 고정한 채 횡단보도를 건너 유유히 제 갈 길로 갔다.

퍽. 자전거에 탄 아이 하나가 가방으로 그림자의 머리를 치고 지나간 건 그때였다. 두 번째, 세 번째 자전거들이 잇달아 그림자의 머리를 치고 지나갔다.

"야, 임대! 임대 아파트에서 여기까지 오려면 뛰어야지. 태평하게 걸으니까 매일 지각이지!"

그림자는 한마디 말없이 달아나는 자전거를 노려보았다. 하루카는 알 수 있었다. 오늘 밤 저 아이들이 자전거를 잃어버리리라는 것을. 이상하리만큼, 아주 자연스럽고 분명한 느낌이었다.

하루카는 어서 훔쳐 내야 한다는 조바심으로 손끝이 타들어 가는 것 같았다. 중학교 운동회 날이었다. 곧 왈츠가 시작될 것이었다. CD케이스는 대형 스피커 위에 놓여 있었다. 손가락이 저릿저릿하면서 둔하게 느껴졌다. 무용 선생은 전교생을 총지휘하느라 운동장 이쪽 끝에서 저쪽 끝까지 뛰어다니고 있었다. 전교생이 운동장에서 왈츠를 추는 순서였다. 반별로 두 줄로 서서 마주 보며 스텝을 밟아야 했다. 파트너를 바꿀 때에는 한 발짝씩 서로 반대쪽으로 움직이다 줄 끝에 다다르면 상대편 줄로 넘어가서 같은 방식으로 돌아가며 춤을 추게 되어 있었다. 이날을 위해 몇 주에 걸쳐 무용 시간마다 강당에서 왈츠를 연습했다.

강당에서 파트너는 하루카의 손을 잡기를 거부했다. 마주 선 파트너와 손을 잡고 스텝을 밟아야 하는 춤이었다. 하루카는 혼자서 스텝을 밟았다. 상대도 혼자 스텝을 밟았다. 파트너가 바뀌었다. 두 번째도 하루카는 혼자 스텝을 밟아야 했다. 세 번째도 마찬가지였다. 하루카는 박자를 놓쳤다. 네 번째. 스텝이 엉키기 시작했다. 무용 선생도 못 본 척 상황을 묵인하고 있었다. 다섯 번째 파트너 앞에서 하루카는 결국 멈춰 버렸다. 파트너는 혼자서 경쾌하게 스텝을 밟았지만 하루카는 바닥에서 발을 뗄 수가 없었다. 음악도, 스텝을 밟는 소리도 들리지 않았다. 귓구멍에 물이 가득 찬 것처럼 먹먹했다. 무용실의 붉은 벽이 흐릿하게 번져 보였다. 붉은 젤리 속에 갇힌 것 같았다. 급우들은 자리를 바꿔 가며 여전히 스텝을 밟았다. 하루카가 옆으로 옮겨 가지 않자 누군가 그녀를 세게 밀쳤다. 하루카는 강당 바닥에 쓰러졌다. 젤리가 툭 터지는 기분이었다. 무릎에서 붉은 피가 흘러나왔다.

하루카는 스피커 뒤에 몸을 숨긴 채 CD케이스에서 CD를 꺼냈다. 대신, 가져온 CD를 꺼내 케이스 안에 집어넣었다. CD케이스를 다시 제자리에 올려놓고 눈에 띄지 않게 줄의 맨 끝으로 들어갔다. 전교생이 대열을 갖추고 음악이 나오기만을 기다리고 있었다. 무용 선생이 CD를 오디오에 넣었다. 음악은 나오지 않았다. 전날, 하루카는 벤젠을 묻힌 천으로 CD 뒷면을 몇 번이고 문질러서 손상시켰다. 선생이 당황하여 오디오 버튼을 반복해서 눌러 댔다. 음악이 나오지 않자 전교생은 더욱 조용해졌다. 모두 음악 선생만을 바라보고 있었다. 쩔쩔매는 선생도 말이 없기는 마찬가지였다. 아이들의 다문 입에서 얕은 숨소리만이 가는 실처럼 빠져나왔다. 수백 가닥의 실이 학교 전체를 칭칭 감았다. 모두의 숨통을 조이듯이. 강당에서 하루카를 감쌌던 바로 그 정적이었다.

트럭 기사가 우체국 창구까지 네 개의 박스를 차례로 옮기고 소라도 박스째 들어서 옮겨 놓는 동안 하루카는 미리 준비한 봉투에 2만 원을 더 넣었다. 다시 운전석에 오르는 기사에게 봉투를 내밀고 고개를 깊숙이 숙였다. 기사는 봉투를 열어 보더니 2만 원을 다시 꺼내 하루카에게 내밀었다. 무사히 애 데리고 잘 가슈. 하루카는 얼결에 돈을 받았다. 다른 사람에게 폐를 끼쳤으니 미안하다고 해야 할 일이었다. 한국에서는 혹시 고맙다고 해야 하는 건 아닌가, 하루카는 망설였다. 기사는 그대로 뒤돌아서더니 트럭을 몰고 순식간에 사라져 버렸다.

"20킬로그램 박스 네 개예요. 일본 오사카로 보내려고 해요. 배편으로요. 얼마예요?"

자신의 서툰 발음을 우체국 직원이 못 알아들을까 봐 하루카는 되도록 천천히 말했다. 우체국 직원이 자리에서 일어나 손가락으로 하루카의 박스를 가리켰다. 저거예요? 직원이 난감한 표정을 지었다.

"일본으로 선편 국제우편물을 보내시려면 규격 박스에 담으셔야 해요. 최대 길이가 1미터 5센티를 넘으면 안 되고요, 최대 길이와 측면의 사각형 둘레를 더한 길이가 2미터를 넘으면 안 돼요."

하루카는 직원의 말을 한마디라도 놓칠까 봐 신경을 곤두세우고 들었다.

"일본에서는 그냥 왔는데요. 20킬로그램까지만 담으면 상관없었어요."

"아, 일본에서 한국으로 보내실 때는요, 최대 길이와 측면의 사각형 둘레를 더한 길이가 1미터 60센티를 넘으면 안 돼요. 나라마다 박스 규격이 달라요. 저기 저 박스들 보이시죠? 네 번째 박스만 한 크기여야 해요. 다시 포장해 오셔야 해요."

직원이 손끝으로 가리킨 곳에는 박스들이 크기별로 쌓여 있었다. 보내는 곳이나 방법에 따라 박스 규격이 다른 모양이었다. 또다시 트럭을 불러서 네 개의 박스와 박스 안에 들어 있는 소라까지 집으로 옮기고, 짐을 모두 풀어서 다시 포장하는 일은 하루카에게는 아득하게만 느껴졌다. 아버지는 미리 다 알고 있었던 것일까. 일본에서는 아버지가 박스를 가져다주었기 때문에 하루카는 미처 몰랐던 것이다. 나라마다 규격이 다르다는 것을.

하루카는 결국 네 개의 박스를 일일이 풀어서 다시 포장하지 않으면 안 되었다. 규격 박스는 우체국에서 구입했다. 직원의 양해를 얻어서 바닥에 살림살이들을 모두 꺼내 놓았다. 박이 집에 마지막으로 들렀을 때 사 들고 온 소라의 옷과 장난감, 어머니가 결혼 선물로 장만해 준 핸드백과 여름 구두 따위가 줄줄이 나왔다. 폴라로이드 사진이 나왔을 때 하루카는 잠시 손을 놓고 멍해졌다. 하루카와 박은 소라를 사이에 두고 환하게 웃고 있었다. 우리는 행복했었나. 폴라로이드 사진 속에 박힌 살얼음 같은 행복을 하루카는 물끄러미 바라보았다.

박은 양육권은 넘겨주었지만 아이의 성(姓)만은 끝내 양보하지 않았다. 일본에서는 결혼한 여자들이 남편의 성을 따른다. 가족

모두가 하나의 성이다. 친엄마가 아니다, 아빠가 없다, 조센징이다. 일본으로 돌아가면 풍문의 끝에 소라는 이지메를 당할 것이다. 하루카는 이야기하고, 이야기하고, 이야기했다. 박의 소매를 하루카는 손가락이 하얗게 질리도록 꽉 잡았다.

"다카미야 소라는 정말 안 돼."

그것은 하루카가 박에게서 들었던 어떤 말보다 단단하게 굳은 것이었다. 말이 아니라 광물 같았다.

그때의 박은, 소라가 영영 자신에게로 돌아오지 않을까 봐 겁을 내고 있었던 건 아닐까. 하루카는 사진을 박스에 집어넣었다. 우체국에 온 사람들이 하루카를 흘긋대며 지나갔다. 소라가 백일 무렵 잡았던 딸랑이는 저만치로 굴러가 버려서 우체국 직원이 주워다 주었다. 몇 번이나 이삿짐을 싸면서도 차마 버리지 못한 것이었다. 하루카는 차곡차곡 규격 박스를 채워 나갔다. 네 개의 박스를 풀어서 여섯 개로 다시 포장하는 일은 하루카를 지치게 만들었다. 박스들은 시간이 갈수록 점점 더 무겁고 견고해지는 것 같았다. 밤새 포장했던 박스들은 찢어지고 펼쳐진 채로 하루카의 곁에 쌓였다. 소라는 끝내 고수한 자신의 박스 안에서 하루카를 말없이 지켜보고 있었다.

밤이 되자 빗줄기가 다시 기세졌다. 빗물은 배수구 위에서 작은 소용돌이조차 만들지 못했다. 낙엽들이 빗물 위로 둥둥 떠다녔다. 자전거 바퀴가 물속에서 굴렀다. 운동화 속에도 빗물이 찼다. 하루카는 온몸의 힘을 실어서 힘겹게 페달을 밟았다. 오늘 밤에도 그림자는 담장 위에 나타날까. 자전거 바퀴가 빗물을 갈랐다. 어쩌면 자전거를 고철 더미 속에 버리지 않아도 될지 모른다. 하루카는 핸들을 단단히 잡고 안장에서 엉덩이를 일으켰다. 바람이 거세게 등을 밀었다.

먼
지
별

"딱 3만 원어치만 가르쳐 준다. 빵집 터는 법. 따라와."

열라 추운데 바람까지 지랄이다. 뭉텅이 먼지가 바지 자락을 잡고 북새질을 친다. 찌마가 영 말귀를 못 알아듣는다. 고시원에서 쫓겨났다더니 제가 깔고 앉은 가방 속으로 처박히고 싶은 얼굴이다. 떠나기 전 얼굴이나 보고 가려고 골목 어귀에서 내내 기다렸다고, 날 보자마자 혓바닥이 입 안에서 널브러진 소리를 냈다. 족히 몇 끼는 굶은 꼬락서니다. 뱃속을 외투처럼 열어 볼 수 있다면 꼬불꼬불한 내장들이 기름기 하나 없이 밀가루 같은 먼지만 풀풀 날리고 있을 것이다. 지나가는 삐리들한테 삥이나 뜯어서 컵라면이라도 먹여 보낼까 하다 그만두었다. 지금 가르쳐 주지 않으면 오늘 밤 컵라면이 찌마의 마지막 끼니가 될지 모른다. 저 주변머리에 다른 데서 뭘 얻어먹는 건 죽어도 못한다. 빵집 터는 법을 알면 어디서든 굶어 죽진 않겠지. 몇 걸음 앞서 나가다 뒤를 돌아보니 찌마는 눈으로만 따라올 뿐 발바닥은 제자리를 뭉개고 있다.

"씨발, 추워 죽겠네. 마음 변하기 전에 빨리 와."

그제야 느릿느릿 움직이긴 하는데 마지못해 따라오는 빛이 역력하다. 빵집을 털기는커녕 먼지도 못 털겠다. 젠장, 집어치울까 울컥 치밀었지만 어차피 찌마에게 3만 원어치 뭐라도 해 주긴 해 줘야 한다.

"난 껌 한 통 훔쳐 본 적이 없는데……."

거무튀튀한 피부에 검은자위를 둘러싼 흰자위만 도드라져 찌마의 눈동자는 유난히 캄캄하다. 모든 것이 캄캄했다는 점에서, 아빠와 닮았다. 노가다 판에서 근근이 연명하며 죽는 날까지 앞날이 캄캄하기만 했던 아빠였다. 언젠가 찌마에게 터무니없이 착해 보이는 그 눈은 바보로나 보인다고 티적거리자 벵갈인은 모두 같은 눈을 가졌다며 검은 창을 몇 번 열었다 닫았다 했다.

"빵집을 턴다는 말이 거슬리면 그럼 빵을 구한다는 걸로 하면 되잖아."

"돈도 없이?"

"칼도 없이."

"칼을 들고 갈 생각은 정말 아니지?"

"그래. 돈도 없이 칼도 없이 빵을 구한다. 됐지? 자, 가자."

처음 집을 나올 때 나는 돈 대신 칼을 들고 나왔다. 열여섯 살 여자애가 주머니 속에 돈 대신 지녀야 할 것이 있다면 칼이었다. 칼은 책상 서랍 속에 있었다. 늘어진 수영복 같은 비키니 옷장의 지퍼를 열었을 때 동전 몇 개라도 눈에 띄었다면 서랍은 뒤지지 않았을지 모른다. 집을 나올 때마다 나는 매번 돌아갔다.

"아주 나가 버리는 건 아니겠지."

며칠 전에도 노파는 가느스름히 눈을 뜨고 내 눈치를 살폈다. 그렇다고 거리로 나가는 날 잡지도 않았다. 거리가 노파를 먹여 살린다는 걸 안다. 노파는 앙상한 몸피를 방구석에 구긴 채 눈 가장자리에 눈물을 질금거렸다. 허구한 날 눈자위가 눅진눅진 젖어 있는 노파는 늙으니 오줌 지리듯이 괜한 눈물이 지려진다고 묻지도 않은 말을 옹잘거렸다.

"밥 채려 놓구 가. 이년아."

노파는 허리가 기역 자로 굽기는 했어도 밥상을 못 차릴 정도는 아니다. 몇 달 만에 집에 들러도 봉지 속의 쌀을 야금야금 비워 내며 질기게 살아 있었다. 물린 지 얼마 안 된 밥상이 버젓이 방 안에서 냄새를 피우고 있는데도 또 차려 내라는 건 쌀이 얼마 남았나를 들여다보고 나가란 뜻이다. 오랜만에 들른 집이지만 옷만 갈아입고 돌아서는 길이었다. 봉지쌀은 벌써 부엌에 부려 놓았다. 밀가루 봉지는 주둥이가 고무줄로 꽁꽁 묶인 채 찬장 구석에 있었다. 고무줄을 풀사 허연 가루가 풍 날렸다. 얼마간은 버틸 것이다.

"쉰 넘어 네년 낳느라고 짜부라졌다. 에밀 굶겨 죽이면 제명에 못 죽어."

노파는 쉰 살에 아빠를 만났다. 아무 데서나 치마를 들어 올리던 술집 작부였다. 내가 여섯 살 무렵 저녁밥을 짓다 말고 집을 나갔다. 아빠 몰래 딱지를 뗐다방에 넘긴 후였다. 머잖아 일대가 개발된다는 소문을 듣고 집 한 칸이나마 갖고 있는 늙다리 총각에게 작정하고 꼬리를 쳤을 것이다. 마지막을 본 건 나였다.

엄마아. 대문을 열자 골목 끝을 벗어나는 엄마의 뒷모습이 보였다. 치맛자락에 바람이 들어 붕긋 부풀어서는 둥싯둥싯 떠나가고 있었다. 다시는 치마를 들어 올리지 못하게 하겠다고 아빠가 몇 번이나 찢어 놓았던 캉캉 치마였다. 다음 날이면 감쪽같이 꿰매서 입던 그 치마를 입고 골목을 빠져나간 지 10여 년 만에 거지꼴에 반백이 되어 집이라고 기어 들어왔다. 1년 전이었다. 노파를 보자마자 아빠는 그 자리에 쓰러졌다. 한자리에 너무 오래 서 있었다는 듯이 픽. 심장 쇼크였다. 집을 날리고 다 허물어져 가는 셋집으로 이사를 간 후에도 아빠는 한동안 살던 동네로 찾아가 엄마가 빠져나간 골목 끝에 의자를 놓고 앉아 있곤 했다.

장례를 치르는 내내 노파는 친척들 앞에서 목 놓아 울었다. 노파의 눈에서 마스카라가 검게 번져 나왔다. 노파는 장례를 치르면서도 습관처럼 화장을 했다. 내 눈과 마주치자 손등으로 눈두덩을 훔쳐 냈다. 마스카라가 뺨 전체로 흉하게 번졌다. 알지 못한 사정이 있지 않았것나. 이제라도 엄마 의지하면서 살아야 안 되것냐. 일가 중의 누군가가 날 타일렀다. 심장이 굳은 것은 아빠만이 아니었다. 나는 언제라도 노파를 버릴 수 있었다.

"밥 달래지 마. 다신 안 와."

노파는 내 말을 귓등으로 흘렸다. 뱃가죽이 등에 달라붙어 있는 노파가 떠오를 때쯤 어쩔 수 없이 나는 돌아갈 것이다. 굶어 죽을 뻔했다, 이년아. 노파는 손 갈퀴로 쌀 봉지를 채 갈 것이다.

나는 매일 밤 재워 줄 사람을 찾아 공단 지대로 갔다. 공단 일대는 1톤 트럭들이 먼지를 날리며 좁은 도로 위에 앞바퀴 둘 뒷바퀴 넷을 아슬아슬 올려놓고 기우뚱 기울어져 지나다녔다. 바퀴가 지날 때마다 풀썩 일어나는 먼지가 가라앉을 틈이 없다. 비 오는 날이면 바큇자국을 따라 시커먼 물줄기가 흐르곤 했다. 논과 밭이 양쪽으로 늘어서 있는 비포장 길을 따라 커다란 텐트나 가건물이 드문드문 들어서 있는 공단 안으로 들어가면 알루미늄 새시를 조립하거나 용접에 매달려 있는 외국인들을 쉽게 볼 수 있다. 그들은 온 힘을 팔뚝과 다리에 모아 알루미늄 새시에 매달려 있었다. 팔과 다리만 있는 것 같은 사람들을 물끄러미 바라보고 있자면 어딘가 떨어져 있을 몸통이나 머리 같은 것을 주워다 조립해 주고 싶어졌다. 주로 방글라데시, 파키스탄, 인도네시아 등지에서 온 무슬림들이었다. 화성 시내에 있는 모스크에 모여 인샬라, 샬롬 같은 말을 중얼거리는 금요일이 되면 그제야 팔, 다리, 머리가 제대로 끼워 맞춰진 사람으로 보였다.

공단 주위를 어슬렁거리다 야산 주변에 버려진 공터에 앉아 있으면 일을 마치고 돌아가는 외국인 노동자 한 명쯤 건지기는 식은 죽 먹기다. 어제는 인도네시아인과, 그저께는 방글라데시인과 잤다. 누구와 자도 상관없지만 그래도 외국인 쪽이 낫다. 외국인과 나란히 누우면 구질구질한 이 도시를 잠시라도 떠나 있는 기분이 들기 때문이다. 파키스탄인과 방글라데시인과 인도네시아인은 돌아가면서 날 재워 주고 나는 매일 바지를 벗는다.

어젯밤 인도네시아인이 날 데려간 곳은 비닐하우스였다. 비닐하우스 안은 그럭저럭 집이라고 할 만했다. 플라스틱 3단 서랍장 안에 그릇과 옷이 차곡차곡 포개져 있었다. 때에 전 매트리스 위에 누워 인도네시아인은 밤새도록 자카르타에 있는 자기 집 이야기를 했다. 냄비 안에는 언제라도 먹을 수 있는 음식이 있고, 속옷이건 비누건 필요한 건 모두 제자리에 있는 곳이라고 했다. 뭐든지 거저 집어 와도 되는 편의점에 관한 이야기를 듣고 있는 것 같았다. 곁에 누운 인도네시아인이 먼 곳의 집을 더듬을 때 나는 비닐하우스 위에서 돌고 있을 화성을 떠올렸다.

처음 찌마에게서 화성이라는 별이 오렌지색 먼지로 뒤덮여 있다는 말을 들었을 때 내겐 그게 너무나 당연한 일처럼 여겨졌다. 화성이라는 이름만 들어도 먼지가 풀썩이는 것 같으니까. 어쩌면 먼지별 화성과 지상의 화성은 먼지에 가려 서로를 알아보지 못하는 쌍둥이인지도 모른다.

언젠가 찌마에게 왜 집을 떠나왔느냐고 했더니 빵을 찾아서 왔다고 했다. 원래 길이란 것은 빵을 구하려고 만든 것이라면서, 인간은 언제나 빵을 찾아서 가기 마련이고, 자기도 파키스탄에서 대학까지 나왔지만 결국 여기까지 흘러오게 되었다고 했다. 그곳

166

에서 취직을 해 볼 곳이라고는 이슬라마바드나 카라치에 있는 직물 공장 정도였는데, 너도나도 몰려드는 통에 취직할 엄두도 못 냈거니와 월급도 형편없었다고 했다. 빤한 얘기였다. 일자리를 찾아 행성처럼 떠돌다 이곳에 불시착한 거였다. 마땅하게 착륙할 곳이 없어 거리를 떠돌다 아무 데서나 바지를 벗는 나처럼 말이다. 먼지 속에서 기침을 뱉으며 찌마가 말했다.

"한국으로 가려고 말을 배우고는 있었지만 막상 집을 떠나려니까 쉽지 않았어. 무섭기도 하고 막막하기도 하고. 화성이라는 도시가 한국말로 태양계의 네 번째 행성과 발음이 같다는 걸 알았을 때 비행기를 탈 용기가 생겼어. 어쩐지 지상에서는 찾을 수 없는 것들이 찾아질 것 같았거든."

화성. 살아 나가기 위해 온몸으로 바닥을 밀고 나가지 않아도 되는 곳. 얼빠지게 살아도 살아지는 곳. 노파의 폭삭 굽은 허리로는 올려다볼 수 없는 곳. 찌마와 나는 지상의 화성에 잘못 버려진 거였다. 언젠가는 오렌지색 먼지 폭풍을 타고 진짜 화성으로 날아가고 싶었다.

나는 밤의 어디쯤에서 화성을 본 적이 있었다. 내리 세 끼를 굶었더니 하늘과 땅이 한데 엉겨 버린 검은 덩어리 속에서 허우적대는 것 같았다. 잠자리는 지하도나 건물의 계단에서 해결했지만 당장 배를 채우는 게 급했다. 주머니 속의 칼은 만일의 위험에 대비하기 위한 것이었지 그것으로 돈을 구할 엄두는 나지 않았다. 작정하고 나온 것도 아니어서 아르바이트 할 자리도 없었다. 신원

보증을 서 줄 사람이 없으면 일자리 구하기가 하늘의 별 따기라는 건 나중에야 알았다.

공단 지대로 접어드는 큰길을 따라 사거리 길 모퉁이까지 왔을 때였다. 크고 둥그런 빛이 주위를 환한 오렌지색으로 물들이고 있었다. 먼지가 금박지처럼 반짝반짝 떠다니고 있었다. 화성빵집에서 흘러나오는 오렌지색 조명이었다. 나는 홀린 것처럼 빛 속으로 걸어 들어갔다. 빵집 안은 천장과 벽이 온통 푸른색으로 칠해져 있고 별처럼 빵이 둥둥 떠다니고 있었다. 은하수는 바게트였고 국자 모양의 북두칠성은 도넛 일곱 개였다. 태양 모양의 케이크 주위로 크림빵과 단팥빵이 위성처럼 돌고 있었다. 오렌지색 할로겐 등이 푸른 천장 위에서 샛별처럼 빛났다. 빵이 별처럼 빛나는 곳. 꺼져 있기 십상인 가로등이 몇 개 흩어져 있을 뿐인 그곳에선 단연 일등성의 별빛이었다. 밤을 견뎌 볼 셈으로 건물 안으로 들어갔다. 2층과 3층으로 통하는 문은 단단히 잠겨 있었다. 간판만 걸어 놓았지 장사는 하질 않아 아예 문을 걸어 놓은 것 같았다. 4층은 옥상이었다. 빈 종이 박스들이 한구석에 쌓여 있었다. 박스를 바닥에 깔고 바람막이를 세워서 잠자리를 만들었다. 종이 박스에서 빵 냄새가 맡아졌다.

"간단해. 빵집으로 걸어 들어가서 빵을 달라고 하면 되는 거야."

난 찌마가 죽어도 못하는 말이라는 걸 알면서 일부러 윽박질렀다. 고시원이 있는 골목 끝은 널찍한 공터와 이어져 있다. 올챙이

묵이나 된장을 사발에 담아 파는 오일장이 꼬박꼬박 서는 공터엔 버려진 푸성귀 쪼가리들이 얼어서 버석버석 밟혔다. 그나마 어기적거리며 따라오던 찌마가 쓰레기 더미를 지근지근 밟고 섰다. 길 건너 공단 지대에는 성긴 불빛이 흐릿하다.

"날 새겠네."

새끼가 셔터 문을 내릴 시간이다. 문 닫기 직전이 손님이 가장 뜸하다. 사거리까지 가려면 서둘러야 한다. 언 땅을 퍽퍽 차며 찌마에게 다가가 다짜고짜 팔을 잡아끌었다. 찌마는 맥없이 끌려왔다.

사거리로 가는 길에는 얼마 전만 해도 미장원과 종묘상, 전파사 등이 듬성듬성 들어서 있었다. 오래된 가게의 낡은 벽면에는 언제 칠했는지도 모르는 페인트가 태연하게 빛바래 가고 있었다. 어느 날부턴지 가건물들이 우뚝우뚝 솟아나기 시작했다. 이불집, 인테리어집, 그럴듯하게 꾸며 놓긴 했지만 장사를 위해 문을 여는 집은 없다. 개발이 시작되면 나올 상가 딱지를 노리고 지은 가건물들이다. 이 거리엔 흔한 게 이런 불 꺼진 집이다. 허술한 문을 따고 들어가 잘 만한 곳도 몇 군데 봐 두었다. 당장 오늘 밤부터가 걱정이다. 찌마가 거기까지 생각해 두었을 리가 없다.

찌마는 파키스탄을 떠나와 5년이 지나도록 그 흔한 비닐하우스나 컨테이너 박스 하나 구하지 못했다. 찌마의 집은 고시원이었다. 말이 고시원이지, 부랑자나 노숙자 처지가 되기 직전의, 마지막 남은 돈을 거기에다 조금씩 흘려 넣고 있는 치들이 대부분이었다. 여기저기 전전하다 짐 가방이라도 겨우 부려 놓은 곳이 고시원이었는데 오늘 밤 그마저 돈이 떨어져 쫓겨난 것이었다.

처음 만난 날도 찌마는 바람 빠진 풍선처럼 너덜너덜해 보였다. 그날은 낮부터 공단 근처를 싸돌아다녔는데도 한 놈도 걸리지 않았다. 재워 줄 사람을 못 찾은 밤이면 공단 지대 맞은편 주택가로 들어갔다. 낡은 여관을 개조한 고시원과 하숙집, 허름한 여인숙이 줄지어 서 있는 골목에 피시방이 있었다. 인터넷도 제대로 되지 않는, 나 같은 애들이 한동안 머물 수 있는 곳이다. 피시방 근처로 오긴 했는데 거기 들어갈 돈도 없었다. 골목 끝에서 걸어 나오는 시커먼 사내가 있기에 한번 찔러 보았다.

"아저씨, 할래요? 100원어치도 해 드려요."

그가 눈을 껌벅이자 밤의 창문이 열리는 것 같았다. 나보다 머리 세 개는 더 큰 키를 구부정하게 굽히고 내려다보더니 말없이 주머니를 뒤적여 돈을 꺼냈다. 2만 원이었다. 아직 지폐를 구분 못하나 싶어서 한 번 더 찔러 보았다.

"아저씨, 공정거래가 3만 원이야."

찌마는 말없이 주머니에서 만 원짜리 한 장을 더 꺼내 주었다. 그리고 가던 길을 갔다. 나는 순간적으로 어리벙벙해졌다. 돈을 주면 뭐든지 가질 수 있고, 뭐든 가지려면 돈을 주어야 한다는 원칙은 가위바위보 같은 것이다. 가위바위보를 모르는 사람과 가위바위보를 할 수 없듯이, 돈을 주고도 멍청하게 아무것도 달라지 않는 그에게 나는 무엇을 해 주어야 할지 잠시 잊어버렸다. 무작정 그를 따라갔다. 3만 원어치 뭐든 해 주어야 할 것 같아서였다. 허술한 입성에 허적허적 걸어가는 걸음새를 보자 슬슬 3만 원이나 뺏은 게 켕기기 시작하는데, 그가 어느 건물 안으로 들어가는 게 보였다. 건물 안으로 사라진 지 몇 분 후에 다시 나와서 편의점으로 들어갔다. 소주 한 병을 사 가지고 나온 찌마는 골목에 선 채로 병나발을 불었다. 나는 잠시 망설이다가 과자 한 봉지를 사 와서 내밀었다.

"공짜로 뭘 주는 건 처음이야. 나한테 공짜로 뭘 준 것도 니가 처음이고."

찌마는 받지 못한 석 달 치 월급 중에 한 달분을 받은 날이라서 한 병 까는 중이라고 했다. 사장이 거래처에서 모처럼 수금을 해 와 기분이 좋았는지 선심 쓰듯이 내주었다고 했다. 고시원에서는 술은 못하게 되어 있다며 멋쩍게 웃었다. 술병을 든 그의 오른손이 보일락 말락 떨렸다.

잠자리를 구하지 못한 밤이면 찌마의 방으로 숨어 들어갔다. 찌마는 바지를 벗기지 않고도 재워 주었다. 잠을 재워 주는 대신 바지를 벗겠다고 했더니, 그냥 벗고 싶다면 몰라도 재워 주는 대신으로는 싫다고 했다. 벗으면 벗는 거지 무슨 차이가 있느냐고 하면서 바지 지퍼를 내리려는데 허둥지둥 지퍼를 다시 올려 주며 너무나 커서 도저히 말로는 다 설명할 수 없는 차이가 있다고 했다. 나로서는, 재워 주는 대신으로는 바지를 벗을 수 있지만 어쩐지 그냥은 벗을 수 없었다. 흔들리는 그의 눈을 보자 아빠 앞에서 바지를 내리는 기분이 들었던 것이다. 아빠의 눈은 종종 까닭

없이 흔들리곤 했다. 불안하기 때문이리고 했다. 살아 있기 때문에 살아갈 일이 불안한 아빠였다. 죽어 버린 아빠는 지금쯤 차라리 속이 편할지도 모른다.

그날 밤 내내 그는 꼭 물린 지퍼처럼 입을 꾹 다물어 버렸다. 낼모레면 마흔이 가까운 주제에 꽤 순정파다. 미나리 싹 같은 나와 진짜 연애질이라도 하자는 건가. 나는 진짜 연애 같은 건 싫다. 조건 없이 주기만 하는 사랑이란 건 대체 뭘 얼마큼 주어야 하는지 가늠할 수 없다. 게다가 정말 사랑이라도 하게 되면 다른 외국인들과 자기 싫어질 것 같았다. 매일 찌마와 자느냐, 다른 외국인과 자느냐를 선택하라고 한다면 생각할 것도 없었다. 찌마는 제 입에 넣을 빵 한 쪽 못 구한다.

그는 일하던 알루미늄 공장이 문을 닫자 다른 직장을 구하지 못했다. 안 그래도 키만 멀쩡하게 컸지 손재주도 없고 굼뜬 데다 주변머리까지 없으니 사나흘만 일해도 공장주들은 마뜩잖은 기색을 보이곤 했다. 게다가 알루미늄 기둥에 손목이 깔리는 사고를 당한 이후로 오른손을 떨게 되자 화성 일대에서 찌마를 받아 주는 곳은 없었다. 어쩌다 일자리를 잡아도 오래가지 못했다. 공장주들은 이런저런 핑계를 대며 몇 달 치 월급을 미루다 핑곗거리가 떨어지면 나가라고 했다. 사소한 트집에도 찌마는 여지없이 쫓겨났다. 그렇다고 파키스탄으로 돌아갈 수도 없었다. 파키스탄을 떠나올 때 브로커에게 들인 돈이 고스란히 빚으로 남아서 그 돈을 갚기 전에는 어찌해 볼 도리가 없었다. 찌마는 오도 가도 못 하고 화성을 맴돌 수밖에 없었다.

불 꺼진 가건물들이 줄지어 서 있는 야트막한 경사로를 찌마를 끌다시피 해서 넘어가자니 슬그머니 부아가 치민다. 홱 돌아서 찌마를 눈으로 잡아끌었다. 찌마가 밤의 창문을 열고 물끄러미 날 내려다보았다. 저런 눈을 하면 어쩔 줄 모르겠다. 뭘 어쩌라는 건지도 모르겠고.

"너더러 구걸을 하라는 게 아니야. 빵을 달라고 하라니까. 그건 나쁜 게 아냐. 누구나 배는 고프니까."

빵집 옥상에서 밤을 새운 후 별수 없이 집으로 돌아갔지만 며칠 후 다시 나왔다. 노파와 마주 보고 손가락이나 빨아 봤자 뾰족한 수가 없기는 마찬가지였다. 거리 쪽이 백배는 속 편했다. 밤이 오면 나는 사거리 모퉁이를 찾아갔다. 오렌지색 먼지 별을 올려다보면 마음이 놓였다. 그 안에는 언제라도 빵이 있으니까. 아직 편의점을 털지도, 외국인과 잘 줄도 몰랐던 나는 여전히 배가 고팠다. 외국인 한 명이 빵집으로 들어가는 게 보였다. 입구 쪽 카운터에는 주인 남자가 혼자서 장부를 정리하고 있었다. 외국인은 빵이 있는 쪽은 쳐다보지도 않고 곧바로 남자에게로 걸어갔다. 다짜고짜 쿠브즈를 내놓으라고 했다. 나중에 공단 지역에서 만난 터키인에게 물어보니 쿠브즈는 주로 아랍의 무슬림들이 먹는 식빵이라고 했다. 그 빵집은 화성의 외국인들에게는 소문난 곳이었다. 밀가루 반죽에 효모와 소금을 넣어서 엉성하게 내놓은 쿠브즈가 입소문을 타기 시작하자 남자는 타노우르라는 화덕을 만들어 놓고 진짜 쿠브즈를 구워 내기 시작했다. 쿠브즈뿐만이 아니라 차 파티라든가 로티라든가 이름도 못 들어 본 외국인들의 빵을 재주 껏 구워 팔았다. 외국인은 쿠브즈를 내놓으라고 막무가내로 남자 를 다그쳤다. 빵을 달라거나 팔라는 것이 아니었다. 그냥 가져가 겠다는 거였다. 잠시 맡겨 놓은 개라도 돌려 달라는 태도였다. 쇼 윈도 너머에서 지켜보고 있는 나조차도 어이가 없었다. 주인 남자 가 상대의 뱃속이 훤히 보인다는 투로 말했다.

"돈은 내놔야지."

외국인이 가슴팍에서 뭔가를 번쩍 빼 들었다. 초승달 모양의 단검이었다. 칼은 천장에 그려진 별과 묘하게 잘 어울렸다.

"우린 지금 라마단 기간 중이다. 벌써 보름째 해가 지기 전엔 아무것도 못 먹고 있다. 무슬림들에겐 자카트의 의무란 것이 있 다. 배고픈 사람에게 빵을 주어야 하는 의무다. 넌 자카트는 고사 하고 율법으로 금하는 이자 놀이를 하면서 형제들을 신고해 잡아 가게 했다. 무슬림들에겐 그런 놈들을 위한 의무가 한 가지 더 있 다. 악을 응징하는 지하드의 의무. 네가 빵을 내놓고 자카트를 행 하겠나? 내가 지하드를 행할까?"

화성빵집은 빵으로만 유명한 곳이 아니었다. 주인 남자는 외국 인들에게 여권을 담보로 맡고 터무니없는 이자로 돈을 빌려 주었 다. 무슬림들은 고리대금업을 죄악시한다지만 화성에서 돈을 빌 려 주는 곳은 그나마 빵집밖에 없어서 외국인들은 그곳을 드나들 수밖에 없었다. 그들은 공장에서 도망칠 수는 있어도 빵집으로부터는 도망칠 수 없었다. 여권 때문이었다. 하루라도 이자를 늦게 내거나 제날짜에 나타나지 않으면 남자는 출입국관리소에 불법체류자로 신고해 버렸다. 단속에 걸려서 여권이 확인되지 않으면 강제 출국을 당하기 때문에 외국인들은 대부분 제 발로 빵집을 찾아갔다. 불법체류자 신분이 된 다음에도 빵집을 벗어날 수 없기는 마찬가지였다. 강제 출국을 당하려고 해도 여권이 없으면 외국인 보호소에 반년이고 1년이고 발이 묶이기 십상이어서, 어차피 빵집으로 돌아오기 마련이었다.

외국인은 한 치의 틈도 주지 않고 주인 남자를 쏘아보았다. 주인 남자도 물러서지 않고 외국인을 노려보았다. 당장이라도 초승달이 주인 남자의 가슴팍에 꽂힐 것 같아서 나는 눈을 질끈 감았다. 주인 남자가 말했다.

"갖고 꺼져. 다시 오면 국물도 없을 줄 알아. 어쨌든 무슬림들 때문에 장사를 하고 있으니까 이번만은 봐주는 거야. 알라가 뭐라고 했건 내 알 바 아니야. 화성빵집에선 내가 알라야."

외국인은 가소롭다는 듯이 인샬라라는 말을 남기고 서둘러 빵집을 빠져나왔다. 창문 밖에서 기웃거리던 나는 외국인에게 얼른 길을 비켜 주었다. 인샬라, 인샬라. 뜻도 모르는 인사를 외국인의 꽁무니에 대고 중얼거렸다. 빵을 주어야 하는 의무. 사람들은 나 같은 애한테 빵을 주어야 하는 의무가 있다지 않은가. 그 말은 이디 한 군데 비빌 곳 없는 내게 말이 아니라 언덕이었다. 돈 대신에 칼을 들이댈 때 나는 지갑 속을 뒤져내듯 그 말을 찾아내곤 했다.

화성빵집은 머릿속에 그려 왔던 진짜 화성과는 거리가 멀었지만, 언제든지 마음만 먹으면 빵을 얻는 방법을 알려 주었다는 점에서 여전히 내게는 빛나는 행성이었다.

내가 빵집을 터는 방법은 그 외국인과는 조금 달랐다. 태연하게 빵집 문을 열고 들어가는 것까지는 같았다. 나는 빵을 달라고 말하는 대신 침착하게 진열대로 가서 빵을 집었다. 절대로 세 개 이상은 집지 않았다. 눈치를 챈 주인이 무슨 짓이냐고 소리를 치면 똑바로 노려보면서 칼을 빼든다. 초승달 모양이면 좋았겠지만 비키니 옷장에서 꺼낸 건 연필 깎을 때나 쓰는 커터 칼이었다. 엄지로 녹슨 칼날을 밀어 올리면 찌르륵 소름 끼치는 소리가 났다. 여기까지 성공하면 다 된 거나 마찬가지다. 나 같은 애들은 무슨 짓이건 한다. 세상의 모든 빵집 주인들도 그 정도는 안다. 팽팽하게 당겨진 긴장의 끈을 한 번 더 감아쥐면서 서서히 뒷걸음질 쳐 나오면 되는 거였다. 대개의 경우 주인은 경찰을 부르거나 하진 않았다. 그래 봤자 빵 몇 개일 뿐이니까. 고래고래 지르는 빵집 주인의 고함을 뒤통수에 달고 모퉁이 몇 개를 꺾어 달려 나오면 끝이었다. 열흘이든 한 달이든 나는 거리에서 살아갈 수 있게 되었다.

"넌, 당당히 빵을 달라고 말하라지만, 말도, 안 돼. 누가 그냥, 빵을 주겠니? 내 처지를 몰라서, 그래……? 너와는, 달라."

찌마의 목소리가 뚝뚝 끊어졌다. 언덕을 오르느라 숨이 차서 그러는 것도 같고, 눈물을 억지로 삼키는 것도 같다. 나는 사납게 눈을 치떴다. 찌마는 입을 닫지 않았다.

"사, 사람들이, 내게 뭘 주어야 한다면…… 그건, 일자리야."

입으로 거저 들어오는 밥숟가락은 없다.

아빠는 밥상머리에서 식전 기도처럼 주워섬기곤 했다. 아빠가 일을 나갈 수 없는 날이면 우리는 한 끼 밥을 걸렀다. 방문을 열면 코앞에 신발을 벗어 놓는 자리가 부엌이었다. 어느 날은 하루를 공치고 방에 누워 있는 아빠 몰래 살금살금 부엌을 뒤졌다. 그릇 몇 개가 오른 허술한 밥상은 물리자마자 금세 배가 고팠다. 후다닥 밥 한 숟가락을 입에 넣고 물을 마시려는데 벌컥 미닫이문이 열렸다. 그냥 노는 게 영 불안했던지 아빠 손엔 연장 가방이 들린 채였다. 미안하기도 하고 당황하기도 해서 잽싸게 밥그릇을 등 뒤로 돌린다는 게 그만 엎어 버렸다. 밥그릇이 수챗구멍 가로 굴렀다. 허연 젖가슴 같은 밥덩이가 시멘트 바닥에 동그마니 솟았다. 아빠는 신발도 못 신고 물기로 축축한 바닥을 성큼성큼 걸어와 떨어진 밥덩이를 주워 내 입에 넣어 주었다. 손가락에 달라붙은 밥알까지 알뜰히 떼어 먹이고 나서야 신발을 찾아 신었다. 뭔 일이라도 잡아서 일당 반이라도 받아 올 테니까 먹던 밥 먹어.

"사람들이 너에게 일자리를 주지 않아도 빵은 주어야 해. 그래야 뒈지지 않으니까."

화성빵집에선 여전히 오렌지색 불빛이 새어 나오고 있다. 오늘 밤 이디라도 털이야 한다면 저기다. 화성빵집이 가르쳐 준, 빵을 구하는 두 번째 방법은 바지를 벗는 것이었다.

그날따라 편의점도 빵집도 만만치가 않았다. 걷다 보니 화성빵집 앞이었다. 손님이 뜸한 시간이어서인지 주인 남자는 느긋하게 의자에 기대앉아 신문을 넘기고 있었다. 지금이다. 주머니 속의 칼을 단단히 쥐고 빵집으로 들어갔다. 나도 모르게 칼날 버튼 위에 올려놓은 엄지손가락에 힘이 들어갔다. 찌릇. 카운터의 남자가 고개를 들었다. 눈이 마주치자 일이 더럽게 꼬여 간다는 직감이 들었다. 천장 위의 바게트나 단팥빵이 귀에 대고 일러 주는 것처럼 선명한 느낌이었다. 긴 요리사 모자 아래 도사린 남자의 눈에는 사람을 얼어붙게 하는 뭔가가 있었다. 남자의 눈빛이 머리 꼭대기에서부터 발끝까지 내 몸을 긁어내렸다. 되돌아 나가기에는 늦어 버렸다. 어느새 남자가 등 뒤로 붙었다. 순식간에 벌어진 일이었다. 두 팔이 뒤로 꺾이고 칼은 남자의 손에 쥐어졌다.

"빵이 필요해?"

나는 고개를 끄덕였다. 팔이 부러질 것처럼 아팠고, 무엇보다 배가 고픈 건 사실이었기 때문이다. 남자가 내 바지 뒤춤을 단단히 움켜쥐고 끌고 갔다. 나는 넘어지지 않으려 뒷걸음질로 비틀거렸다. 남자가 진열대 위로 내 얼굴을 짓눌렀다. 카스텔라가 뺨에 뭉개졌다. 칼에 찔릴 수도 있다는 생각을 했지만 바지를 벗기게 될 줄은 몰랐다. 무슨 말이든 해야 했다. 바지를 벗는 대신 오븐의 철판을 닦으면 안 되겠느냐고 했다.

"너 같은 애는 바지라도 벗어서 흔들어야지. 구조 신호지. 에스오에스."

남자가 크림빵을 내 입에 밀어 넣었다. 딱 빵 한 개를 먹을 만큼만 대 주겠다고 이를 앙다물었다. 남자가 내게 부딪혀 올 때마다 진열대가 벽을 두드렸다. 탁. 탁. 타타. 탁. 도넛과 별사탕과 바게트가 둥둥 떠 있는 우주에 모스부호를 보내는 것 같았다. 탁. 타타탁. 타탁. 탁. 탁. 이쪽 벽에서 저쪽 벽으로, 천장에서 바닥으로 모스부호가 떠다녔다. 빵 우주는 꼼짝도 하지 않았다. 타. 타. 탁탁. 타. 타. 타. 모스부호가 어지럽게 빙빙 돌았다. 나는 빵을 퉤 뱉으며 벌떡 몸을 일으켰다. 내 뒤통수에 면상을 호되게 맞은 남자가 뒤로 벌렁 나자빠졌다. 진열대 뒤쪽으로 쪽문이 보였다. 문을 열자 좁은 계단이 나왔다. 언젠가 옥상으로 올라갔던 계단이었다. 계단을 타려는 찰나, 남자가 외쳤다.

"그런 곳에서 얼쩡거리다 떨어져 죽으면 나만 귀찮아지니까 어서 꺼져."

모자를 고쳐 쓰고 있는 놈을 지나쳐 빵집을 뛰쳐나왔다. 빵이 필요할 때면 언제든 다시 오라고 놈이 실실댔다. 건물 밖으로 나와 모퉁이를 꺾어 돌 때까지 놈의 웃음소리가 따라왔다. 나는 모퉁이에서 우뚝 멈췄다. 빵집으로 돌아가 진열대의 웨딩 케이크를 뒤엎고 먼지 속으로 달아났다.

놈이 그 짓을 하려고 한다면 찌마도 가만히 있지는 않을 것이다. 하다못해 놈의 다리라도 물어뜯겠지. 난 100원에도 바지를 벗을 수 있게 되었지만 그놈 앞에서는 싫다. 놈이 아니었더라면 나는 바지 벗는 법을 몰랐을지도 모른다. 나는 주머니 속의 칼을 꼭 쥐었다. 찌마는 영 내키지 않는 모양이다. 억지로 여기까지 따라

오긴 했어도 빵집 문 앞에서 들어가려고 하지 않는다.

"네가 빵집 터는 방법이라도 알고 있었다면 벌써 나는 바지를 벗었을 거야. 네 방에서 날 재워 주어서가 아니라 그냥 벗고 싶었을 거라구."

찌마는 오래도록 날 내려다본다. 휑한 두 눈에 살얼음이 낀 것 같다. 가뜩이나 추운데 지금 찌마는 눈동자까지 시릴 것이다. 그러고도 한참을 더 망설인 끝에 마침내 찌마가 빵집 문을 열었다.

빵집은 예전 그대로다. 케이크와 바게트와 도넛이 천장과 벽에 사이좋게 떠다니고 있었다. 남자도 그대로다. 빵 우주의 알라답게 입구 쪽 카운터에 떡 버티고 앉아있다.

"너냐? 또 빵이 필요하냐?"

"필요하긴 하지만 지난번처럼은 아니야."

"그럼 남들처럼 돈을 내고 빵을 갖고 어서 꺼져."

"오늘도 돈은 없어."

이것 봐라, 하는 얼굴로 놈이 입술을 비틀었다. 남자와 내가 초면이 아닌 것을 알고 찌마는 어리둥절한 표정이다. 이쯤에서 끼어들 때가 되었다고 여겼는지 찌마가 쭈뼛쭈뼛 말을 꺼냈다.

"미안하지만…… 저희는 돈이 없습니다. 그렇지만…… 배가 고파요."

남자가 어이없다는 듯이 웃었다. 어이없는 건 내 쪽도 마찬가지다. 이래서는 빵 부스러기도 어림없다.

"에스오에스 같은 건 잊은 거냐?"

찌마는 고개를 젖혀 천장에 그려진 바게트를 한참 쳐다본다. 다행히 무슨 말인지 못 알아듣는 것 같다. 찌마는 내가 그렇고 그런 애라는 것은 알고 있을 것이다. 그래도 내가 아무 조건 없이 바지를 벗기를 여태 기다려 왔다. 놈은 태연하다 못해 유들유들하다. 놈이 날 본다. 저 입에서 뭔가가 쏟아질 것 같아 조마조마하다. 찌마가 멍한 표정으로 나와 남자를 번갈아 본다. 나는 차마 찌마를 마주 볼 수 없어서 빵 우주를 올려다본다. 바게트도 단팥빵도 고요하다.

"저 애가 바지를 벗는 대가로 웨딩케이크를 달라고 하더군."

활활 불이 지펴진 오븐 같은 찌마의 눈 속에서 북두칠성 도넛이 새까맣게 타들어 간다.

단팥빵과 크림빵이 날아가고 케이크가 사정없이 내팽개쳐진다. 고요한 빵 우주에 검은 단팥이 튀었다. 태양 케이크와 부딪힌 크로켓이 바닥에 떨어졌다. 찌마는 머리통이 빵 봉지처럼 터져 버린 것 같다. 빵집을 터는 방법 같은 건 완전히 잊었다. 당황한 놈이 크림을 밟고 철퍼덕 미끄러졌다. 나는 재빨리 놈의 코앞에 칼을 들이댔다.

"금고 속의 돈을 다 꺼내!"

놈은 요리사 모자가 바닥에 뭉개져도 속수무책이다. 찌르륵. 놈의 목에 칼날을 바짝 들이댔다. 빨긴 물감 같은 게 흘러나온다. 너무 새빨개서 현실에서 일어나는 일 같지가 않다. 칼을 놓치고 말 것 같다. 허둥지둥 고쳐 잡는 사이 놈이 칼을 낚아채 찌마에

게 돌진한다. 찌마가 밀가루 포대를 던진다. 펑. 하얀 밀가루가 날
린다. 푸른 천장에 샛별같이 빛나던 오렌지색 조명이 뿌옇게 흐려
진다. 빵 우주에 새하얀 밀가루가 내려온다. 내 머리 위에도, 찌마
의 머리 위에도, 놈의 머리 위에도 쏟아진다. 온 우주가 하얗다.

찌르륵 찌르륵. 놈의 손에서 소리가 난다. 찌마, 튀어! 찌마가
반사적으로 돌아선다. 뒷문 쪽이다. 찌마가 계단을 타고 올라간
다. 놈이 바짝 쫓는다. 나도 정신없이 계단을 탄다.

옥상에서 놈은 찌마를 구석까지 몰아붙이고 있다. 옥상 가장
자리는 겨우 벽돌 두어 개 높이의 시멘트 턱으로 둘러쳐져 있을
뿐이다. 한 발짝만 더 밀리면 끝장이다. 나는 뒤에서 놈의 다리를
붙잡아 넘어뜨린다. 헐레벌떡 놈과 찌마 사이를 막아선다. 바람이
널빤지처럼 가로 세로로 날아다닌다. 옥상 아래로 뿌연 먼지가
맹렬하게 소용돌이친다. 찌마가 황급히 내 손을 찾아 쥔다. 어디
로든 달아나려 하지만 빠져나갈 입구는 놈의 뒤에 있다. 종이 박
스가 하늘로 날아오른다. 오렌지색 빛발을 받은 먼지들이 별빛처
럼 반짝이며 쉴 새 없이 솟아올랐다가 가라앉는다. 오렌지색 먼
지 폭풍이다. 나와 찌마의 시선이 교차점에서 황급히 얽힌다. 찌
마는 애써 내 눈을 읽으려고 한다. 나는 살얼음이 낀 그의 눈이
위태로워 보일 뿐이다. 빵집 하나 제대로 못 터는 찌마가 이곳에
서 살아갈 방법은 없다. 빵을 찾아 이곳에 불시착했듯이 또 다른
행성을 찾아 달아나는 수밖에 없다. 밤을 갈기갈기 찢을 기세로
먼지 폭풍이 휘몰아친다. 오렌지색 먼지들이 하나로 뭉쳐 사납게

소용돌이친다. 나는 찌마의 가슴을 힘껏 민다. 찌마가 뒤로 넘어가며 두 팔을 활짝 벌린다. 유영하는 우주 비행사처럼 찌마가 오렌지색 먼지 속으로 빨려 들어간다. 검은 밤이 펼쳐진 그의 눈에서 별이 반짝한다. 난간 위로 올라서 찌마에게 손을 뻗는다. 찌마. 같이 가. 먼지 폭풍을 타고 진짜 화성으로 가자. 난간에서 발을 떼려는 찰나, 발목에 뭔가가 감기는 것 같다. 갈고리 손. 먼지뿐인 쌀 봉지를 뒤집어 탈탈 털어내고 있을 노파. 빈 봉지에 피어나는 먼지 속에도 화성이 있을까. 놈이 내 몸을 뒤로 잡아챈다. 나는 바닥으로 굴러떨어진다. 아, 찌마. 불어닥친 먼지바람에 빵 봉지가 미친 듯이 휘날린다.

웨
웨
곰
벨

땡볕에 구워지다가도 새벽에는 싸늘하다. 이불을 슬쩍 끌어당기자 주르르 끌려왔다. 어라? 허전하다. 이불 아래서 활갯짓을 해본다. 며칠 전만 해도 살가죽이 축 늘어진 정강이가 가로로 세로로 거치적거렸다. 이불 속에 머리를 들이밀었다. 아무것도 없다. 탈탈 털린 왕의 무덤 같다. 가슴이 짜부라지는 기침 소리도, 머리맡에 재떨이를 끌어오는 소리도 없다.

나는 이불 끝자락에 다리만 집어넣고 겨우 잠들곤 했다. 자면서도 할아버지 다리와 숨바꼭질을 했다. 내 살은 할아버지 살과 닿기만 해도 달팽이처럼 쏙 움츠러들었다. 내가 그러거나 말거나 할아버지는 이부자리 가운데를 차지하고 밉살맞게 흐억흐억 사레들린 소리를 내며 잘도 잤다. 흐억흐억은 사흘 전 갑자기 멈추었다. 비취는 동네 어른들이 하라는 대로 팥죽을 쑤고 옷을 갈아입고 필요한 물건을 샀다. 대문 밖에 등이 걸리고 동표 아버지가 지붕 위로 기어 올라가 할아버지가 입던 옷을 흔들며 소리쳤다. 복. 복. 복. 죽은 사람 혼이 다시 돌아오라고 부르는 거라고 했다. 그러다가 진짜로 죽은 할아버지 귀신이 돌아오기라도 하면 어쩌려고.

할아버지가 죽은 건 날씨 때문이었다. 환절기에 노인의 몸이 견뎌 내질 못한 거라고 했다. 할아버지는 일단 시작하면 숨이 꼴딱 넘어갈 것처럼 기침을 했다. 새벽에 화장실에 들어가면 나올 때까지 기침이 멈추질 않았다. 귀가 따가워서 저절로 눈이 떠졌다. 눈을 뜨면 화장실에 할아버지가 들어앉았다는 게 먼저 떠올랐고, 그때부터 오줌이 마렵기 시작했다.

'할아버지는 똥 먼저 누고 기침을 하면 될 긴데. 기침을 먼저하고 똥을 누든지…….'

고추를 잡고 동동거리면 비취는 날 안아 들고 대문 밖에 있는 메밀밭으로 뛰어갔다. 국숫집을 하는 춘천댁이 가게 문을 열러 나오다 그걸 보고 할아버지는 기침하고 똥하고 한꺼번에 나오는 병이 아니라면서 끝없이 펼쳐진 메밀밭을 가리켰다.

비취는 매일 밤 가게 문을 닫고 나면 가마솥을 부신 후에 메밀차를 끓였다. 새벽 일찍 메밀묵밥도 말아 내왔다. 할아버지는 빠뜨리지 않고 메밀 차와 메밀묵밥을 먹었지만 죽을 때까지 변비도 기침도 낫지 않았다. 동네에 흔한 게 메밀이어서 비취는 새벽마다 메밀 차와 메밀묵을 내오는 걸 그만둘 수도 없었다. 할아버지가 흐억흐억을 그만둔 후에도 비취는 관 앞에 병풍을 치고 메밀 차와 메밀묵밥을 올렸다. 할아버지가 죽었어도 이 동네에 메밀은 흔하다. 그건 정말 이상한 일이었다. 메밀 씨를 뿌리지도 않았는데 메밀 싹이 트는 일과 같았다.

잠결에 툇마루로 기어 나왔다. 날이 밝기에는 일러서 주위가 푸르스름하다. 마당에 널찍하게 깔아 놓은 멍석 두 개가 썰렁하다. 돌아가면서 밤을 새우던 동네 어른들은 하루 이틀이 지나자 슬그머니 제집으로 돌아가 다리를 뻗었다. 부엌 빗장이 풀려 있다. 비취는 벌써 잠을 깼을까. 발에 걸리는 대로 신발짝을 꿰어 신었다.

부엌은 목수의 작업장을 마주 보고 있다. 마귀할멈의 바짝 마른 손모가지 같은 삭정이가 한쪽 벽에 쌓여 있어 안 그래도 들어서기부터가 꺼림칙한데, 반질반질한 부뚜막만 빼고는 벽과 천장이 시커멓게 그을려서 검은 동굴이 아가리를 쩍 벌리고 있는 것 같다. 부뚜막 위에는 아이 하나가 들어가 멱을 감고도 남을 만한 가마솥이 세 개나 걸려 있다. 두 개의 솥에는 언제나 수제비 국물과 국수 삶는 물이 설설 끓고, 나머지 하나에는 걸쭉한 메밀 죽이 부걱부걱 거품을 내며 끓고 있다. 묵을 쑤는 솥이다.

이 동네는 한 집 걸러서 메밀 파는 집이다. 봉평 어쩌구, 메밀 꽃 어쩌구, 하다못해 허생원에 나귀까지 끌어다 붙여 간판을 내거는 판이다. 할아버지도 비취를 데려오자마자 문간방을 허물어 가게를 들이고는 매년 중복 무렵에 열무를 거둬들인 밭에다 메밀 씨를 뿌렸다. 우리 집 묵을 먹어 본 사람들은 비취만큼 묵을 잘 쑤는 사람은 없다고 했다. 할아버지 말은 달랐다. 이 동네에 우리 가마솥만큼 묵을 잘 쑤는 솥은 없다고 했다.

찰방찰방. 컴컴한 부엌 안쪽에서 무슨 소리가 났다. 비취가 벌써 팥죽을 쑤나. 부뚜막 위에 검은 보따리 같은 게 있다. 자세히 보니 웅크리고 앉은 사람 모양이다. 여자다. 가마솥에 머리를 박고 있다. 눈을 떴다 감았다 몇 번을 다시 봐도 사람이다. 웬 여자가 부뚜막에 쪼그려 앉아 머리를 감고 있다. 긴 머리카락이 가마솥에 한가득이다. 강물인지 머릿결인지 가마솥 안에 들어갔다 나왔다 한다. 열 손가락이 검은 물결 사이로 빗살처럼 빠져나온다. 가늘고 곱다. 비취의 손마디는 파 끝에 달린 봉오리처럼 톡 볼가졌다. 비취가 아니라면, 누가 남의 집 부뚜막에 올라앉아 가마솥에 머리를 감고 있을까. 왈칵 겁이 나서 문 옆에 쌓아 놓은 삭정이 더미 뒤로 얼른 숨었다. 귀, 귀신인가……? 가마솥에 머리를 박고 있던 여자가 멈칫한다. 등을 꼿꼿이 세우더니 등 뒤로 머리카락을 휙 넘긴다. 머리칼에서 부뚜막 위로 물이 뚝뚝 떨어졌다. 부뚜막에서 펄쩍 내려와 내 쪽으로 온다. 새까만 머리카락이 무릎 아래로 내려와 발목을 휘감았다. 어, 어……. 몸이 와들와들 떨렸다. 눈을 질끈 감았다. 삭정이 더미가 와르르 무너진다.

"다치지 않았나?"

비취다. 마당을 가로지를 때나, 가게에서 손님상을 볼 때나, 목수의 작업장을 기웃거릴 때나, 비취는 언제나 조마조마한 심장을 보따리처럼 싸안고 걷는 것 같다. 만약 작은 발소리도 없이 발자국을 낼 수 있는 사람이 있다면 오직 비취뿐일 것이다. 여자는 용케 비취의 발소리를 알아들은 것일까. 사라지고 없다.

"여기서 뭐하는데?"

비취가 물이 흥건한 부뚜막에 행주질을 한다. 뒷문이 열려 있다. 뒤뜰로 통하는 문이다. 뒤뜰엔 담이 없다시피 해서 낮은 돌무더기 뒤로 끝없는 메밀밭이 이어졌다. 열린 문틈 사이로 메밀 대궁이 부러지는 소리가 난 것도 같다. 후다닥 뒷문으로 가서 고개를 빼고 두리번거렸다. 비취가 잰 몸놀림으로 날 안으로 들이고 뒷문을 닫았다.

"비취, 웨웨곰벨이야. 내가 봤어. 진짜루."

나는 이곳 귀신을 잘 모른다. 비취만이 나에게 귀신 이야기를 해 주었기 때문이다. 작은 항아리에 담겨져 사람과 함께 사는 노예 귀신 토욜, 애를 낳다 죽은 폰티아낙, 두 발을 모다 콩콩 뛰어 다니는 한투푸탱……. 내가 알고 있는 귀신은 모두 비취가 가르쳐 준 것들이다. 어른들이 귀신을 잘 섬기지 못하면 예쁜 여자로 변신하는 귀신도 있다. 귀신이 아이를 꾀어내 높은 나뭇가지 위에 올려놓는다고 했다.

"웨웨곰벨은 까만 머리가 허리께까지 내려오는 이쁜 여자야. 발목은 새만치 가늘어. 바람보다 빠르게 들판을 내달린대. 얼굴은 메밀꽃잎보다 하얗지만 삐죽삐죽 솟은 새까만 털을 옷 속에 감추고 있대. 웨웨곰벨이 언덕을 넘어가자고 살살 꼬시면 어떡할 건데?"

봉평에 온 후로는 귀신들을 잘 섬기지 못하니 웨웨곰벨이 나다나 나를 나무 위에 올려놓을지 모른다며 비취는 겁을 주었다.

웨웨곰벨은 가끔 꿈속으로 찾아와 순식간에 날 둘러업었다. 성큼성큼 달리는 두 다리가 널름널름 들판을 집어삼키는 것 같다. 훌쩍 뛰어올라 두 팔을 나뭇가지에 걸고 날쌔게 나무를 탄다. 밤새가 후루루 날아오른다. 깜짝 놀란 나는 열 손가락을 쫙 벌려 허위허위 바람 속을 헤집다가 웨웨곰벨의 머리칼을 꽉 움켜쥔다. 산짐승의 갈기처럼 빳빳하다. 송곳 같은 비명이 검은 들판에 날카롭게 꽂힌다.

비취는 내 말은 들은 건지 못 들은 건지 부뚜막 맞은편에 있는 찬장 문을 열었다. 비취는 새벽마다 배불뚝이 귀신과 백발 귀신에게 두 손을 모으고 절을 한다. 배불뚝이는 땅을 지키는 귀신이고 백발은 돈을 버는 귀신이라고 했다. 마땅히 귀신을 모셔 둘 곳이 없는 데다 그렇다고 따로 뭘 만들기에는 할아버지 눈치가 보여 찬장 한 칸을 다 비워 내고 거기다 놓은 것이다. 베트남을 떠나올 때 비취의 엄마가 귀신 인형이 든 나무 상자를 가방 깊숙이 넣어 주었다고 했다. 비취는 엄마가 보고 싶어서 귀신에게 절을 한다. 내가 걸음마를 하고 말을 알아듣기 시작할 무렵부터 비취는 상자를 가리키며 '반토'라고 몇 번이나 일러 주었다.

고향에서 그녀의 이름은 응우옌테이 럽벗비취였다. 단체로 선을 보러 베트남에 간 목수는 앞자리에서 웃고 있는 럽벗비취의 이름을 물어보고는 앞머리를 뚝 잘라 비취라고 부르기 시작했다.

목수가 비취라고 부르기에 할아버지도 비취, 나도 비취라고 불렀다. 혼자 있을 때 조용히 엄마라고 불러 보기도 했지만 왠지 이상했다. 비취는 아무래도 비취다. 묵을 쑤고 가게에서 일하고 귀신에게 절을 하는. 무엇보다, 비취는 다른 엄마들하고는 생긴 것부터 달랐다.

"월남 귀신까지 불러들이니…… 거참."

비취가 길쭉 납작한 메밀묵을 달곰삼삼한 김칫국물에 말아 내오면 할아버지는 보지 않아도 안다는 투로 말끝에 혀를 찼다.

할아버지는 도무지 아는 것이 없는지 귀신 이야기 같은 건 해주지 않았다. 얼마 전에는 어쩐 일로 날 무릎 위에 앉히더니 내 얼굴을 요리조리 뜯어보았다. 무슨 얘기를 하려고 그러나, 할아버지 입을 빤히 올려다보았다.

"해필 외탁을 해 갖구선…… 쯔쯔……."

숨이 넘어가기 직전에도 할아버지는 오래도록 날 쳐다보았다. 눈동자가 뿌옇고 못난 유리구슬 같았다.

"팥이 떨어졌을 것 같아서 가져왔드래요."

춘천댁이 부엌으로 들어왔다. 양손에 큼직한 자루가 둘이다. 비취는 허둥지둥 찬장 문을 닫고 딴청을 하느라고 앞치마에 손을 닦았다.

사람이 죽으면 귀신이 꼬이기 마련이라서 잡귀를 쫓느라고 팥죽을 쑨다고 했다. 사람들이 흐느낄 때마다 내 귀엔 귀신이 풍선처럼 둥둥 떠다니면서 흐흐 웃는 소리로 들렸다. 한바탕 곡이 터지면 귀신 풍선이 푸우우우우 하늘로 부풀어 오르는 것 같다. 틈틈이 하늘을 올려다보고 부르르 몸을 떨었다. 귀신이 얼씬도 못하게 하느라고 팥죽만 먹었더니 팥만 봐도 머리가 띵하다. 아무리 질긴 귀신이라도 머리를 싸매고 도망가고도 남았을 것이다.

웨웨곰벨만 빼고.

전에 없이 가마솥이 바닥 없는 우물처럼 보였다. 가까이만 가도 시커먼 머리카락이 온몸을 칭칭 감아 깜깜한 솥단지 속으로 끌고 들어갈 것만 같다.

"저 머스마 애비는 여적지 소식이 없나?"

비취는 대답 없이 팥 자루를 받아 들고 벽에 걸린 키를 내렸다. 춘천댁이 비취가 들고 있는 키를 빼앗아 나비질을 하기 시작했다. 차륵 차르륵 차륵 차르륵⋯⋯. 팥이 튀며 요란한 소리가 났다.

"이 더위에 오일장이나 치르며 기다렸으면 할 만큼 한 거지 뭐."

비취는 아무 소리도 못 듣는 사람 같다. 붉은 팥이 부엌 바닥에 톡톡 떨어졌다. 찬장 안에서 배불뚝이와 백발이 투덜대는 소리가 들리는 것 같다.

날이 밝자 어른들이 하나둘 마당으로 모였다. 오늘도 어른들은 관을 병풍 뒤에 숨겨 놓고 그 앞에서 날 꼼짝 못하게 할 것이다. 귀신이 우글우글한 집에서 몸을 비비적대며 팥죽을 퍼먹느니 차라리 학교에 가는 게 나을 것 같았다. 비취에게 떼를 썼지만 비취는 이러지도 저러지도 못했다. 보다 못한 춘천댁이 나흘째는 학교에 가 봐야 되지 않겠느냐고 동표 아버지에게 말을 넣었다. 어른들은 메밀에 관한 일은 모두 동표 아버지에게 물었고, 메밀이 아닌 일도 동표 아버지에게 물었다. 추수 때가 되면 온 마을 메밀이 전부 동표네 마당에 쌓였다. 방앗간을 하기 때문이다. 동표네 마당에 쌓인 메밀은 메밀쌀이나 메밀국수, 메밀 베개를 만드는 공장으로 보내졌다. 동표 아버지가 그러라고 하자 비취가 그제야 가방을 갖다 주었다. 나는 뿌루퉁하게 가방을 낚아챘다. 메밀은 메밀 공장으로 가고 아이는 학교에 가는 게 당연한 일인데, 그걸 꼭 물어봐야 아나.

물레방앗간을 지나 학교 가는 길은 메밀꽃 천지다. 눈을 감아도 눈 속으로 메밀꽃이 쏟아질 것 같다. 어른 허리까지 자란 메밀 대궁 사이로 걸어가면 키 작은 아이는 지우개로 지운 것처럼 사라진다. 옛날엔 감자밭이었지만 문화제가 생기고 난 다음에는 온통 소금을 뒤집어쓴 메밀밭이 되었다고 했다. 그런 얘기는 안내장에 나오지 않는다.

문화제 기간만 되면 바람에 날리는 게 알록달록한 종이쪽이다. 처음에는 주워서 종이비행기도 접고 딱지도 접고 했지만 그것도 시들해졌다. 문화제 안내장이라고 적힌 종이쪽에는 허생원과 나귀, 메밀과 달빛 이야기가 깨알같이 적혀 있다. 허생원은 메밀꽃 향내가 붉은 대궁처럼 애잔하다고 했다지만 코를 박고 일부러 맡아 봐도 도무지 애잔한 냄새가 어떤 냄새인지 모르겠다. 하얀 소금을 뿌려 놓았다고 모두들 입을 맞춘 듯이 말하기에 메밀밭을 보면 내 머릿속엔 소금부터 떠오르는데, 비취는 훅 끼치는 메밀 향내에 숨이 막힌다고 했다. 메밀꽃이 피기 시작하면 가게에 손님이 밀어닥치는 통에 비취는 엉덩이를 바닥에 내려놓을 틈도 없다. 비취는 왜 이 먼 곳까지 와서 메밀묵만 쑤는 것일까.

"하노이에서 도망치고 싶어서 아빠를 보고 이쁘게 웃었어. 한국말을 모르니까 아무것도 묻지 않고, 아무 말도 안 해도 될 줄 알았지."

비취는 다른 사람 앞에서는 반벙어리가 된다. 벙어리 흉내를 내려고 여기까지 온 걸까? 어쩌면 메밀꽃 때문에 숨이 막혀서 입을 벌릴 수가 없는 건지도 모른다. 할아버지가 기침 때문에 똥을 못 누는 것처럼.

학교에 들어서자마자 운동장 구석 모래판에 동표 패들이 보였다. 저만치로 돌아서 교실로 가려는데 동표가 날 보고 손가락을 까딱했다. 오란다고 호락호락 가기는 싫어서 제자리에서 버텼다. 동표가 눈을 부라렸다. 동표가 마음만 먹으면 나 같은 건 딱지처럼 접어서 바닥에 메다꽂는 건 일도 아니다. 그래도 동표 앞으로 냉큼 가는 건 싫어서 슬금슬금 장이 옆으로 갔다. 장이가 제 손바닥을 바지에 쓱쓱 문지르더니 주저주저 빨간 색연필을 내보였다. 두 사람이 짝을 지어 손을 맞잡고 주문을 외우면 오래지 않아 색연필이 저절로 움직이고, 묻는 말에는 무엇이건 대답을 해준다는 건 나도 알고 있다. 그렇지만 한 번도 해 보진 않았다. 막상 진짜 귀신이 나타나면 달리 물어볼 말도 없고 무섭기만 할 것 같았다. 동표는 집 나간 누나가 돌아올까요, 물었더니 동그라미가 그려졌다고 했다.

"니가 부르는 귀신이 베트남 귀신인지, 여기 귀신인지 궁금하대."

장이가 우물쭈물 말했다.

모래판에 쭈그려 앉아 장이 손을 잡았다. 맞잡은 손아귀 사이로 동표가 색연필을 꽂았다. 흙바닥 위에 색연필이 아슬아슬하게 서 있다. 장이와 나를 둘러싼 아이들은 찍소리도 안 하고 흰자위를 희뜩희뜩 내보이며 숨을 참고 있다. 숨소리가 나면 구경하는 사람이 있는 줄 눈치채고 귀신이 찾아오지 않기 때문이다.

"귀, 귀신이여, 귀신이여, 이리로 오십시오. 귀신, 귀신이여……."

마지못해 주문을 외웠다. 입을 맞추고 있는 장이도 떨떠름한 얼굴이다. 지켜보는 아이들은 숨을 참느라 개구리처럼 양 볼이 빵빵해져서는 얼굴이 시뻘겋게 달아올랐다. 땜통이 우석이가 숨을 못 참아 푸핫 볼을 터뜨렸다. 다른 아이들도 연달아 볼을 터뜨렸다.

"베트남 귀신이 우뜩케 우리말을 알아들어? 베트남 정통으로 해야 하는 기 아니여?"

땜통이다. 딴에는 맞는 말이다.

"귀신이 괜히 귀신이여, 귀신같이 알아들으니까 귀신이지."

동표다. 한 번만 더 정통 타령을 했다간 정통으로 한 방 맞을

각오를 해야 한다. 사실은 나도 궁금하다. 베트남 귀신이 내가 부르고 있다는 것을 알고 찾아올 것인지. 그 먼 길을 걸어서, 혹은 날아서.

귀신은 깜깜소식이다. 팔이 저리도록 장이의 손을 붙잡고 주문을 외워도 색연필은 꿈쩍도 하지 않았다. 품, 품, 푸핫…… 부풀 대로 부푼 볼이 하나둘 터졌다. 독 오른 두꺼비처럼 볼을 잔뜩 부풀린 동표가 눈을 부릅떴다. 뜨끔한 아이들이 터진 입을 다물지만 늦었다. 귀신은 내빼고도 남았을 거다. 마침 수업 시작종이 울렸다. 아이들이 흙바람을 일으키며 교실로 뛰어 들어갔다. 동표는 칫 콧방귀를 뀌더니 뒤축을 꺾어 신은 운동화를 질질 끌고 교실로 들어갔다. 뒤에 처져 있는 내게 공연히 들고 있던 막대기를 휘둘러 보였다.

교실에 먼저 들어온 선생님이 교탁에 책을 탁탁 내리쳤다.

"얼마 안 있으면 효석 문화제가 시작되요? 멀리서 온 손님들이 허생원이 누구냐, 나귀가 뭐냐, 물어볼지도 모르는데, 여덟 살이나 되는 여러분이 대답을 못하면 창피하겠지요? 달빛이 흐뭇하게 산허리를 휘감는 밤에 허생원이 나귀를 타고 장터로 가고 있었어요. 허생원의 직업은 장돌뱅이예요. 장돌뱅이가 뭔지 아는 사람? 맞았어요. 여기저기 돌아다니는 방랑자예요. 방랑하느라고 자식을 둘 새가 없었어요."

선생님은 제법 멋지게 꾸며 댄다.

눈곱도 못 떼고 종일 나귀를 깎던 목수도 한때 허생원처럼 떠

돌아다녔다. 중학교만 졸업하고 춘천으로 나가 가구 공장에 취직했지만 변변치 않은 직장만 전전했던 탓에, 한 곳이 문을 닫으면 또 다른 곳으로 옮겨 가는 식으로 인제, 양구, 홍천을 차례로 떠돌았다. 마땅히 옮겨 갈 공장을 찾지 못하자 터덜터덜 봉평으로 돌아왔다. 목수는 가구 공장에서 배운 솜씨로 나귀를 깎아 '봉평 방문 기념'이라는 꼬리표를 달아서 기념품 가게에 내다 팔았다. 중늙은이가 되도록 처녀 하나 못 꿰찬 목수가 3년 동안 내리 나귀만 깎고 있자 동네 사람들은 밤낮 주무르는 그 짐승이 나귀가 아니라 노새가 아니냐며 수군댔다. 한사코 싫다는 목수를 비행기에 밀어 넣다시피 한 건 할아버지였다. 목수는 밤늦게까지 나귀를 깎으며 방에 들어가지 않았다. 덩달아 비취도 잠을 못 자고 작업장을 건너다보며 아궁이에 붙어 앉아 나무 주걱을 저었다.

시시한 얘길 듣고 있자니 금방 지루해졌다. 동표는 책상 모서리에 무릎을 걸고 몸을 반쯤 뒤로 젖힌 채 의자를 꺼덕꺼덕 앞뒤로 움직이고 있다. 나와 눈이 마주치자 이유 없이 주먹을 불끈 쥐고 흔들어 보였다.

장마에 다리가 떠내려가서 허생원이 풍덩 빠졌다는 개울에 얼마 전 섶다리가 놓였다. 긴 나무로 버팀목 사이를 잇고 그 위에 소나무 가지나 볏짚 따위를 얹어 놓은 섶다리는 매년 가을에 만들어 다음 해 장마에 떠내려간다. 섶다리를 건너다간 언제고 나도 떠내려갈 것만 같은 기분이 들어서 개울을 따라 조금 더 아래로 내려가 돌을 놓아 만든 징검다리 위를 펄쩍펄쩍 떠어 건넜다. 괜히 어물쩍대다 동표 패들에게 잡히면 귀찮은 일만 생긴다. 혹시 동표가 따라올지 몰라 뒤돌아보았다. 큰길에 빨간 리조트 버스가 지나가는 게 보였다. 흙먼지 속으로 돌팔매가 날아간다. 동표다. 동표는 빨간 리조트 버스만 보면 돌팔매질을 한다.

빨간 버스를 타고 고개만 넘어가면 골프장과 스키장을 갖춘 리조트가 있다. 머리가 굵은 형과 누나들은 거기 나가 돈을 번다. 동표네 동연 누나도 하루가 멀다 하고 리조트에 갔다. 다른 누나들처럼 일하러 가는 게 아니라 놀러 갔다. 리조트에 가서 외지에서 온 사람들과 어울렸다. 누나는 하얀 귓불에 커다란 귀걸이를 걸고 근사한 헤드폰까지 썼다. 무슨 음악을 듣는지 긴 다리로 춤을 추듯이 메밀밭 사이를 돌아다녔다. 짧은 반바지에 티셔츠만 입어도 소녀시대 열 번째 멤버 같았다. 학교 가는 길에 버스 정류장으로 뛰어가는 누나를 가끔 봤다. 리조트 도장이 찍힌 사탕을 내 주머니에 넣어 준 적도 있다.

누나가 동네에서 사라진 것은 재작년 이맘때였다. 동표는 밤낮으로 온 동네를 헤집고 다녔다. 그러다가 학교도 못 오고 된통 앓아누웠다. 외지 바람이 들어서 집을 나갔다고도 하고, 원조 교제인지 뭔지를 하다가 들켜서 도망갔다고도 하고, 낯선 남자랑 버스를 타고 서울로 갔다는 말도 있었지만, 막상 봤다는 사람은 나서지 않았다. 동연 누나 이야기로 동네가 술렁였다. 나중에는, 누나가 나무에 목을 맸는데 동연 아버지가 몰래 화장해서 메밀밭에 뿌렸다고도 했다. 메밀밭에 뿌려진 동연 누나 이야기는 날로 울창해졌다. 추수철이 되어서 메밀을 햇볕에 말릴 즈음엔 집집마다 마당에 메밀 대신 동연 누나가 널릴 지경이었다.

흙먼지가 가라앉은 길에 동표 패들이 걸어온다. 지금이라도 내뺄까 했지만 금방 잡힐 게 뻔했다. 동표는 골짜기와 골짜기 사이를 펄쩍 뛰어서 넘어 다닌다고 했다. 소문을 믿는 건 아니지만, 대놓고 아니라고 하기에도 좀 그랬다. 진짜 뛰어 보라고 하기에도 좀 그렇고. 장이가 앞서서 뛰어오더니 산에 잣송이나 따러 가자고 시시풍덩한 얘기를 늘어놓았다. 저 혼자 휩쓸려서 가기는 싫으니까 함께 가자고 조르는 꼴이다. 잣송이도 도토리도 아직 여물기에는 일러서 일없이 나무둥치나 패고 다닐 것이다.

"내가 산으로 가면 어른들이 찾으러 올 기여."

집을 나서기 전 학교를 마치고 곧장 돌아온다고 몇 번이나 다짐을 해야 했다. 내가 없어지면 틀림없이 동표 아버지가 제일 먼저 산으로 뛰어 올라올 거다. 동표는 제 아버지한테만큼은 꼼짝 못한다.

"니 엄마 도망갈까 봐 지키려고 꽁지가 빠져라 집으로 내빼는 거여? 베트남이고 필리핀이고 장에 간다고 나가서 돌아오지 않는 여자들 많다던데."

계곡 어디쯤에서 펜션을 한다는 그 집 첫째가 필리핀 색시를 데려왔는데 얼마 못 살고 도망가서 멀리 공장에서 일하고 있다는 소문은 나도 들었다.

"불쌍한 노새가 새끼를 낳은 게 창피해서 멀리 떠났다던데, 어? 말해 봐, 어?"

동표 자식이 피식피식 웃었다.

밤늦도록 목수가 돌아오지 않자 비취는 목수의 작업장을 뒤져 약봉지를 찾아냈다. 약봉지를 앞뒤로 살피더니 수화기를 들었다. 당장 목수에게 전화를 걸어서 집으로 오라고 할 줄 알았더니 한참이 지나도 전화번호를 누르지 않았다. 잠시 후 수화기를 맥없이 내려놓았다. 나는 비취 치맛자락을 잡고 칭얼대고 있었다. 약봉지에 적힌 굵은 글자가 내 눈에 들어왔다. 막 한글을 떼고 글자만 보면 큰 소리로 읽어 치우던 때였다. 나는 큰 소리로 약봉지에 쓰여 있는 다섯 글자를 더듬더듬 읽어 나갔다. 불. 임. 클. 리. 닉. 비취가 거칠게 약봉지를 빼앗았다. 칭찬받을 준비만 하고 있던 나는 된통 놀랐다. 뭔가 크게 잘못한 것 같아서 목 놓아 울어 버렸다. 비취가 치맛자락으로 내 입을 틀어막았다. 불임 클리닉이 뭔데 목수는 돌아오지 않을까. 아무튼 창피하고 두려운 말 같았다. 나는 기어이 약봉지를 훔쳐 냈다. 비밀스럽고, 부끄럽고, 목수를 도망치게 만든 하얀 봉투. 약봉지를 보면 왠지 기분이 나쁘면서도 짜릿한 느낌이 들었다. 나는 약봉지를 책가방 속에 숨겨 학교로 가져갔다. 약봉지는 그날로 동표 손에 들어갔다. 다음 날 동표는 거기에 노새 그림을 그려서 학교에 갖고 왔다.

"동연 누나 버스 정류장에서 봤어. 니 한 번 보고 갈라고 들렀다더라. 니 아버지한테 들키면 맞아 죽는다고, 오래 기다릴 수는

라."

동표는 내 말이 끝나기도 전에 버스 정류장 쪽으로 내달렸다. 버스 정류장에서 누나를 못 찾으면 버스가 다니는 길을 따라 어디까지나 달려갈 것이다. 골짜기란 골짜기를 다 넘어서 밤새도록 누나를 찾아 헤맬지 모른다. 어쩌면 앓아누워서 학교에도 못 올지 모른다. 메밀꽃이 피기 시작하자 미친놈처럼 동네를 휘젓고 다니는 것도 제 누나 생각이 나서 그러는 거다. 벌써 여우 골짜기 너머에서 동표가 제 누나 이름을 부르는 게 들리는 것 같다. 동연 누나한테 홀려서 제발 먼 곳으로 갔으면 좋겠다.

비취는 멍석 위에 펼쳐 놓은 상에 접시를 나르느라 바쁘다. 마당 큰 나무에 전깃불도 켜졌는데 동표도, 동표를 따라간 아이들도 돌아오지 않았다. 병풍 앞에서 까무룩 졸다가 화들짝 깨다가 하면서도 걱정이 되었다. 웨웨곰벨이 아이들을 잡아갔으면 어쩌지.

"요즘엔 숨이 넘어갈라고 하면 병원으로 모시는데, 객사 안 시킬라고 이 고생을 한다."

둥근 불빛 아래에서 두런두런 말소리가 흘러나왔다.

"소싯적에 할아버이도 밖으로만 나돌아 마누래 고생 좀 시켰드랬지요?"

"할마이가 할아버이 지대리느라 눈도 못 감고 죽었다 하드래요."

"죽어서도 이렇게 아들을 지대리고 있으니, 할아버이도 할마이 빚은 어떻게든 갚고 가는 셈 아니래요."

동표 아버지가 아까부터 대문을 바라보고 있다. 동표 아버지도 빚을 갚는 중일까.

그날 나는 울타리 밖에 숨어서 다 보았다. 동표 아버지가 마당 한가운데서 자루를 쏟고 있었다. 자루 안에서 메밀껍질이 좌르르 쏟아졌다. 동표 아버지는 수북하게 쏟아진 메밀껍질을 지근지근 밟았다. 작은 무덤만 하게 되었는데도 동표 아버지는 자꾸만 메밀 껍질을 쏟았다. 메밀껍질이 든 자루는 광에 산처럼 쌓여 있었다. 좌르륵 좌르륵 쏟아지는 껍질이 꼭 씨앗처럼 보였다. 금세 메밀이 쑥쑥 자라서 메밀밭 천지가 될 것 같았다. 동표 아버지 옆에서 동연 누나가 서지도 앉지도 못하고 있었다. 광이 비워지자 동표 아버지가 누나의 머리채를 잡고 밀어 넣었다. 동표네 광은 땅속처럼 어둡다. 나는 숨소리도 틀어막고 집으로 달렸다. 벌써 다섯 번째였다. 집을 나갈 때마다 누나는 더 먼 곳에서 잡혀 왔다. 밤새 누나의 머리카락이 덩굴처럼 뻗어 나는 꿈을 꾸었다. 틀림없이, 동연 누나는 긴 머리채를 밧줄처럼 꼬아서 창문에 걸고 광을 빠져 나갔을 것이다.

"어쩔라고 구월에 날이 이렇게나 마이 더워서……."

"관이 부풀면 여간 애를 먹는 게 아닌데. 장정 둘이 올라가 관 뚜껑을 눌러도 안 들어간다고."

관이 풍선처럼 부풀어 오른다고? 할아버지 관이 마당 위로 붕 떠오른다고? 당장이라도 팽팽하게 부풀어 오른 할아버지가 병풍 너머로 붕 떠오를 것 같았다. 신발짝을 꿰는 둥 마는 둥 비취를 불렀다. 대답이 없다. 목수가 돌아올까 봐 대문 밖을 지키고 있을까. 어른들은 비취가 매일 목수를 기다리는 줄 알지만 나는 그게 아니라는 걸 안다.

불임 클리닉에 전화를 걸다 말고 비취는 난데없이 장롱 문을 열어젖혔다. 큰 가방이 있던 자리가 휑하니 비어 있었다. 비취가 베트남에서 올 때 가져온 가방이었다. 목수는 가방 속에 숨어 숨바꼭질이라도 하나? 비취, 가방은 어디 갔어? 비취는 원래 여행 가방이기 때문에 여행을 갔다고 했다. 목수가 비취 대신 여행을 시켜 주고 있다고, 목수가 여행을 끝내고 돌아오면 이번에는 비취가 가방을 여행시켜야 한다고 했다. 원래 여행 가방으로 태어난 가방 때문에 비취가 여행을 떠난다고? 가방 때문에 날 두고 간다고? 비취는 여행 같은 건 떠나고 싶지 않다고, 오래 나를 달랬다.

비취…… 비취……. 대문 밖에 나가 동표 아버지가 할아버지 귀신을 부를 때처럼 고래고래 소리를 질렀다. 메밀밭 한가운데가 살그머니 열렸다. 넘실거리는 메밀꽃 한가운데서 비취가 팥죽 그릇을 들고 나왔다. 비취가 지난 자리에 가느다란 길이 났다.

"비취, 졸려……."

비취가 날 안아 올렸다. 날이 가깝다. 애잔한 냄새는 몰라도 흐뭇한 달빛은 저런 것일까. 잠이 쏟아졌다. 배불뚝이와 백발도, 풍선처럼 부푸는 관도, 웨웨곰벨도 무섭지 않았다. 메밀꽃 붉은 대궁에서 포옥포옥 숨소리가 올라왔다.

갑자기 대문 쪽이 어수선해졌다. 동네 사람들이 우르르 대문 밖으로 나왔다.

"애들이 싹 안 보여. 니는 몰러?"

동표 아버지다. 뜨끔했다. 동표는 여우 골짜기를 넘어 다니고 있을 거다. 아이들도 덩달아 동표 뒤를 따라갔을 것이다. 나는 눈을 내리깔고 고개를 저었다.

"아이고, 길을 잃은 모양이래."

어른들이 메밀밭 사이로 허둥지둥 뛰어갔다. 아무래도 웨웨곰벨이 애들을 업어 간 게 틀림없다. 웨웨곰벨을 아는 사람은 비취와 나뿐이다.

"비취, 웨웨곰벨이 여우 골짜기로 애들을 업어 갔나 부네."

나를 잡아가려고 웨웨곰벨이 우리 집 부엌에 숨었다가, 팥죽 냄새가 나서 난 못 업어 가고, 동표랑 아이들을 데려갔는데, 아마, 그럴 텐데, 내가 괜한 말을 해서, 그래서, 동표가 여우 골짜기로 간 게 아니고, 절대로, 내 탓이 아니고……. 입에서 저절로 말이 기어 나와 울먹울먹 저 혼자 여우 골짜기로 넘어갔다.

"내가 동표한테 동연 누나가 왔다고 했는데……."

끝내 울음이 터져 나왔다. 비취 눈이 둥그렇게 커졌다. 안고 있던 날 내려놓고 메밀밭 사이로 뛰어들었다. 나도 뛰었다.

"옴마야, 이게 뭐여?!"

재게 걷던 춘천댁이 메밀밭 저쪽을 가리켰다. 비취가 메밀 대궁을 밟고 나온 곳이다. 가느다란 길 끝에 보따리 같은 게 있다.

"재수 없게시리, 저리 못 가, 어여!"

"미친 기 어디서 흘러 들어왔나…… 쯧쯧쯧."

어른들이 바쁘게 한마디씩 하고 아이들 이름을 부르며 저만치 뛰어갔다. 동표 아버지만 메밀밭을 바라보고 섰다. 메밀밭 가운데서 괴상한 소리가 났다. 캥캥 여우 소리 같기도 하고 컹컹 개 소리 같기도 하다. 허연 메밀밭 한가운데서 긴 머리카락이 쑥 솟았다. 붉은 대궁이 함부로 갈라졌다. 까만 머리카락이 바람에 엉겼다. 나비처럼 날다 연처럼 고꾸라졌다. 메밀 꽃잎이 물보라처럼 흩어졌다. 웨웨곰벨이다. 입가에 온통 팥죽 칠이다. 비취가 웨웨곰벨을 쫓으려고 팥죽을 먹인 것일까. 나는 비취 손에 든 빈 팥죽 그릇을 얼른 빼앗아 들었다. 웨웨곰벨이 얼씬 못하도록. 그런데 좀 이상했다. 팥죽을 먹었는데도 웨웨곰벨은 멀쩡했다.

동표 아버지가 웨웨곰벨에게 소리쳤다.

"멀리 가! 절루 썩! 여기가 어데라고 돌아와! 니 기다리는 사람 읎다."

동표 아버지는 웨웨곰벨이 동표를 업어 간 걸 어떻게 알고 저렇게 화를 내는 걸까. 비취는 동표 아버지가 저한테 소리 지른 것도 아닌데 공연히 놀라서 팥죽 그릇을 땅에 떨어뜨렸다.

아이들은 아직 돌아오지 않았다. 아이들을 찾으러 메밀밭 사이로 간 어른들도 돌아오지 않았다. 해는 진작 넘어갔다. 비취는 아까부터 아궁이 앞에서 꼼짝도 하지 않는다. 나는 비취 옆에 앉아 괜한 삭정이만 부러뜨리고 있다. 비취가 일어나 찬장 문을 열었다. 어두운 찬장 안에서 키 작은 귀신 인형 둘이 비취를 바라보고 있다. 비취는 귀신 인형들을 양손에 하나씩 들고 다시 아궁이 앞에 앉았다. 활활 타는 불빛에 비취 볼이 발갛다. 가까이서 보니 백발 귀신과 배불뚝이 귀신은 겁에 질린 것 같은 얼굴을 하고 있다.

"비취, 왜 그래?"

비취가 백발 귀신과 배불뚝이 귀신을 불구덩이 속으로 던졌다. 백발 귀신과 배불뚝이 귀신이 순식간에 불길에 휘말렸다. 타닥타닥 탄다. 타닥타닥 운다. 비취는 이제 새벽마다 어디다 절을 하려고.

"이제 아주 애들이 안 오면 어떡해! 웨웨곰벨이 화가 나서 애들을 깊은 산에 버렸으면 어떡해!"

안 그래도 귀신에 정성을 들이지 않아서 웨웨곰벨이 애들을 몽땅 데려갔는데, 비취는 웨웨곰벨 같은 건 무섭지도 않나. 나까지 업어 가면 어떡하려고.

뒤뜰에서 메밀 대궁 부러지는 소리가 났다. 아이들이 돌아왔나. 비취가 벌떡 일어나 뒷문을 활짝 열었다. 열린 뒷문으로 하얗게 펼쳐진 메밀밭이 보였다. 메밀밭 한가운데 웨웨곰벨이 서 있다. 도망가지 않았구나. 꺾어질 것 같은 허리, 동그랗고 하얀 얼굴. 어디서 본 얼굴이다. 어서 물어봐야 한다. 웨웨곰벨, 아이들은 어디로 데려갔어. 어디로 데려갔냐고. 뒷문으로 나가려는데 춘천댁이 부엌으로 뛰어들었다.

"관이, 관이 부풀어서……."

웨웨곰벨이 넘실대는 메밀꽃을 헤치고 달아난다. 나는 홀린 것처럼 웨웨곰벨을 따라 뛰었다. 웨웨곰벨, 애들은 어디에 있어? 웨웨곰벨, 웨웨곰벨……. 메밀밭이, 섶다리가, 물레방앗간이 옆으로 획획 지나갔다. 관이 부풀어 오른다…… 관이 부풀어 오른다……. 등 뒤에서 어른들이 소리쳤다. 웨웨곰벨이 여우 골짜기를 단번에 훌쩍 뛰어넘는다. 나는 부푼 관에 훌쩍 올라타 웨웨곰벨을 따라간다. 깊은 산 잣나무 가지에 아이들이 주렁주렁 매달려 있다.

이
라
크

이
발
사

은새가 없다! 은새가 사라졌다는 것을 인지한 뇌세포만이 번쩍 깨어났을 뿐 디룽대던 팔다리는 어디에 매달렸는지 숙취에 절어 꼼짝도 할 수 없다. 나는 대뇌를 끄집어내어 네가 인지한 사실이 틀림없는 진실이냐고 다그쳐 묻고 싶은 심정이다. 두 손으로 머리카락을 잔뜩 움켜쥐고 잡아 올렸다. 쭈뼛 치켜 올라간 정신을 가다듬어 다시 한 번 주변을 더듬기 시작했다. 녀석이 늘 있어야 할 자리는 침대 머리맡이다. 그곳에 없다면 바닥에 뒹굴고 있거나 혹 텔레비전 위에 놓여 있을 수도 있다. 이리저리 쏠리는 머리통을 붙잡고 샅샅이 둘러보지만 역시 없다. 젠장, 이게 다 이발사 때문이다. 어제 하루 종일 이발사의 가위가 머릿속에서 싹둑대더니 급기야 대롱대던 내 목을 싹둑 잘라 버렸다. 해고된 것으로도 모자라 은새까지 잃어버리다니. 내 손 안에 있어야 할 은새.

어깨에 가뿟하게 얹히는 날렵한 몸체, 뷰파인더를 올릴 때도 배터리를 끼울 때도 부드럽게 따라 주던 놈의 움직임……. 촉각이 되살아나자 비어 있는 손이 허둥대기 시작했다.

은새는 디지털캠코더다. 눈부신 실버 보디에 새처럼 가볍다고 붙인 별칭이다. 여기저기 긁힌 자국으로 본래의 은빛 광채는 잃었지만 잔뼈가 어지간히 굵었다는 비디오저널리스트의 눈이자 밥으로 살아온 녀석이다. 인디 다큐를 찍던 시절, 놈은 나의 눈이었다. 내가 시선을 두는 곳에 녀석의 렌즈가 빛났다. 내가 본 것은 녀석도 보았고 때론 내가 보지 못한 것도 놈은 보았다. 찍을 때는 몰랐던 것이 편집을 거치고 나면 숨겨져 있던 제 모습이 드러나기도 하니까.

그 무렵엔 매일 밤 주머니 속에 남아 있는 동전으로 이동할 수 있는 지하철 구간을 계산하며 잠이 들었다. 어느 날엔가 텅 빈 냉장고 문을 열자 싸늘한 냉기가 훅 끼쳐 왔다. 시체 보관실에서 올라오는 것 같은 허연 입김이 아 벌린 내 입에서 홀홀 빠져나오고 있었다. 냉장고 문을 닫고 프로덕션에 이력서를 보냈다. 그때부터 은새는 나의 밥이 되었다. 소리가 잘 안 들어간다는 둥 화질이 차이가 난다는 둥 불평을 하며 프로덕션의 피디들이 하나둘씩 디지털캠코더를 최신형 모델로 바꿀 때에도 나는 놈을 고집했다. 날아갈 듯이 가벼운 무게 때문이기도 하지만 내부에 대용량의 하드디스크를 장착하고 있어 메모리스틱 없이도 제법 많은 양의 영상을 저장할 수 있다는 것이 매력이다. 날 강렬하게 사로잡은 컷들은 하나도 빠짐없이 하드디스크에 차곡차곡 각인되어 있다.

어제 나는 해고된 회사에서 마지막 퇴근을 했다. 눈에 띄는 술병은 모두 바닥을 보고 싶은 심정이었다. 슈퍼마켓에 들러 되는대로 술병을 집어 와 차례로 마셨다. 가만, 슈퍼마켓에서 은새를 쥐고 있었던가? 쇼핑 카트를 두 손으로 밀었던 기억이 났다. 확실히 은새는 내 손안에 없었다. 새벽 5시. 날이 완전히 밝으려면 좀 더 있어야 하지만 이것저것 생각할 겨를 없이 차를 몰았다. 우선 사무실부터 뒤져 보는 수밖에. 내 손이 기억하는 마지막 녀석의 감촉, 그 장소를 기억해 내려고 애쓰지만 쉽지 않았다. 대체 어제의 어디쯤에서 녀석을 놓쳤을까.

*

"이라크에서 이발사가 죽었소. 모두 열두 명이오. 스파이키(spiky) 라는 서양식 이발을 했다는 이유로 무장 괴한이 들이닥쳐 총을 난사했다고 합디다. 바그다드 남쪽 도우라 지역이오."

정 작가의 '이상하고 신기한 신비의 세계'가 또다시 엉뚱한 소리를 시작했다. 스파이키? 세븐업의 비리비리한 녀석, 파이도디도의 쭈뼛쭈뼛 헤어스타일이다. 점령군의 헤어스타일이라니. 눈치 없는 놈이거나 눈치 빠른 놈이거나. 어쨌든 뭐 죽일 것까지야. 이발사가 이발을 했을 뿐인데. 회의는 브레인스토밍 방식으로 진행

된다. 생각나는 대로 풀어놓고 그중 실마리를 찾아 구체화시킨다. 입 밖으로 나온 열에 아홉은 버려진다. 그 아홉 중 하나겠지.

정 작가는 내 밥벌이의 숙주다. 원래 방송사의 보도국 출신인 정 작가는 조직 생활이 체질에 맞지 않아 스스로 다른 조직을 조직해 나왔다. 방송사에 프로그램 컨텐츠를 제공하는 독립 프로덕션. 공중파와 케이블방송을 비롯해 잡다한 곳에 영상물을 공급하는 것이 이 조직의 일거리다. 방송사의 적자 타령이 중중모리로 넘어가면 곧이어 자진모리에 휘모리로 내몰리는 것이 이 조직의 운명이고. 제작비가 뭉텅뭉텅 날아가기 시작하고 급여가 줄고 비정규직부터 차례로 해고당하는 사태를 두어 번 관망한 전력이 그대로 나의 경력이랄 수 있겠다. 정 작가가 대표나 사장이 아닌 것은 스스로가 그렇게 공표했기 때문이다.

"사장이라는 말은 어쩐지 속물 같지 않소? 비디오저널리스트는 작가 정신이 있어야 하오. 작가만의 시각으로 뉴스를 포착해서 세상에 알리는 사명감 말이오."

책을 읊는 것 같은, 독특한 어조. 얼마나 너절너절한 욕설을 구사하느냐로 상대의 무공을 가늠하는 무림의 세계에서 새까만 신삥에게까지 존대를 쓰는 말투. 가끔은 무모하다 싶은 아이디어가 시청률을 펄쩍 뛰어오르게도 한다. 열 명 남짓한 직원들은 정 작가의 입이 열리면 '이상하고 신기한 신비의 세계'가 열리는 시커먼 동굴 입구에 서게 된다. 별수 없이.

저런, 바그다드 공항은 어떻게 되었더라? 비자는 나오기나 하는 것일까? 소형 전투기를 보조 조종해 착륙한 조지 부시가 항공모함 에이브러햄 링컨 호에서 연설한 '이라크 전쟁 주요 작전 종결'이라는 이벤트는 가히 드라마틱했다. 직접 조종이 아닌 '보조 조종'과 종전 선언이 아닌 '주요 작전 종결'이라는 말이 좀 어정쩡하긴 하지만 그런대로 뭐. 그러나 조시 부시의 '어쨌든 종전' 선언과는 상관없이 지금도 어느 거리에서는 폭탄이 터지고 있는 곳이 이라크다. 사전 제작이라 한 달분의 여유가 있긴 하지만 해외에서 진행하는 일이니만큼 사전 조사가 필수다. 제작 기간도 기간이지만 제작비 청구서가 서너 페이지는 더 늘어난단 말씀. 정 작가도 이런 사정을 다 짚어 보고 하는 소린가? 헛발을 내딛은 지점을 네비게이터로 뚜뚜뚜 쏴 주고 싶다. 사이버머니가 얼마 남았더라? 습관적으로 나는 딴생각으로 접어들었다.

언제나 총을 맞아 게임 오버가 되는 지점은 모퉁이다. 모퉁이만 잘 돌아도 그럭저럭 다음 단계로 넘어갈 수 있다. 전쟁 시뮬레이션게임 '정크워리어'를 마스터하려면 아직도 스무 단계는 족히 남았다. 게이머들이 인터넷에 올려놓은 가이드에 보면 모퉁이에 접어들기 반발자국 전 발포 명령을 미리 내려놓고 있어야 한다고 되어 있다. 그 지점에만 가면 긴장해서 번번이 그걸 잊고 만다. 아무래도 스파이크파이어를 장착해야만 할 것 같다. 조준만 하면 자동 발포되는 신형 무기. 반박자국 정도 늦는 건 어떻게든 되겠지. 새 아이템을 사려면 우선 사이버머니부터 확인하고…… 하는 찰나, 내 이름이 들렸다. 다른 누구에게 말하고 있는 것이려니 여기고 여전히 반발자국의 원한 관계를 탐구하려는데…… 젠장, 정 작가가 나에게 말하고 있는 것이다. 정 작가와 일대일로 대화를 하게 되면 어쩐지 그의 몸속에는 두 사람쯤 들어가 있어서 각자 따로 말을 걸어오는 것 같은 기분이 든다. 눈은 다른 곳을 배회하는데 입은 나를 향하고 있는 식이다. 가끔 내게 하는 소린지 다른 사람에게 하는 소린지 헷갈린다. 대개의 경우, 다른 사람에게 말하는 것이려니 여기고 생먹곤 한다. 귀담아들어 보았자 귀찮은 일이 생길 뿐이니까.

"최 기정 피디, 출장 스케줄 확인해 보시오. 오늘 오후까지 기획안을 보는 걸로 합시다."

맙소사. 나더러 이라크에 가라는 말인가. 설마. 이라크 이발사에게 발사된 총알이 어디에서 조준되었는가를 취재하려면 전 지구적 석유 매장량부터 삽을 들고 파야 한다. 뇌의 주름 골골이 불어 터진 라면 꼴이 되긴 싫다. 이런 식으로 일이 진행된 적은 없었다. 말이 비디오저널리스트지 방송사 피디와 작가가 정해 주는 소재와 주제를 받아 편집을 위한 프리뷰 필름을 찍어 오면 되는 것이다. 최종 편집은 주로 정 작가의 손에서 이루어진다. 그동안 내가 진행했던 아이템들은 '여왕개미 블루칩', '서울의 옛 골목', '뜨겁고 매운 손맛' 등등, 말하자면 누구라도 그럭저럭 전후좌우를 꿸 수 있는 것들이었다. 아무리 'VJ 다큐' 프로그램 3주년 특집이라지만, 경쟁사인 제이프로덕션의 움직임이 심상치 않다지만, 그래도 그렇지. 이라크라니.

"자료 수집만 해도 족히 일주일은 있어야 합니다. 해외에서 진행하려면 여러모로 감안해야 할 것도 있구요. 무엇보다 전 그런 복잡한 문제는 질색입니다."

밥벌이의 숙주가 입을 열었다.

"소크라테스보다 행복한 동물이 많기는 하지요. 배만 부르다면 말이오. 배고픈 비디오저널리스트가 행복한지, 어떤지는 모르겠지만 말이오."

'이상하고 신기한 신비의 세계'가 '위험천만 모험의 나라'로 바뀌는 순간이다. 서른을 훌쩍 넘긴 여자가 밥 벌어 먹기에 적당히 터프하고 적당히 자유로운 직업. 여기서 나가면 어디에 가서 이 경력을 살려 밥그릇을 챙길 것인가. 요즘 회사가 어려워지면서 몸을 사리고 있는 중이다. 슬슬 느낌표 세 개짜리 경력이 필요할 때도 됐지만, 종군기자도 아니고 뭐야.

나에게는 밥벌이의 숙주가 한 명 더 있다. 방송사의 서 피디다. 회의가 끝나자마자 비상계단으로 가 휴대전화 폴더를 열었다. 직원들이 삼삼오오 모여서 끽연을 하는 장소지만 다행히 아무도 없다. 서 피디는 분명 코웃음을 칠 것이다.

"시청률을 올리는 감각은 곤충의 감각기가 있어야 하는 거야. 메뚜기나 뭐 걔네들이 가진 거, 알지이? 시청자의 감각에 한발 뒤셔시도 안 되고 빨라서도 안 되고 딱 반 반자국만 앞에. 알겠어?"

전화를 받자마자 또 시청률 얘기부터 꺼낸다. 미간에서부터 짜증이 밀려왔지만 새삼스럽게 못 참을 것도 없다. 언젠가 내가 올린 기획안을 버젓이 다른 프로덕션에게 넘겨 제작하게 하고도 뭐가 문제지? 했던 사람이다. 그런 짓을 당하고도 천연한 얼굴로 넘겼던 나다.

"아랍인들은 턱수염 그거 깎으면 사람 취급 안 하는데…… 아, 코란에 써 있다는 데야 어쩝니까. 그렇다니까요. 미군이 들어온 이후로는 턱수염도 싹 밀어 버리고 스파이키라는 서양식 이발을 꽤 하나 봅니다. 스파이키를 하면 난 미군에 붙어서 짝짜꿍하고 있수다, 이런 뜻이 되는 거죠. 그런데 제작 비용과 기간, 이거 뭐 계산이 안 나옵니다. 아시잖아요. 정 작가 꼴통. 한번 고집하면 그걸로 끝인 거."

보도 부문이라면 몰라도 'VJ 다큐'는 교양 오락 부문이다. 프로그램 성격과 맞지 않는다. 서 피디가 진행 불가를 선언해 주길 느긋하게 기다렸다. 담당 피디가 반대한다는 데야 정 작가가 무슨 재주로 용을 빼겠는가?

"국장에게 얘기 들었어. 아흐마드인가 알라딘인가 뭐라는 이라크인이라며? 그렇잖아도 최근에 나간 아이템들이 너무 가볍다는 지적이야. 다큐다운 다큐를 하라는 거지. 오락적인 요소와 다큐의 성격을 잘 접목시켜 이야기 방향을 잡아야 할 거야."

제기랄, 정 작가가 방송사 담당 국장에게 손을 쓴 모양이다. 속세에서 반발자국 붕 떠 있는 것 같아도 비즈니스 감각이 보통 아니다. 그나저나 이라크 이발사가 뭐라고. 정 작가는 무슨 꿍꿍이냐. 이발이 500년 가업이라도 되냐.

"몇 가지 기준은 정하자구. 전파를 탈 수 있도록 해야지. 알다시피, 너무 민감하게 다루면 곤란하다구. 적당히 감추기, 그러면서 드러내기. 프로답게 하자구. 프로답게."

서 피디는 기획안의 윤곽을 확실하게 짚고 넘어갔다. 자아 검열을 거쳐 논란의 여지를 피해 가는 것은 이 바닥에선 세련된 매너다. 책임질 만한 괜한 짓을 해서는 안 된다.

프로덕션에 입사한 지 얼마 안 되었을 때였다. 합병으로 일자리를 잃은 노동자들의 장기 파업을 취재하라는 아이템이 떨어졌다. 농성 중인 부모를 대신해 아이들을 맡아 주던 어린이집 안으로 시커먼 사내들이 들이닥쳤다. 회사 측에서 고용한 철거 용역 업체 직원들이었다. 어린이집은 회사의 부속 건물이었다. 까만 옷을 입은 아저씨들이 어린이집을 부쉈어요. 놀란 아이의 눈동자를 담을 땐 카메라가 부들부들 떨렸다. 아이를 보호하려다 부서진 건물 잔해에 깔린 선생님은 중상을 입었다. 당장 한 명이라도 구해야 했지만 나는 이를 악물었다. 누군가는 이 사실을 기록해 알려야 한다는 생각뿐이었다. 그러나 정 작가의 손에서 최종 편집을 거쳐 전파를 탄 화면에서는 누가 봐도 흠잡을 데 없는 줌인과 줌아웃, 트래킹, 팬만이 어지럽게 반복되고 있을 뿐이었다. 무미건조한 정보가 나열된 날렵한 아웃풋, 그 이상 아무것도 아니었다.

"거짓을 말하는 것이 아니니 그걸로 됐지 않소? 자기가 찍은 필름은 시청자들에게 닿도록 책임을 져야 하는 거요."

뭐든지 갖다 붙이길 좋아하는 정 작가는 이런 시스템을 작가주의라고 말했다. 시청자에 대한 책임인지, 시청률에 대한 책임인지는 입을 다물었다. 잘려진 컷들은 분명 시청자들에게 알려야 할 가치가 있는 장면이었다. 거짓말을 한 것은 아니에요. 단지 말하지 않았을 뿐이에요……. 스캔들이 사실로 드러난 배우의 대사가 아니냐. 입술을 비틀며 열을 내는 내게 정 작가는 센세이셔널리즘을 추구한 건 아니냐고 오히려 몰아붙였다.

"렌즈의 오르가슴, 그 이상이 아니라고 자신할 수 있소? 무엇이 진실이고, 무엇이 흘려버려야 할 에피소드에 불과한 것인지 당신이 판단할 수 있느냐는 말이오."

나는 한동안 은새의 뷰파인더를 열지 않는 쪽을 택했다. 정 작가도 그런 나에게 시사적인 아이템은 굳이 맡기지 않았다. 대신, 냠냠 쪽쪽 맛있는 맛집이나 명랑 발랄 생활 정보 따위를 찾아다니게 했다. 그런데 새삼 '이라크 이발사'라니. 불어 터진 라면 가닥이 혈관을 훑어 내며 눈으로 쏟아지는 것 같다. 정 작가를 설득시킬 도리가 없다면 꼼짝없이 이라크로 떠나야 할 것이다. 은새의 렌즈에 무엇을 잡아내야 하는 것인지, 정 작가의 말대로 내가 그걸 선택할 자격이나 있는 것인지, 여전히 나는 아무것도 알 수가 없다.

정 작가와 서 피디가 쌍둥이 이발사처럼 사이좋게 가윗날을 번뜩이며 싹둑싹둑 머릿속을 헤집고 다녔다. 관자놀이에서 증기가 솟구칠 것 같다. 휴대전화 폴더를 납작하게 접고 돌아서려는데 언제부터 있었는지 허 선배가 다가와 이라크 자료라며 DVD를 불쑥 내밀었다.

"정 작가, 저 독종. 나사 몇 개가 헛돌고 있는 것처럼 보여도 무서운 사람이야. 나도 한번 엮여서 에베레스트에 갈 뻔했잖아. 산악 동아리에 있는 걸 어떻게 알았는지, 에베레스트가 동네 뒷산이냐? 산악인의 목숨을 건 등반, 인간이 왜 저길 올라야 하느냐? 존재론적 고민, 저 하이데거 선생까지 들이대면서 떠밀었다니까. 죽으면 죽었지 못 가겠다고 버텼지. 정 작가 혼자 갔잖아. 그때 카메라 기자가 최초로 동반 등반해서 촬영에 성공했다고 난리가 났지."

담배 연기를 후우 내뿜으며 그가 말했다. 이후로 허 선배에게는 비디오저널리스트가 될 자격이 없다는 낙인이 찍혔다. 식용 소의 엉덩이에 찍힌 그것처럼. 지금은 현장에서 물러나 후배들을 지원해 주는 것으로 만족하고 있다.

"잘리지 않은 것만 해도 다행이지 뭐. 딴 건 몰라도 정 작가 밑에서 일하면 그런 건 확실하지. 작가 정신. 프로 의식. 우리가 뭘 먹고 사냐. 프리뷰 필름 그거 아무렇게나 찍는 것 같아도 마구 찍어서 여기저기 그냥 잘라 내진 않잖아. 편집 과정에서 주제가 확실하지 않으면 뒤죽박죽 아무 얘기도 안 되는 거라구. 물론 작품의 상품성도 무시할 수 없지. 그렇지만 너의 존재 의미는 뭐냔 말이야. 너만의 독특한 시각. 그거라도 붙잡고 있어야 자존심에 밥이라도 말아먹을 게 아냐."

정 작가의 '에베레스트' 필름은 다큐멘터리를 찍는 사람들 사이에선 전설처럼 내려오는 작품이다. 진압대는 시위대에게 골프공을 딱딱 쳐서 날리고, 골프공 세례를 받은 측에선 화장실의 오물을 퍼다 뿌리는 철거 현장에서 돌아온 날, 나는 '에베레스트'를 보았다. 땀 냄새, 피 냄새, 똥 냄새까지 진동하는 삶의 진창. 허파 꽈리를 팽팽하게 채운 쉬지근한 공기를 뱉어 내고 히말라야의 시린 산소를 들이마시고 싶었다. 플레이 버튼을 누르자 중간 어디쯤부터 나오기 시작했다. 누군가에게 빌린 비디오테이프라 필름이 처음으로 감겨져 있지 않았던 모양이었다.

─에베레스트 정상까지 가 보긴 했습니까?

만만찮은 무게의 촬영 기기를 등에 진 네팔인 셸파에게 화면 밖의 목소리가 묻고 있었다.

─지금 가고 있는 중 아니오?

대답은 자막으로 떴다. 늙수그레한 셸파의 무심한 대답이 재미있다 싶었다. 독특한 성조의 목소리가 재차 물었다. 지금 생각해 보니 목소리의 주인공은 생각해 볼 것도 없이 정 작가였다.

─그래, 정상에는 뭐가 있을 것 같습니까?

셸파는 질문을 받는 와중에도 묵묵히 설산을 향해 가고 있었다.

─내가 서 있겠지요.

신들의 산이라는 곳, 그 자락에 살면 인간이 모두 도인이 되는 걸까. 늙은 셸파의 답도 범상치 않았지만 목소리의 주인공도 만만치는 않았다.

─내가 서 있는 곳이 정상이라면 뭣하러 저 꼭대기까지 올라가는 겁니까?

─내가 서 있는 이곳에 내가 보이지 않기 때문이라오.

늙은 셀파는 평생 정상에 오르지 못했다는 자막이 떴다. 캠프까지 짐을 운반하는 것까지가 그의 일이었다.

리모컨의 일시 정지 버튼을 누르고 한참을 홀린 듯 바라보았다. 산소통 하나 메고 오르기도 벅찬데 등짐을 가득 지고 한 발 한 발 내딛는 셀파. 그 네팔인도 젊은 시절엔 에베레스트의 정상을 꿈꾸었다고 했다. 원정대의 등반 보조는 그로서는 최선의 선택이었다. 돈도 벌어야겠고 산도 타야 했으니까. 고산지대의 셀파족으로 태어난 그가 등짐을 훌훌 벗고 산을 오르기에는 생의 터전이 너무 가팔랐던 까닭이었다. 짐을 지지 않으면 올라갈 수 없고, 짐을 벗어도 견뎌 낼 수 없는 그. 사면초가에 갇힌 생의 단면이었다.

입 안에서 냉기가 쏟아져 나온 그날, 내겐 정해진 답처럼 정 작가가 떠올랐다. 은새를 버리고도, 은새를 쥐고도 더 이상 견뎌 낼 재간이 없었다. 은새를 들고 그 목소리의 주인과 다큐멘터리를 찍을 수만 있다면 인디 다큐를 찍지 않고도 그럭저럭 살아질 것 같았다. 짐을 지고 산을 오르는 늙은 셀파처럼, 은새를 버리지 않고도 살아갈 수 있다는 그 가능성만으로도 답이 될 수 있었다.

"기정아, 정 작가가 왜 정 작가인 줄 알아?"

딴생각에 빠져 있는 내가 지루했던지 빌딩 숲 어딘가에 시선을 꽂아 둔 채 허 선배가 물었다. '이상하고 신기한 신비의 나라' 왕위 계승 서열을 뒤집을 비밀이라도 알고 있다는 투였다.

"서류상 대표이사도 아닌데 사장이라고 불리는 게 쑥스러웠는지도 몰라. 그동안 사정이 있었지. 드러내 놓고 사장을 할 형편이 못 되었단 말씀이야."

프로덕션을 차리기 전 정 작가는 잠깐 무슨 사업인가를 하다 부도를 냈고, 자격정지가 되었다가 최근에야 풀렸다고 했다. 도피 생활을 하는 몇 달 동안 어찌어찌 집안에서 선산을 팔아 급히 얼마간 해결을 하고, 방송사에 줄을 대 프로덕션을 세운 모양이었다. 에베레스트까지 갈 수밖에 없었던 건 하이데거 때문이 아니라 밥그릇 때문이었겠지.

"그때 내가 에베레스트에 따라갔다면 지금은 총감독쯤 되어서 잘나가고 있을 거야. 기정아, 너도 잘 생각해."

허 선배의 장초가 허리가 꺾인 채 구겨졌다.

시디롬 트랙에 DVD를 밀어 넣었다. 모니터에선 이라크 소녀가 지뢰를 캐내고 있다. 소녀는 오른쪽 무릎 아래가 없다. 지뢰를 캐면 중개업자에게 얼마간의 돈을 받고 넘겨준다. 그 돈으로 석유를 산다. 석유값은 지난 몇 년간 천정부지로 솟았다. 추위에 떨며 지새는 밤도 허다하다. 중개업자를 통해 미군에게 넘겨진 지뢰는 얼마 후 또다시 소녀의 발밑에 묻힐 것이다. 난들 어쩌겠느냐는 듯이 새까만 알사탕 같은 눈으로 소녀가 카메라를 쳐다보았다.

하늘은 지독히 푸르다. 카메라는 소녀의 눈망울 뒤에 시리도록 푸른 하늘을 깔아 낮은 앵글로 잡았다. 모니터에서 눈을 돌리고 천장을 올려다보았다. 소녀의 종아리와 발목이 비칠비칠 떠다녔다. 한 개 남은 발목으로 내 이마 위에 폴짝 뛰어내렸다. 귓속과 콧구멍, 땀구멍 속으로 우비적대며 기어 들어온다. 나는 부르르 진저리를 치며 벌떡 일어섰다.

정 작가의 방으로 들어가려는데 허 선배가 막 거기서 나왔다. 어느새 정 작가 방에 들어가 있었나. 관공서와 공항, 여행사 등지를 하루에도 몇 차례씩 오가며 필요한 서류들을 챙기는 게 허 선배의 일이다. 서두르는 것을 보니 한꺼번에 서너 군데쯤 돌아봐야 하나 보다. 빳빳한 장초를 새로 꺼내 입에 무느라 눈 마주칠 틈도 없다. 안에서 정 작가는 전화를 받고 있었다.

"제이프로 쪽에서 밀고 있는 아이템이 뭔지는 몰라도 일단 오늘 오후에 우리 쪽 기획안이 들어가요. 다큐다운 다큐를 보여 줘야 하지 않겠습니까? 시청자가 원하는 건 그겁니다. 전쟁의 참혹함, 이런 건 널려 있어요. 좀 더 고급스러워져야지요. 한번쯤 사색해 보고 부담 없이 잊을 수 있는 것. 시청률과 전쟁이 맞물리는 고리를 찾아야지요. 최루성 휴먼 다큐는 쉬어 가도 됩니다. 3주년 특집이면 무게감도 생각 안 할 수 없어요."

제이프로덕션은 우리와 함께 'VJ 다큐'에 프로그램을 공급한다. 한 달에 평균 네다섯 편 방영 분량을 한곳에서 공급하기에는 역량이 부족하거니와 은근히 경쟁을 붙이려는 방송사의 속셈도 있다. 이번 3주년 특집은 우리 차례인데 제이프로덕션에서 새로운 아이템을 밀어붙인다는 말이 들렸다. 우리 쪽이 시사 다큐에 강한 데 비해 제이프로덕션은 휴먼 다큐에 강하다. 최근 한 달 동안의 시청률만 보자면 우리가 제이프로덕션에 뒤져 있다. 이번 기회에 확실히 주도권을 쥐고 방영 편수를 늘려 보자는 속셈인가.

정 작가가 전화를 끊고 날 쳐다보았다. 무슨 볼일이라도 있느냐는 투다. '이라크 이발사' 스태프에서 빼 달라는 말을 하려고 들어왔지만 막상 입이 떨어지지 않았다. 여기서 못하겠다고 손사래를 치는 건 굿바이 인사나 같다. 굿바이 인사는 내가 하려던 말이 결코 아니다. 정 작가 앞에 놓인 재떨이엔 구겨진 꽁초가 가득했다. 내 속을 훤히 들여다보고 있다는 듯이 그가 먼저 입을 뗐다.

"면접을 보러 왔을 때 말이오, 당신의 눈은 생생하게 빛나고 있었소. 그렇지만 너무 지쳐 보였거든. 힘이 든 나머지 곧 카메라를 포기할 것처럼 보였단 말이오. 당신이라면 이라크 이발사가 가위를 어떻게 할지, 누구보다 궁금해할 거라고 생각하는데, 내가 틀렸소?"

은새를 잡은 손에 공연히 힘이 들어갔다. 질문을 해 놓고도 대답을 기다릴 생각은 처음부터 없었던 듯, 그는 CD 수납장에 열쇠를 꽂았다. 다른 수납장과는 달리 늘 잠겨 있는 작은 수납장 안에는 그가 별도로 보관하는 DVD가 정렬해 있다. 일렬로 세워진 DVD 사이에서 그가 꺼낸 건 뜻밖에 종이 몇 장이었다.

"처음 인터넷에서 본 아흐마드의 인터뷰 기사요. 도움이 될 거요."

'난 먹고살기 위해 이발을 할 뿐입니다. 그게 스파이키가 됐든 뭐가 됐든. 난 미군에게 기름 한 방울 얻은 적이 없습니다. 그저 이발을 할 뿐이란 말입니다. 지금 내게는 처자식과 함께 살아남아야 한다는 생각밖에는 없단 말이오. 가위를 집어 던지면 먹고 살 일이 막막하고, 가위를 쥐고 이발을 하면 머잖아 스파이키를 해 달라는 손님을 맞겠지요. 어떻게 해야 살 수 있는지, 아마 목숨을 부지하는 한 그것 때문에 머리가 지끈거릴 거요. 당신이 안다면 대답을 좀 해 주려오?'

종이 위에선 자음과 모음이 헤어졌다 모였다를 이리저리 반복하고 있었다. 늙은 셀파의 등짐. 그 등짐을 기꺼이 지겠노라고 나는 정 작가를 찾지 않았던가. 어쨌든 험한 산길을 걸어가 보겠노라고 결심하지 않았던가. 은새만, 은새만 곁에 있다면. 은새만 놓지 않을 수 있다면…….

키보드 위의 손가락이 무디게 느껴졌다. 어느 쪽으로도 결정을 못 내리고 내 자리로 돌아와 습관처럼 '정크워리어'에 접속했다. 아무 생각도 하기 싫은 땐 미친 듯이 총알을 날리곤 했다. 계단을 지나 교전 끝에 적들을 사살하고 허름한 창고 앞에 도착. 창고 문을 열고 잠복해 있는 적들을 하나, 둘 세어 가며 정확히 사살. 뷰이익 뷰이익. 살벌한 기계음 속에 발목이 날아가고 허리가 끊어진 채로 군인들이 쓰러졌다. 처참한 시체가 쌓여 갈수록 발포 명령을 누르는 손가락은 아아아아아악 반사적으로 빨라졌나. 어디로든 달아나고 싶지만 전후좌우로 움직이는 버튼은 찾을 수 없고 손가락은 무차별적으로 발사 버튼만 눌러 댔다. 벌벌벌벌벌 쏘지 마, 벌벌벌벌벌 쏘지 마! 어느새 반발자국 앞에 그 모퉁이. 아차, 스파이크파이어를 장착해야 하는 건데. 가슴이 덜컥 내려앉았다. 살고 싶다. 불현듯, 절망적으로 솟구쳤다. 핑! 아흐마드에게 조준된 총알이 머리를 스쳤다. 발포 명령을, 어서! 늦었다. 반발자국 앞에서 또 게임 오버. 수십 번 총알에 맞아 죽어 봤지만 이번만은 아팠다. 아프다는 생각이 처음으로 들었다.

결국 기획안을 넘겨주고 바그다드행 비행기 스케줄도 체크했다. 깜박깜박 명멸하는 모니터 속의 커서를 한참 동안 바라보다 인터넷에 접속했다. 어느 사진작가가 홈페이지에 올린 사진 속의 이발사는 사람 좋게 웃고 있었다. 덥수룩한 머리. 가위는 잃어버렸나. 던져 버렸나. 아흐마드는 도우라 지역에서 벗어나 지금은 요르단과의 국경 지대 어디쯤 있는 난민촌에 있다고 했다. 누군가가 모퉁이에서 총을 들고 이발소에서 말쑥해져서 나오는 사람들의 헤어스타일을 검열할 때 아흐마드도 이런 기분이 들었을까.

나는 은새를 감싸 쥔다. 유전 지대에서 원유가 솟구치듯 시청률이 솟구치고 최루성 다큐의 주인공처럼 제이프로덕션이 눈물을 줄줄 흘리게 할 그림. 최소한의 비용으로 최대한 빨리 찍고 그러면서 서 피디가 무릎을 탁 치도록 만드는 멋진 그림. 은새는 이라크에서 그런 것을 담아낼 것이다. 수욱 한기가 끼쳤다. 아직도 냉장고에서 서늘한 냉기가 나오고 있는 것만 같다. 은새의 날개가 잔뜩 움츠러져 보였다. 에어브러시를 꺼내 렌즈에 묻은 먼지를 떨어냈다. 세정제를 묻혀서 천천히 녀석의 구석구석 은빛 광채를 쓰다듬었다. 마치 그것밖에는 할 일이 남아 있지 않은 것처럼.

밤 9시가 가까워 서 피디에게서 전화가 왔다. 오후에 정 작가가 기획안을 들고 프리젠테이션에 들어갔으니 최종 연락이 올 때도 된 것이다. 서 피디는 '슈퍼 펀드'가 3주년 특집 아이템으로 정해졌다고 했다. 제이프로덕션에서 제안한 아이템이 선정되었구나 싶어 아찔했다.

"정 작가가 두 개 기획안을 가져왔더군. 그 양반, 역시야. 그러니까 이 동네에서 대접받고 있는 거지. 역시 프로야. '이라크 이발사' 기획안이 예상대로 한 방 날렸어. 보도국도 아닌데 누가 그런 생각을 했겠나. 교양국에선 전례가 없던 일이지. 그런데 당신, 진짜 떠날 생각이었어? 어쨌든 강한 인상은 남겨 줬어. 정작 아이템은 펀드 쪽으로 결정 났지만 말이야. 정 작가 말에 다들 홀려서 처음에는 이라크 쪽으로 기울긴 했는데, 막상 이라크 땅에 떨어지면 생기는 귀찮은 문제, 그런 거 누가 책임져? 사실, 제이프로 쪽에서 제안한 것도 펀드 어쩌구 비슷한 것이긴 했는데 둘 다 비슷한 것이면 기존 거래하던 방식으로 하는 것이 좋겠다는 의견이야. 복잡하게 꼬이면 제이프로하고 그쪽에서도 가만있을 것 같지도 않고. 둘 다 정치한답시고 설치기 시작하면 사내 감사팀 눈치도 봐야 하고. 그렇게 알고 준비해."

부동산 경기가 주춤하자 시장의 자금이 펀드로 몰리고 있었다. 프로그램의 내용은 펀드라면 무조건 투자하는 펀드 열풍의 위험성을 경고하는 동시에 투자 요령을 리얼 다큐 형식으로 보여 주는 것이었다. 시청률은 보나 마나 할 것이다. 허 선배가 급히 정 작가의 방을 나서던 기억이 났다.

"제이프로 쪽의 아이템을 알아내서 비밀리에 비슷한 것으로 진행하라고 하더군. 나와 너, 두 사람 것을 동시에 방송사에 내민 거지. 프로의 세계는 냉정해. 선택 기준이 엄연히 존재하고 선택당하지 않으면……. 은새를 볼 때마다 그동안 내가 어떤 기분이었는지 알아? 카메라를 빼앗긴 내 심정 말이야. 자존심 다 뭉개 가면서 그래도 카메라 주위를 돌아야 했던 나 말이야. 날 너무 원망하진 마라."

허 선배의 전화 목소리는 담담했다. 인원 감축은 예정되어 있었다. 정 작가는 허 선배와 나, 둘 중 하나를 해고하려고 했던 것일까. 무엇을 하더라도 갖다 붙일 명분이 필요한 정 작가는 방송사의 선택에 맡긴 것인지도 몰랐다. 기획안이 살아남는 사람이 살아남는다. 그것이 그가 생각해 낸 가장 공평하고 세련된 방식이었을 것이다. 시사적인 아이템을 애써 피하는 내가 거슬리기도 했을 테지. 아직도 사실과 진실의 기록 운운하며 인디 다큐의 환상에 젖어 있는 게 부담스러웠을지도 모른다. 집으로 오는 자유로에는 총알택시들이 한창 교전 중이었다.

 그때까지 은새는 내 손에 있었나? 술은 거의 깼지만 머리는 여전히 깨질 것 같다. 머리통을 감싸 쥐고 컴컴한 사무실을 가로질렀다. 어딘가에 은새가 버려져 있을지도 모른다고 생각하니 마음이 급했다. 벽을 더듬어 스위치를 찾으려는데 뜻밖에 정 작가의 방에서 희미한 불빛이 새어나왔다. 유리창 너머로 정 작가가 보였다. 시선이 텔레비전을 향해 있다. 그가 밤을 새워 DVD를 보거나 편집에 매달리는 것이 어제오늘의 일은 아니다. 가만, 그런데 화면 속에서 훌쩍이고 있는 것은 낯익은 꼬마다.

 '까만 옷을 입은 아저씨들이 어린이집을 부쉈어요…….'

 탁자 위에는 '디렉터스 컷'이란 라벨이 붙은 여러 장의 디스크들이 흩어져 있다. 눈꺼풀이 가늘게 떨렸다. 방송용 편집과 감독의 시선을 담아 재편집한 디렉터스 컷. 정 작가는 그동안 일일이 두 개의 편집본을 만들어 자신의 목소리를 따로 담아 두고 있던가. 아무에게도 보이지 않으려는 듯 수납장을 굳게 잠근 채. 얼마쯤은 속이고 얼마쯤은 숨겨야 했던, 그래서 괴상한 파장을 만들어 낼 수밖에 없었던 '이상하고 신기한 신비한 나라'. 그곳이 정 작가가 넘을 수 있었던 유일한 국경이었는지도 모른다. 만일 내가 이라크에서 뭔가를 찍어 왔다 해도 필름은 결국 이란성쌍둥이가 되었을 테지. 총알이 날아다니는 곳에서 목숨을 걸고 그림을 건져 온댔자 진실은 정 작가의 수납장 안에서 박제될 운명이었다니.

그런데 아, 내 눈에 무언가가 들어온다. 은새나. 은새가 있다. 그의 책상 위에서 조용히 날개를 접고 있는 건 분명 은새다. 녀석을 손질하던 중에 서 피디의 전화를 받고 미처 챙겨 두지 못했던 에어브러시도 그대로 놓여 있다. 어째서 은새가 여기에⋯⋯. 정 작가가 은새의 여기저기를 조작해 하드디스크에 담긴 영상을 열어 보았을 생각을 하니 무방비 상태의 잠자리를 벌컥 열어 보인 것 같은 낭패감과 꼭 그만큼의 불쾌감이 불쑥 치솟았다. 벌컥 사무실의 문을 열었다. 정 작가는 돌연한 나의 출연에도 흔들림 없이 화면에 시선을 고정했다.

"이곳은 거대한 납골당 같아요. 두 가지 기획안, 두 가지 필름, 두 가지 목소리⋯⋯. 현재를 말하지 않는 다큐멘터리는 죽은 거나 마찬가지예요."

그제야 정 작가가 화면에서 눈을 떼고 날 바라보았다. 모래언덕을 넘어온 것 같은, 조금은 지친 눈빛이다. 담배 생각이 나는지 주머니를 더듬다 재떨이 속의 타다 만 꽁초를 골라냈다. 검지와 장지 사이에 담배를 끼운 채 머리를 긁적였다.

"최기정 피디, 인간은 더럽혀지기 마련이오. 살아남기 위해 어떤 방식이든지 더럽혀질 수밖에 없지. 그런 인간이 아름답지 않다고, 더럽다고 감히 말할 수 있겠소?"

따뜻한 밥이 되지 못했을 때도 온전한 눈이 되지 못했을 때도 나는 은새가 버거웠다. 디렉터스컷을 만들지 않았다면, 정 작가도 카메라를 놓고 말았을까. 덩그러니 정 작가의 책상 위에 놓인 은새. 검은 렌즈가 날 바라보고 있다.

"지금 당신을 해고하지 않으면 언젠가는 스스로 은새를 버리고 말 거요. 이제 당신의 필름을 편집할 수 있는 건 당신 한 사람뿐이오."

정 작가가 은새를 들어 보였다. 나는 선뜻 은새에게 다가갈 수 없었다. 그의 납골당을 원하는 것은 누구보다 나 자신일지도 모른다. 어쩌면 정 작가처럼 디렉터스컷을 편집하며 납골당 안에서 박제된 목소리를 추모하고 싶은 건지도 모른다.

"아주 가끔이라도 잊어버리려거든 가져가지 마시오."

정 작가는 팔을 쭉 뻗어 은새를 내게 내밀었다. 은새는 내 손이 닿기만 하면 당장이라도 은빛 날개를 활짝 펴고 날아갈 것처럼 보였다. 나는 은새를 꺼안고 도망치듯 사무실을 빠져나왔다.

이발사는 가위를 어떻게 했을까. 지금도 누군가의 머리를 어떻게든 깎고 있을까. 가위를 든 그의 운명이 못 견디게 궁금했다. 이발사가 거울 앞에 앉은 사내의 두상을 눈으로 가늠한다. 어울리는 머리모양을 정하고 손에 익은 가위를 든다. 능숙하게 가위를 움직이기 시작한다. 그의 가위가 싹둑거릴 때마다 사내의 곱슬머리가 흩날린다. 이발소 앞의 모퉁이에는 총을 든 테러리스트가 서 있다. 아흐마드, 당신의 가위질 소리를 듣고 싶어. 은빛 광채가 번뜩이는 잘 벼린 가윗날을 준비해 줘. 은새가 빛나는 날개를 활짝 펴고 당신을 맘껏 찍을 수 있게. 무섭다고, 살고 싶다고, 여전히 싹둑싹둑 바쁘게 움직이는 당신의 가위. 두려움 속에 놀리는 가위질 소리가 어쩔 수 없이 당신 그대로겠지. 나는 취재 계획서에 쓴 바그다드행 비행기 스케줄을 떠올렸다. 몇 차례 다른 공항들을 거쳐 비행기는 결국 그곳에 착륙할 것이다.

작가의 말

미심쩍은 인간들과 수상한 사건들이 이 괴문서의 정체다.

여기에 실린 괴문서들은 대략 4년여에 걸쳐 쓴 것들이다.

이 중에 「이라크 이발사」를 제일 먼저 썼고 「표범기사」를 가장 나중에 썼다.

「자전거 무덤」, 「파이프」, 「이라크 이발사」는 모두 내가 겪었거나 들은 이야기다.

「파이프」에서 맨홀에 빠진 사람은 물론 내가 아니다. 하지만 그런 거짓말이라면 수도 없이 해 왔으니까, 빠지는 게 당연하다고 생각한다.

「자전거 무덤」은 오사카로 돌아간 나루미의 이야기이다. 그녀의 딸 소라는 우리 두 딸의 친구였다. 잘 지내고 있기를, 방사능으로부터 안전하기를 바랄 뿐이다. 일본 대지진 뉴스를 보면서 조마조마했다.

「개미인간」과 「토큰」, 「웨웨곰벨」, 「표범기사」 같은 작품은 빠르게 쓸 수 있었다. 오랜 고민 없이 보이는 것들을 그대로 썼다. 시간이 갈수록 점점 더 선명하게 보이는 통에, 묘사를 자제하느라 애먹었다.(실은, 글을 본 누군가가 묘사는 여기까지!라고 소리쳐 줬다.)

글을 쓰는 건 통쾌한 경험이기도 했다. 다른 사람들에게 이야기를 전달하는 데 어려움을 느낄 때가 많았는데, 그걸 글로 썼더니 다들 재미있어했다.

돌아가신 아버지와 할머니, 세빈, 세은과 식구들,
조동선 선생님과 문우들에게도 특별한 감사를 드린다.

그리고
이 괴문서가 당신에게 어떻게 당도하게 되었는지 알 도리가 없지만 읽으셨다면, 정말 감사드린다.

2011년 11월
브래드&테이블에서
이경

먼지 도시의 이방인들

권희철(문학평론가)

1 이방인의 정서

이경의 소설에는 이방인들이 서성인다. 테마파크를 아스텍 제국으로 착각한 인디오 전사(「표범기사」), "태어날 때부터 외국인으로 살아온"(148쪽) 자이니치(在日)이며 한국에서도 쫓겨 가듯 또다시 이삿짐을 꾸려야 하는 하루카(「자전거 무덤」), 빵을 찾아 한국에 왔지만 임금 체불과 부당 해고, 보상받지 못한 산업재해로 굶주리는 파키스탄 청년 찌마(「먼지별」), 하노이에서 도망치고 싶어 국제 결혼을 택했지만 '반토'(지신(地神)을 모시는 제단)까지 챙겨 와 소중히 모시는 응우옌테이 럽벗비쿠(「웨웨곰벨」).(나머지 네 편에서도 이방인의 얼굴을 알아보는 것이 그다지 어려운 일은 아니지만, 지루한 나열을 피하기 위해 여기서 그치기로 하자.) 이경의 소설에서 사람들은 자신의 자리를, 자신의 존재를 포근히 감싸고 돌봐 줄 구석을 구하지 못한다. 이방인들이 집도 없이 장소도 없이 서성인다.

이경의 소설은 이방인의 정서로 적셔져 있다. 이경의 소설을 뒤덮고 있는 어둡고 축축하고 무거운 느낌들, 일상화된 피로와 탈출에의 소망, 근거를 알 수 없는 불안과 이물감, 결국에는 어떤 슬픔과 안타까움으로 모여드는 이 느낌들은 저 이방인들에게서 오는 것이다.(이 '느낌들'을 묘사하는 가장 탁월한 사례를 「자전거 무덤」에서 확인할 수 있다.) 노스탤지어(nostalgia), 고향에 대한 그리움이기보다 먼저, '귀환(노스토스, nostos)'하지 못하는 '아픔(알고스, algos)'. 데리다가 이방인 중의 이방인 오이디푸스(이웃 나라 코린토스에서 온 이방인으로서 테베의 왕이 되었으나, 부친 살해범이자 근친상간자로 추방되어 낯선 땅 콜로노스 어딘가에서 무덤도 없이 방랑자로서 죽음을 맞이했다.)의 딸 안티고네가 흘리는 눈물에서 읽어 낸 것처럼, 이방인들에게 눈이란 보기 위해서가 아니라 우선 울기 위해서 만들어진 것이다.* 고향을 떠난 채로 살아가야 하는 자의 고통과 슬픔이, 이방인의 정서가 『표범기사』에는 흘러넘친다. 어느 타일공이 아스텍의 희생 제의를 완성시키기 위해 자신의 심장을 바쳤다든가(「표범기사」), 어느 노동자가 산업재해로 허리를 다쳐 보상도 받지 못하고 방구들만 지고 있다가 인천발 카이로행 비행기의 바퀴 칸에 숨어들어 얼어 죽었다든가(「개미인간」) 하는 사건

* 자크 데리다, 남수인 옮김, 『환대에 대하여』(동문선, 2004), 128쪽.

들 아래를 관류(貫流)하는 이 이방인의 정서를 놓치고 나면 이 사건들은 단지 기이하고 흥미로운 에피소드의 파편들로밖에는 보이지 않는다.(조금 뒤에 이 문제로 다시 돌아오기로 하자.)

우리가 이방인의 정서를 숙고할 때, 물음은 항상 두 갈래의 길로 찾아온다. 우리의 거주지에 찾아온 이방인들에게, 장소 없이 떠도는 그들에게 어떻게 그들을 위한 장소를 마련해 줄 것인가? 어떻게 그들을 우리의 집에 맞아들이고 환대하며 고통으로 일그러진 그들의 얼굴을 진정시킬 수 있을 것인가? 다시 다른 방향에서 이런 물음이 찾아온다. 이방인을 맞아들이려는 우리 자신은 우리의 본래의 장소에 거주하고 있는가? 그러니까 우선, 도대체 우리가 거주하는 이곳이 우리의 고향이기는 한 것인가? 이방인들의 고통스러운 표정이란 실상 우리 자신의 표정이 아닌가?

이경의 소설을 관류하는 노스탤지어는 두 방향에서 몰려드는 이 물음들을 차례로 맞이한다. 이경의 소설은 이방인에 대한 문제에서, 이방인으로부터 온 문제로, 그리고 결국 우리의 거주의 문제로 시야를 이동시키면서 이 물음들을 활성화시킨다. 미리 결론을 말하자면, 『표범기사』는 결국 우리 자신이 우리의 거주지 안에서 이미 이방인이라는 사실과 대면하도록 강제한다. 이방인의 정서는 단지 우리의 연민을 촉발하는 타인의 아픔인 것만은 아니다. 그것은 우리의 근본 정서다. 『표범기사』는 우리가 그것을 느끼도록 강제한다. 이 강압이, 그리고 이 강압이 이끌어 내고야 마는 수긍이, 이 책을 읽는 동안 우리 가슴을 훑고 지나가는 손길의 정체다. 결국 이미 우리 안에 자리 잡고 있었으나 우리가 무감각했던 우리 자신의 이방인임과 이방인의 정서를 감각하게 만드는 것, 그것이 『표범기사』가 해내는 것이다.

2 이방인이라는 물음

이방인 중의 이방인 오이디푸스가 콜로노스의 조그만 숲에 도착했을 때, 오이디푸스는 우선 질문을 하는 사람이었고, 또한 질문을 받는 사람이었다. 오이디푸스가 묻는다. "눈먼 노인의 딸 안티고네야, 우리가 대체 어떤 곳에, 어떤 사람들의 도시에 온 것이냐? (……) 쉴 만한 곳이 있다면 나를 세워 앉혀 다오. 우리가 어디에 와 있는지 물어볼 수 있도록. 우리는 이방인들인지라 이곳 주민들에게 배워야 하고 그들의 지시에 따라야 하니까." 콜로노스의 코러스가 이방인을 경계하며 묻는다. "그대는 인간들 중에 뉘시오?" "어느 나라를 내가 그대의 고향이라 부르리까?" "어떤 가문에서 그대는 태어났소이까? 말하시오, 나그네여. 아버지가 뉘시오?"*

오늘날 전 세계의 입국 심사에서도 반복되듯이, 이방인은 늘 질문을 받는다. 당신의 이름은 무엇인가? 당신이 누구인지를 증

---

* 소포클레스, 천병희 옮김, 『소포클레스 비극 전집』(숲, 2008), 155쪽, 163~164쪽.

명하라. 당신이 이곳에 온 목적이 우리를 위험에 빠뜨리려는 것과
무관함을 증명하라. 당신이 산업스파이가 아니라 성실한 산업 연
구원임을 증명하라. 당신이 테러범이 아니라 순진한 유학생임을
증명하라.

그러면 이방인은 다시 우리에게 묻는다. 내가 어떻게 해야 그대
들의 관습을 거스르지 않는 것입니까? 이방인이 여기에 또 다른
물음을 덧붙이지 않더라도("그대들은 왜 그와 같이 생각하고 행동
하기를 고집하고 다른 생각과 행동은 거부하는 것입니까?") 이방인의
물음은 이미 주인의 관습이 차지하는 독점적인 지위를 상대화시
킨다. 주인의 관습은 수많은 관습 가운데 선택된 하나의 관습일
뿐이다. 이방인이라는 낯선 존재가 주인이 다른 형식으로 자신의
삶을 설계할 수도 있었으리라는 증거이며, 주인과 주인의 삶의 지
평의 '자연스러운' 관계를 깨뜨린다. 주인이 이방인을 경계하며 무
엇인가 이상한 점을 발견하면 할수록, 바로 그 이상한 점이 주인
의 삶 자체를 질문 속으로 밀어 넣는다. 다른 방식의 삶도 가능하
다. 우리는 왜 이와 같은 삶의 형식을 고집하는가? 그러므로 "이
방인이란 물음으로 된 존재"*라고 말할 수도 있다. 그러므로 이방
인을 경계하는 것은 옳다. 그들은 위험하다. 그들은 우리의 삶을
물음 속으로 밀어 넣어 무너뜨리기 때문이다.

「먼지별」의 배고픈 가출 소녀, 이주 노동자들에게 몸을 팔아 잠

---

* 자크 데리다, 앞의 책, 57쪽.

자리와 먹을거리를 얻는 소녀가 파키스탄 이주 노동자 찌마의 얼굴을 볼 때마다 느끼는 당혹스러움이 이 질문에서 오는 감각이다.

"아저씨, 할래요? 백 원어치도 해 드려요."
그가 눈을 껌벅이자 밤의 창문이 열리는 것 같았다.

— 170쪽

확 돌아서 찌마를 눈으로 잡아끌었다. 찌마가 밤의 창문을 열고 물끄러미 날 내려다보았다. 저런 눈을 하면 어쩔 줄 모르겠다. 뭘 어쩌라는 건지도 모르겠고.

— 173쪽

무엇이든 갖고 싶다면 돈을 지불해야만 하고, 또 돈을 주면 뭐든 가질 수 있는 도시에서, 찌마는 이방인이다. 찌마는 돈을 달라는 소녀에게 돈을 줬고 잠자리가 없는 소녀를 재워 줬지만, 대가를 요구하지는 않았다. "찌마는 바지를 벗기지 않고도 재워 주었다. 잠을 재워 주는 대신 바지를 벗겠다고 했더니, 그냥 벗고 싶다면 몰라도 재워 주는 대신으로는 싫다고 했다. (……) 나로서는, 재워 주는 대신으로는 바지를 벗을 수 있지만 어쩐지 그냥은 벗을 수 없었다."(171쪽) 모든 것이 돈을 매개로 교환되는 이곳에서, 자기 자신까지도 상품이 아니고서는 존재할 수 없는 이 차가운 교환의 도시에서, 찌마는 이방인이다. 그가 파키스탄에서 왔기 때문이 아니라, 공짜로 무엇인가를 내주는 사람이기 때문에, 교환의 법칙에 무관심하기 때문에 찌마는 이방인이다. 그 이방인은 빛의 세계(그곳에서 동전은 얼마나 아름답게 반짝거리는가?) 바깥에 있다. 그러므로 그의 눈은 "밤의 창문"이다. 밤의 창문이 소녀를 내려다볼 때, 빛의 세계-교환의 도시에 살고 있는 소녀는 어쩔 줄 모르게 된다. 밤의 창문은 빛의 세계-교환의 도시가 과연 온당한 것인지 묻는 물음 그 자체이기 때문이다. "뭘 어쩌라는"것이 아니라(차라리 명령은 얼마나 다루기 쉬운 것인가.) 물음표 자체다.

밤의 창문을 알아보지 못하는, 차가운 교환 도시의 수호성인, 빵을 주는 대가로 소녀의 바지를 처음 벗겼던, 이주 노동자들을 상대로 이자 놀이를 하는 고리대금업자이자 돈을 갚지 못하는 이방인들을 신고해 잡아가게 했던 화성빵집의 주인과 찌마가 몸싸움을 벌일 때, 새하얀 밀가루가 흩어지고 화성빵집의 오렌지색 조명이 이를 밝게 비춘다. 찌마는 빵을 찾아 한국에까지 왔지만, 밀가루는 향기로운 빵으로 빚어지지 않고 오렌지색 먼지로 흩어진다. 찌마는 차가운 교환의 도시, 이곳 화성이 한국어로 태양계의 네 번째 행성과 이름이 같다는 점에서 내심 용기를 얻은 적이 있다. 소녀와 공유하게 된 찌마의 상상 속에서 화성은 "지상에서는 찾을 수 없는 것들이 찾아질 것 같"은(167쪽), 오렌지색 먼지가 흩날리는 별세계다. 오렌지색 조명 속에서 밀가루가 날리는 이 긴박한 순간 소녀의 눈에 지상의 먼지 도시 화성(華城)은 아름다운 먼지별 화성(火星)이 된다. 오렌지색 먼지 폭풍 속에서 소녀는 찌마가 차라리 지상의 먼지 도시를 떠나 아름나운 먼지별에 가기를, 이제 이방인임을 그칠 수 있기를 간절히 소망한다.

　빵집 하나 제대로 못 터는 찌마가 이곳에서 살아갈 방법은 없다. 빵을 찾아 이곳에 불시착했듯이 또 다른 행성을 찾아 달아나는 수밖에 없다. 밤을 갈기갈기 찢을 기세로 먼지 폭풍이 휘몰아친다. 오렌지색 먼지들이 하나로 뭉쳐 사납게 소용돌이친다. 나는 찌마의 가슴을 힘껏 민다. 찌마가 뒤로 넘어가며 두 팔을 활짝 벌린다. 유영하는 우주 비행사처럼 찌마가 오렌지색 먼지 속으로 빨려 들어간다. 검은 밤이 펼쳐진 그의 눈에서 별이 반짝한다. 난간 위로 올라서 찌마에게 손을 뻗는다. 찌마. 같이 가. 먼지 폭풍을 타고 진짜 화성으로 가자.

— 182~183쪽

　슬프고 또 아름다운 이 장면(사전의 설명과는 달리, 슬프다와 아름답다는 동의어다.), 한 이방인이 장소 없이 서성이다가 낯선 땅에서 죽음에 이르는 이 장면은 우리를 이방인의 정서 안으로 끌고 들어간다. 장소 없는 그곳에서 우리는 고통스럽다. 여기에 먼지별 화성으로 같이 가자고 손을 내미는 저 소녀의 독백이 겹쳐지면 이방인으로부터 온 물음이 들려온다. 이것이 삶인가? 이 삶의 대지가 도대체 누구에게 고향일 수 있는가? 이방인의 정서 위에서 이방인이라는 물음이 고통스럽게 물어지고 있다.

3 먼지의 도시

이방인이라는 물음과 함께 우리의 고향은 물음 속으로 던져져 무너져 내린다. 우리의 거주지를 구성하는 건축은, 그리고 그 건축이 보살펴야 할 우리의 삶은, 고향 상실의 상황 속에서 피로가 누적되고 또 아주 조금씩 부서진다. 떨어져 나간 삶의 부스러기들은 우리 삶 안으로 다시 통합되지 못하고 흩어져, 서성이는 우리의 주위를 다시 서성인다. 부유하는, 우리 삶의 부스러기들을 먼지 이외에 무엇이라 부를 수 있을까. 그러므로 이방인들이 서성이는 이곳은 먼지의 도시이기도 하다. 『표범기사』에는 먼지가 자욱하다.

처음 찌마에게 화성이라는 별이 오렌지색 **먼지**로 뒤덮여 있다는 말을 들었을 때 내겐 그게 너무나 당연한 일처럼 여겨졌다. 화성이라는 이름만 들어도 **먼지**가 풀썩이는 것 같으니까. 어쩌면 **먼지별** 화성과 지상의 화성은 먼지에 가려 서로를 알아보지 못하는 쌍둥이인지도 모른다.

—「먼지별」, 166쪽

밤하늘에는 **시멘트 먼지**가 싸락눈처럼 날리고 어둠 속에 드문드문 나트륨등이 켜져 있다. 도시의 가로등은 백색 수은등 대신 오렌지 빛 나트륨등이다. 안개 지역 못지않게 1년 내내 허연 **시멘**

트 먼지가 날리기 때문이다. (……) 시간은 **시멘트 분진**이 담긴 모래시계처럼 쌓여 갔다.

—「토큰」, 78쪽, 92쪽

약간의 상상력을 발휘해 본다면, 문양을 잘못 맞춘 테마파크의 타일 조각들이 떨어지고 깨져 나가는 장면이나(「표범기사」) 부스러기들의 수집가이자 그 자신이 살아 있는 먼지인 '개미'들이 우글거리는 장면(「개미인간」), 가을장마 때문에 이삿짐을 꾸리기 위한 종이 박스('박스＝집'의 은유는 작품 안에서 충분히 강조되며 반복되고 있다.)가 눅눅해지고 찢어질 듯 위태로워지는 장면(「자전거 무덤」)에서 '먼지'를 떠올리는 것은 그렇게 어려운 일이 아니다.

먼지 자욱한 『표범기사』는 마치 이렇게 반복해서 말하는 것처럼 보인다. 우리의 존재를 의탁한 건축이, 우리가 안겨 있다고 생각한 그 구석이 조금씩 무너져 내리며 먼지를 피워 올리고 있다는 것. 그러니까 결국 우리 거주지의 실상이 먼지 도시이며 또한 황폐화되어 가고 있다는 것. 그렇다면 이렇게도 말할 수 있으리라. 『표범기사』의 먼지는 이방인의 정서와 이방인이라는 물음이 물질화된 결정체라고. 이 때문에, 「먼지별」에서 먼지의 이미지가 그랬던 것처럼, 『표범기사』에서 먼지나 먼지의 대체물(타일, 개미, 비)이 결정적 사건을 점화시키는 방아쇠가 되는 때가 있다.

「토큰」의 커플이 먼지 도시만을 맴도는 버스 노선표 바깥을 욕망하기 시작한 것은 자꾸만 여자에게 묻은 먼지를 털어 주고 싶은 남자의 염려와 그 염려에 "어딘가에 숨겨진 붉은 등을 켠"(84쪽) 여자의 몸에서부터 비롯된다. 먼지 도시 안에서 남자는 "내가 운전하는 게 아니라 팔이 운전하고 있는 것 같은"(86쪽) 착각에 시달리고 여자는 뭔가를 잃어버린 듯 "억울한 기분"(93쪽)이 들지만, "한 정거장마다 내려서 먼지를 털어 주기만 한다면 (……) 어디까지나 달려갈 수 있을 것 같(101쪽)"다. 먼지 도시만을 맴도는 버스 노선표 바깥의 그 어딘가로.

한 남자가 개미 떼를 이끌고 비행기의 바퀴칸에 숨어들었다가 얼어 죽은 채로 발견되는 「개미인간」은 단지 기괴한 자살 사건을 보고하는 것이 아니다. 아파트 공사장에서 허리를 다친 이후로 하루 종일 집 안에만 누워 있는 이 무능력자, 귀에 잘못 찾아든 여왕개미 때문에 자신의 몸을 개미들의 집으로 내어준 뒤로 '개미인간'이 되어 구경거리가 됨으로써 돈을 버는 가련한 사내. 아내에게 두 번째 동반 자살을 권유받았을 때 그가 인천발 카이로행 비행기로 숨어든 것은, 그가 개미에게서 자신의 모습을 본 탓이다. 부스러기들의 수집가이며 그들 자신이 부스러기 생명체처럼 보이는 고향 잃은 이집트 개미들, 이집트에서의 화려한 혼인비행과 새집 짓기의 본능을 망각한 채 시멘트 벽 틈새에서 단지 연명할 뿐인 이집트 개미들에게서 자신의 모습을 본 탓이다. 그의 몸이 개미들로 뒤덮여 있기 때문이 아니라 그가 개미에게서 자신의 모습을 발견한 탓에 그는 '개미인간'이다. 어떤 의미에서는 희극적이기까지 한 저 비극적인 죽음은, 개미인간이 자신의 분신들을 고향으로 돌려보내기 위해, 그리고 동시에 자기 자신의 먼지 도시 탈출과 귀향까지도 실현시키려는 몸짓인 셈이다.

테마파크의 쇼를 '진짜' 아스텍 희생 제의로 완성시키기 위해 자신의 심장을 바친 어느 타일공에 대한 이야기에서, 타일공을 예술가이자 아스텍 전사로 변신시키는 결정적인 계기는 새로 붙인 타일이 자꾸만 떨어져 나가는 대목에 있다. 왜 타일들은 떨어져 나가는가? 지구 반대편에서 찾아온 '진짜' 인디오 전사가 잘못된 문양으로 맞춰진 타일을 부숴 놓았기 때문이다. 표범기사가 맞춰 준 진짜 아스텍 문양 앞에서 타일공은 "흉내만 내다 들통이 난 것 같아서 얼굴이 화끈 달아"(24쪽)오른다. 그렇게 해서 단순 기능공은 "'진짜처럼'이 아니라, '진짜'를 훔치고 싶은 사람"(29쪽)이 되고, 진짜처럼 보이는 돼지 심장이 아니라 진짜 자신의 심장을 꺼낼 수밖에 없었다. 이제 「표범기사」는 부서진 타일을 다시 맞춰 하나의 모자이크 작품을 완성하려는 예술가의 열정에 대한 이야기로 바뀐다. 이 예술가는 상업적인 볼거리로 전락한 이방인의 삶이 제자리를 찾아 머물 수 있기를, 삶의 조각들이 조금씩 부숴지고 떨어져 나가는 테마파크를 재조립하여 새로운 집을 건축할 수 있기를 소망하는 셈이다. 실패와 파멸로 끝나는 것처럼 보이는

「표범기사」의 에피소드가 어떤 압도적인 분위기를 만드는 것은 이러한 사정과 관련되어 있다.

4 말의 건축, 말의 선물

보기에 따라서 타일공의 시도가 실패한 것이라고 말할 수도 있겠다. 그의 몸짓들은 결국 테마파크의 상업적 볼거리, 가짜 욕망에 삼켜지기 때문이다. 타일공 자신도 이 점을 정확히 알고 있다. "사실은 말이다, 난 뻔히 알면서도 속으로 우겼던 거다. (……) 지금까지 내가 만들고 바랐던 건 죄다 가짜가 아니고 뭐냐……."(31쪽) 그는 결코 거짓된 장소와 가짜 욕망에서 벗어나지 못한 것처럼 보인다. 테마파크 안에서 아스텍 제국을 부활시키려는 시도 자체가 이미 표범기사의 착각에 지나지 않는다.

하지만 「표범기사」의 물음은 진짜냐 가짜냐, 아스텍의 신성한 희생 제의냐 테마파크의 상업적 볼거리냐의 이분법 위에 있지 않다. 타일을 붙이는 자신의 단순 작업을 "작품"(17쪽)으로 이해할 때, (하이데거처럼 말하자면) 존재자의 진리가 스스로를 정립하는 그 장소로 이해할 때, 그리고 그 작품을 위해 자신의 목숨을 걸 때, 타일공의 열정은 진짜/가짜의 구분을 넘어선다. 타일공이 진짜 아스텍 문양을 새겼다고 해서 테마파크가 진짜 아스텍 제국이 될 리는 없지만, 작품을 완성하려는 타일공의 열정이 테마파크의 현실을 위협하고 테마파크의 자리 위에 새로운 집을 짓는다. 그가 플라스틱 용설란 사이에 심은 진짜 용설란이 씨를 퍼뜨려 "회전목마의 안장과 타일 사이에도 용설란 싹이 돋았다. 테마파크는 조금씩 푸르게 녹슬었다."(32쪽) 테마파크의 상업적인 볼거리나 표범기사의 착각 속에서 벌어지는 희생 제의나 어느 하나도 진짜가 될 수는 없겠지만, 타일공이 녹슬게 만들어 놓은 가짜들은 이제 단순한 가짜로 남을 수도 없다. 타일공의 피와 용설란의 꽃이 진짜와 가짜의 경계 위를 적시고 장식하면서 우리를 이방인이 되게 하는 이 먼지 도시는 무언가 다른 장소로 변경되고 있다. 그러므로 「표범기사」는 '진짜/가짜'의 경계를 절단하는 방식으로 고향 상실의 조건에 개입해 들어온다고도 말할 수 있다.

「표범기사」의 타일공이 아들에게 들려준 거짓말은 단지 부정되어야 할 비진리에 멈추지 않는다. 아들을 낳다 죽은 아내를 두고, 어느 날 실수로 두루마리 화장지를 떨어뜨렸다가 휴지가 자꾸만 굴러가는 통에 문지방을 넘었다가 여태 돌아오지 못했다고 말했을 때, 그는 어린 아들에게 그저 거짓말을 하고 있는 것일까? "세상이 날(타일공의 아들) 게워 낼 것 같"은(20쪽) 죄책감과 불안감 속에서 아들을 구원할 장소를 타일공 아버지는 말로써 건축하고 있는 것은 아닌가. 그것은 '진짜/가짜'의 경계선을 절단하는 말의 건축이며 거주를 위한 배려가 아닌가.

이경의 등단작 「파이프」가 겨냥하는 지점도 바로 이곳이다. 쇼핑센터는 우리 삶의 근본적인 관계들은 그대로 둔 채 헛된 상품의 반짝거림으로 우리를 마비시키는 '거짓' 이미지들의 전시장이다. 그렇다고 해서 외계인으로 불리는 한 소년의 복수, 쇼핑센터의 광고 담당자를 파이프에 가두는 행위가 정당화되는 것은 아니며 이 복수의 에피소드가 「파이프」의 핵심인 것도 아니다. 「파이프」가 헛된 욕망의 구조로 되어 있는 현실과 함께 재개발과 철거민의 문제를 경유하는 것은 우리의 관심을 끄는 대목이기는 하지만, 그것이 이 작품의 전부는 아니다. 광고의 거짓말에 대항하는 또 다른 거짓말, '진짜/가짜'의 경계선을 절단하는 거짓말이 자신의 삶 자체로부터 소외된 우리 이방인들의 가슴을 어루만지는 대목이야말로 이 소설에서 가장 빛나는 대목이다. 나중에 쇼핑센터 광고 담당자가 될 어린 딸에게 엄마는 요술봉을, 드레스를, 곰 인형을 사 주겠다고 약속했다. 하지만 가난한 엄마는 한 번도 약속을 지킬 수 없었다. "엄마는 거짓말로 나를 키웠다."(64쪽) 그러나 딸이 엄마에게 한 약속들도 거짓말일까?

긴 장화를 사 줄게. 백 걸음 걸으면 멜로디가 나오는 걸로. 엄마가 어디쯤 오나 알 수 있게. 푹신한 모자를 사 줄게. 어디든 머리만 닿으면 베개가 되는 걸로. 잠깐잠깐 잠들 수 있게.

— 66쪽

결코 단순한 거짓말에 머물 수 없는, 광고의 거짓말과 명백히 구분되어야 하는, 이 '말의 선물'이 우리 이방인들의 정서 위에 내려앉으며 깊은 울림을 만들고 있지 않은가. 그것은 빛나지만 차갑고 이질적인 상품들의 공간을 변경시킬 동화적 소망으로 충만하지 않은가.

약간의 단순화를 감수한다면, 『표범기사』를 이렇게 요약해 볼 수도 있겠다. 먼지 도시의 거주자들이 이방인의 정서와 물음을 체득하고 자신들이 처한 거주의 본래적인 곤경을 감지하면서 먼지 도시로부터의 귀환과 새로운 집짓기를 소망하는 것.

마르틴 하이데거는 이렇게 물은 적이 있다. "인간이 거주의 **본래적인 곤경**을 아직도 전혀 **바로 그 곤경으로서** 숙고하지 않는다는 점에 인간의 고향 상실(Heimatlosigkeit)이 성립하고 있다면, 어찌될 것인가?"* 만일 이 물음이 정당한 것이라면 우리가 『표범기사』를 환영하는 일도 충분히 정당한 일일 것이다. 그녀의 소설이 거주의 본래적인 곤경을, 이방인의 정서와 물음을 통해 숙고하고 있기 때문이다. 우리의 거주지가 먼지 도시임을 알아보는 데서 고향 상실의 조건에 변화가 시작되고 있다고 기대해 볼 만하기 때문이다. 하이데거는 인용한 문장 바로 뒤에 이렇게 덧붙였다. "그렇지만 인간이 고향 상실을 **숙고하자마자**, 고향 상실은 이미 더 이상 서글픔(Elend)이 아니다."

---

* 마르틴 하이데거, 이기상 외 옮김, 『강연과 논문』(이학사, 2008), 208쪽. 강조는 하이데거에 의한 것.

이경

1970년 서울에서 태어났다. 2008년 《세계의 문학》 신인상으로 등단했다. 2007년 김유정소설문학상을 수상했으며, 2008년 한국문화예술위원회 문예진흥기금을 수혜했다.

표범기사
이경 소설

1판 1쇄 찍음 2011년 12월 2일
1판 1쇄 펴냄 2011년 12월 12일

지은이 이경
발행인 박근섭, 박상준
편집인 장은수
펴낸곳 (주)민음사

출판등록 1966. 5. 19. (제16-490호)
서울시 강남구 신사동 506 강남출판문화센터 5층 (135-887)
대표전화 515-2000 / 팩시밀리 515-2007
www.minumsa.com

ISBN 978-89-374-8418-6 (03810)

* 이 소설집은 2008년도 한국문화예술위원회의 문예진흥기금을 지원받아 발간되었습니다.